阳光文库

中卫风物故事

杨富国 / 著

黄河出版传媒集团
阳光出版社

图书在版编目（CIP）数据

中卫风物故事 / 杨富国著. -- 银川：阳光出版社，
2022.12
　（阳光文库）
　ISBN 978-7-5525-6611-6

Ⅰ.①中… Ⅱ.①杨… Ⅲ.①民间故事－作品集－中
卫 Ⅳ.①I277.3

中国版本图书馆CIP数据核字(2022)第249571号

中卫风物故事　　　　　　　　　　　　杨富国　著

责任编辑　胡　鹏
封面设计　赵　倩
责任印制　岳建宁

黄河出版传媒集团
阳　光　出　版　社　出版发行

出 版 人　薛文斌
地　　址　宁夏银川市北京东路139号出版大厦（750001）
网　　址　http://www.ygchbs.com
网上书店　http://shop129132959.taobao.com
电子信箱　yangguangchubanshe@163.com
邮购电话　0951-5047283
经　　销　全国新华书店
印刷装订　宁夏报业传媒集团印刷有限公司
印刷委托书号　（宁）0024891

开　　本　880 mm×1230 mm　1/16
印　　张　16
字　　数　252千字
版　　次　2023年3月第1版
印　　次　2023年3月第1次印刷
书　　号　ISBN 978-7-5525-6611-6
定　　价　65.80元

自　序

　　宁夏面积虽小，但有大山、大河、大沙漠、大湖泊，是各类文旅资源的微缩盆景，也是我国的全域旅游城市。宁夏回族自治区文化和旅游厅提出"南游海南，北游宁夏"的口号，让"中国有个景区叫宁夏"在全国打响，也让"沙与海的对话"在天涯海角和沙坡头景区之间升温。中卫是宁夏全域旅游的龙头城市，历史悠久，资源丰富，文化璀璨，底蕴深厚，禀赋优良，尤其大漠、黄河、高山、绿洲四景荟萃，巍巍祁连山余脉香山横亘黄河之阴，茫茫腾格里沙漠连绵黄河之阳，一水中分，形成一幅刚柔相济的"黄河太极图"，被国内外旅游专家誉为"世界垄断性旅游资源"。而以麦草方格为核心的"五带一体"治沙成果，不仅在国际上荣获"全球保护500佳单位"的殊荣，也在1994年摘得"国家科技进步特等奖"的王牌奖项。走进中卫，但见山环水绕，沙石相伴，水草映衬，遗址众多，形成了独特的地质板块和自然风貌，也留下了脍炙人口的风物故事。

本书主要收集散落在黄河流域的景点传说、民俗传说、习俗来历、民间故事、神话传说等，大多是黄河非物质文化遗产资源，而文化旅游的融合发展，又使文化资源转化成旅游资源，也让非物质文化遗产资源有了展示的平台，从而使人们向往的"诗与远方"在文化旅游的融合中化腐朽为神奇，让人们在"点线面体"的感受中看得见山，望得见水，记得住乡愁，更让非物质文化遗产资源在挖掘、保护、传承中弘扬。其实最好的保护，就是让非物质文化遗产资源活色生香、流光溢彩。也就是说，越是与市场结合紧密的资源，才越有市场认同感。有了市场价值，非物质文化遗产资源才有真正的传播力，才能得以长期传承。

　　金子虽闪光，但埋在地下与泥土无异，只有开发出来才是宝贝。诸多凄美感人的故事，虽在人们口中流传千年，但如果没留下印迹，若干年后会淡出人们的生活。对非物质文化遗产资源的保护，就是先让故事原汁原味地留下，然后借助旅游载体将书上的故事讲出来，或借助文化演艺展示诠释，让人们享受听觉到视觉，甚至感觉、触觉等9D技术的饕餮盛宴。祖国山水美不美，全凭百姓一张嘴；民间故事美不美，缺少文化不精彩。此外，还应让地下的东西走上来，静的东西动起来，动的东西活起来，活的东西火起来。不仅如此，还应通过创意策划，把最能打动人心的成分借助艺术产生震撼效果，让人们在共情中产生共鸣，由共鸣产生共振，最后上升为感悟，从而成为供人们消费的网红产品，最终成为百赏不厌的常红产品。

近年来，散落在中卫的风物故事已借助人文景观，与当地景点天衣无缝地融为一体，成为当地文化旅游新亮点，更是抢抓机遇镶嵌的文化IP和市场引爆点。如投资1.8亿元打造的魔幻情景体验剧《沙坡头盛典》，就是以桂王城的故事进行创作，此剧一亮相就得到市场认可，不仅填补了文化演艺的空白，也提升了景区品牌影响力，更为全域旅游提供了有力支撑。沙坡头景区投资3000万元打造的情景剧《海枯石烂》，则以金童玉女的故事进行创作，不仅使"住星星酒店，品星空晚宴，看星空演艺，听星空讲座，观大漠星辰，购星空文创，悟星空之旅"更丰富，也让历史纵深感拉长，更让"浪漫沙都"名副其实。

尤其近年与《妻子的浪漫旅行》《哎呀好身材》《奔跑吧兄弟》及《完美婚礼》等娱乐节目的合作，更让民间故事充满浪漫色彩，很多黄河峡谷中的故事，加之河湾中的百年梨园和淳朴的乡村民风，让南北长滩声名鹊起，成为全国历史文化名村。而沙坡头的故事，也让游客对沙坡头心驰神往；还有散落在香山的故事，也让寺口子名闻遐迩。围绕中宁和海原讲述的故事，让中宁、海原的文旅资源活色生香。《大麦地岩画》不仅让大麦地这个名字充满神秘色彩，也让史前文化释放价值。

总之，本书旨在弘扬中华优秀文化，巧妙解读优质旅游资源。书中的故事都是劳动人民集体智慧的结晶，在历史长河中由先祖口口相传，因此整理时保留了口语化风格，语言平实，感情纯朴，有着天人合一、古今贯通的内涵，反映了当地的地理变迁、朝代更迭、民族融合、风土人情、习俗礼仪、物产资源等。大多数故事诠释人性，弘扬真善美，鞭挞假恶丑。整理这些故事的真实意图，是让非遗文化原汁原味地流传后世，也为了弘扬优秀传统文化，更为后世留下民间文化的瑰宝。

目 录
CONTENTS

第一篇 景点传说

天湖的传说

　　天湖位于宁夏中宁县长山头，海拔 1370 米，四面群山环抱，西倚米钵山，东临清水河，南接同心县，北邻中宁县。中宝铁路、109 国道、京藏高速公路、宁夏红色之旅线路均由此通过，交通便利，总面积 30 平方千米。这里的红柳林郁郁葱葱，吸引了无数珍禽异兽在此栖息。泛舟天湖，但见红柳摇曳生姿，阵阵果香扑鼻而来，疑入王母瑶池。不错，有一个传说就讲，这个天湖来自天上，是王母的瑶池。

　　相传很久以前，中宁有个憨厚老实的人叫柳咏，12 岁死了父母，靠着沿街乞讨活到 16 岁。后来给别人家拉长工打短工，勉强混饱肚子。长到 18 岁，有一身使不完的劲。当地有个财主叫谭新，因长期压迫长工，干活的人受不了，一夜间跑了个干净。谭新家大业大，没人干活不行，但他出多少钱也没人来。谭新急了，对外说谁能在他家干 10 年活，除了管吃管住，期满还送 10 头牛。

　　10 头牛不是小数目。柳咏信以为真，就去谭新家干活。他力气大、人勤快。谭新高兴坏了。10 年时间说长也长，说短也短，柳咏 28 岁了，谭新见他每天吃得比过去还多，想找借口辞退他。柳咏要他兑现 10 头牛，谭新不承认，只给了他 10 斤油。

　　柳咏知道谭新要赖，但没有人证物证，就是把他告到官府，空口白话起啥用？何况谭新有钱，把他逼急了官司打不赢是小事，还要下牢受苦，不如揉个肚子疼，10 斤油就 10 斤油，总比空手走好。他想到自己居无定所，要这些油没用，看到路边有个道观，就想把油布施出去。

　　道观里有个道长，仙风道骨，鹤发童颜，据说活了很久。有人说他已成仙，既知过去，也知未来，还能隐身入室，分身办事，武功更是妙到毫巅。不过没有谁见过，就是他身边的弟子，也没见过。只是觉得他长寿，但究竟活了多少岁，没有人知道。

这天，道长对两个道童说："你们去迎接一位大施主。"

两个道童出正门后，见是一个年轻人提着 10 斤油，寻思 10 斤油怎么能算大施主，便不冷不热地带了进去。道长接受了油，问柳咏："你要什么回报？"

柳咏说："不要，就是来布施油。"

道长觉得这个年轻人善良，于是从袖子里取出一个小泥人，说："这个送你，想要什么尽管向它张口。"

柳咏见这小泥人可爱，压根没想有什么用，只觉得既然是道长的心意，就权当玩具。出了道观走了一段路，柳咏觉肚中饥饿，见荒地旁有块石头，于是坐下来想，要是有饭吃多好。心念刚一动，只听小泥人说："主人放心，马上就有丰盛的饭菜。"

话音一落，柳咏面前出现一张大桌子，桌子上摆满了美味佳肴。柳咏没想到小泥人还有这本事，美美地吃了一顿。他觉得肚子饱了，桌子及碗碟便全消失了。他惊讶地看看小泥人，知道这是宝贝，于是说："要是有三间瓦房多好。"

话音刚落，只见荒地上出现一个院落，里面不多不少正好三间瓦房。柳咏高兴坏了，不管缺什么东西，只要跟小泥人说，都能得到。

谭新失去柳咏，没人干活。没办法，只能出来找人，当走到荒地时，发现有一家漂亮宅院，便走了进去。只见柳咏正在睡觉，经过询问才知柳咏布施了 10 斤油，道长送他小泥人，向小泥人要什么都能得到。

谭新心想，10 斤油就能得到一件要啥有啥的宝贝，要是我多布施财富，道长一定会给我更好的宝贝，或许上天入地、呼风唤雨、隐身分身都不在话下。于是回家拉了一马车物品去道观。

那道长早就知晓，对两个道童说："有个小施主来布施，你们从侧门接进来。"

两个道童觉得既然是小施主，还用亲自迎接吗？但师父说了不能不去，于是打开侧门，只见谭新拉了一马车的物品来布施。道童寻思这才是大施主，怎么能是小施主？既然是大施主，就应从正门进，是不是师父没算准？虽这么想，但还是将谭新迎接进去。道长接受了谭新的物品，问："你要什么回报？"

谭新贪心地说："我要三件宝贝，一件是小泥人，问它要什么给什么；一件是隐身衣，只要穿上别人就看不见；一件是能变身的宝贝，变什么都随我心愿。"

"我满足你。"道长给了谭新一个小泥人，一件黑色隐身衣，一只酒葫芦。谭新看着这三件宝贝，知道小泥人肯定是要啥给啥，隐身衣肯定是穿上就能隐身，只是酒葫芦不知能干什么，于是问："师父，我不爱喝酒，要酒葫芦干什么？"

"只要喝葫芦里的酒，想变什么都随你心愿。"

"太好了！"谭新高兴地说，"有了这三件宝贝，我想当皇上也轻而易举。"

道长摇着头说："为人别贪心！人心不足蛇吞象。你要多少东西都行，穿上隐身衣去哪也行，唯独酒葫芦里的酒喝到第五口就要谨慎。至于第六口，能不喝就别喝。而第七口，千万不要喝。"

谭新不解地问："为什么？"

"凡事都有度，过则生灾。喝多了，一旦变成某种东西，就再也变不回来了。"

谭新回到家，先试着向小泥人要东西，果然要什么有什么。他贪心不足，家里的屋子都盛满了，很多东西没处放，他就要皇宫。果然，规模宏大的皇宫出现了。他觉得有了皇宫，就得有大臣；有了大臣，还得有宫女。考虑到做皇帝有危险，为了防止别人行刺，就要了侍卫。总之，该要的不该要的，他都要到了。忽然，他觉得困倦，便躺下睡着了。

谭新一觉醒来，面前的所有一切都没了，他还睡在原来的房子里。他感到就像做梦。可一看小泥人、隐身衣、酒葫芦都在，心想，也许小泥人给的东西只能当天使用，一旦过夜就消失了。他穿上隐身衣，他的老婆嚷着看不见他。他高兴坏了，带上酒葫芦，向小泥人要了一匹宝马，想去京城瞧热闹。老婆也要去，他一看老婆没有昨天的宫女漂亮，于是喝了一口酒喷向老婆说：

"变成红树林吧。"

话音一落，老婆和他家的房子全没了，面前出现了一片红树林。他知道老婆和父母都变成了红树林，并没感到失去亲人的悲痛，而是高兴地想，先把他们变作红树林守在家里，待我回来再恢复。他骑上宝马，看着沿路的风景，心情好到极点，心想："我只想着当皇帝，可没当过皇帝，应该看看皇帝是什么样子，怎么样当皇帝，文武大臣都是怎么上奏的。"

谭新到了京城，只见皇宫门口戒备森严，一般人根本进不去。他知道自己穿着隐身衣，所以直接进去，只见皇帝坐在金殿上，文武大臣正在上奏。他觉得好奇，摸摸这个大臣的脸，拉拉那个大臣的朝服。被摸的文武大臣，总觉得有人摸自己，皇上也被谭新摸了一下，但看不见人，便认定殿内有妖怪，命众臣捉妖。

谭新穿着隐身衣，大家没法抓到他，但武士们知道必有妖魔在大殿，于是用大刀、宝剑在殿内各处乱砍乱刺。谭新知道自己躲闪得再巧妙，也难免会被砍到或者刺到。他要逃走，但门已被封死，急中生智，喝了一口酒也变成武士，混在他们中间跟着乱砍乱刺。

折腾了一阵，武士们都累了，于是歇息下来。他一看机会来了，觉得可以逃走，于是走到殿门口。有个武士厉声喝道："你是谁？"

谭新心虚，要拉门时却怎么也拉不开。皇帝和文武大臣明白，这武士就是妖怪所变，于是一起抓他。谭新又喝下一口酒，变成一只苍蝇从门缝爬出去飞走了。到了外面，由于已被折腾得够呛，便又喝下一口酒变回原形。因为衣服已被汗水浸透，他便脱去隐身衣想要凉快一下，却被公主和宫女发现，齐声高喊："捉妖怪！"

谭新慌了，知道武士听到会追来，于是喝了一口酒朝着公主和宫女喷去说："我让你们变成天鹅，看你们坏事！"

这一喷加上一说，果然漂亮的公主和所有宫女全变成了白天鹅。武士听到外面的喊声，出来看见不少白天鹅，以为是刚才的妖怪所变，于是带着兵器高喊着捉拿。公主和宫女变成白天鹅后说不出话，又怕被捉住，于是一起振翅飞走。谭新以为武士发现了自己，是来捉自己的，便又喝下一口酒喷了出去说："都变作飞禽走兽。"

话音一落，那些追来的武士和从宫殿门口经过的老百姓，全都变成了各种飞禽走兽。主管大地的地神大怒，命人捉拿谭新。谭新疯狂逃命，忽见柳咏在路上行走，又嫉妒他的幸运，于是喝下酒猛地喷出说："变成癞蛤蟆！"

地神见谭新不悔改，勃然大怒，下令将谭新杀死。谭新知道逃不掉，于是向小泥人要了一双翅膀逃跑。赶巧，日游神正在巡查，见有一个长翅膀的人飞了过来，便令众神捉拿。谭新大惊失色，疯狂逃向西王母的行宫。西王母正要外出，见有个长翅膀的人飞来，便要拿他。谭新觉得自己变成湖泊谁也奈何不了，喝下第七口酒，就变成了湖泊。

西王母一看这妖怪本事好大，变成湖泊怎么捉拿？决定等他回复原形再捉。日游神带领众神追来，一看也是没有办法，便等在湖边。谭新变成湖泊后，想恢复原形，但任他怎么想，始终是一潭湖水。西王母感到湖水臭气熏天，便请老君来看是何妖物，老君用慧眼一看说："这是贪心的财主所变，不是妖怪。"

西王母说："怪不得湖水很臭，怎么能将它弄走？"

"我也没办法，还是求观音菩萨吧。"

西王母请来观音菩萨。观音菩萨将杨柳净瓶中的大悲甘露水弹洒出去，湖水立刻清澈见底，而且还有香味。西王母道："既然不臭还生异香，就留下来供天仙洗浴，叫作瑶池。"

"善哉善哉！"观音菩萨双手合十道，"此人心术不正，多年来不孝顺父母，他还欺负良善、盘剥他人。现在池水生香，还可治病，也算做了功德。如果用它浇灌果树，还可滋养出延长寿命的仙果。"

于是王母娘娘在瑶宫栽了 3600 株蟠桃树，用瑶池水浇灌。从此，每年农历三月初三，西王母都举行蟠桃会，天界的神仙都会集于瑶池庆贺。

魔王得知瑶池水的功效，想占为己有。他将瑶池移至空中，却赶上一场大风，直接把瑶池吹到了长山头，落在了谭新老婆变成的那片红树林边变成了一个湖泊。

此时，公主和宫女变成白天鹅后已有数千年了，她们飞啊飞，居无定所。有一天，她们在天上飞着觅食，忽然发现长山头有一个亮晶晶的湖泊，于是落了下去。有了一个满湖飘香的地方，就不用再到别处觅食，于是就在这里生活。那些变成飞禽走兽的武士和老百姓，也是活了数千年，他们也在到处觅食，发现这个地方后，便在这里落户。

谭新的老婆和父母自变为红树林后，任凭风吹日晒、雨打霜侵，一直立在原地。

柳咏变成癞蛤蟆也非常痛苦。因怕会被孩子捉去玩弄致死，他只能在水里生活，每天吃的都是不想吃的食物。

这天，柳咏见一个湖泊碧波荡漾，还溢着香气。他发现，这里飞禽走兽很多，非常热闹。尤其还有一群白天鹅。

柳咏一直想找道长解救，他觉得道长给的宝贝既然要什么有什么，想必能让自己恢复人身。

他一步步向道观爬去。终于见到道长。

道长看着他说："你的10斤香油用来点灯供仙人了。有仙人帮你，你会恢复人身的。不过天湖里的白天鹅，有一只领头的是公主。你要是能让她们吃下我的一把米，可以暂时恢复人身。"

癞蛤蟆用口衔着米爬到长山头，将米喂给白天鹅。白天鹅们知道他是善意的，吃了那把米。吃完米的白天鹅突然变成一群美丽的少女。柳咏也恢复成人。

柳咏对公主说："公主，请你嫁给我。我发誓这辈子只爱你一人，海枯石烂、永不变心！"

柳咏与公主一起去道观感谢道长。在道长的主持下，两人举行了盛大婚礼。

道长将谭新的老婆、父母，以及那些武士和百姓全部恢复人形。他们一起生活在那湖边。据说柳咏与公主成婚后，天下百姓知道"癞蛤蟆想吃天鹅肉"成了现实，于是在民间流传。那湖泊因为来自天上，人们叫它天湖。

峡谷小观音

在中卫市历史文化名村南长滩一座笔立如削的大型山体上，有一块奇特的山石。山石高 10 米，长 7 米，厚 2 米。大山有石并不奇怪，但奇特的是山石明显凸向河面。从侧面看，似一个躬身拜佛的童子。山体对面，是观音菩萨俯视黄河的头像。此处河道不足 30 米，水流湍急，当地人说这是观音菩萨的化身，称为小观音。说起小观音，还有一段故事呢。

相传居住在南长滩的人，都是党项族的后裔。后来，党项人在兴庆（今宁夏银川）建立国都，史称西夏。西夏上至朝廷大员，下到黎民百姓，多为佛教徒。现在见到的银川承天寺，就是西夏佛教建筑。因此，作为党项人的后裔，南长滩很多人吃斋念佛，行善积德，经声佛号不断。

南长滩是一个依山傍水的山湾。这里南靠巍巍祁连山余脉香山，北傍滔滔不息的黄河，相传许多灵性动物便到这里聚集修行，不仅有山精树怪，也有魑魅魍魉。

黄河里有一条体型硕大的鲤鱼，因常年听经得道成精，经常兴风作浪，把从河上运载人和货物的皮筏打翻，使人和货物落入水中。

这里本是一条便捷的水路要道，而今闻听水路危险，谁也不敢再走水路。所以在很长一段时间，这条水路无人走。

原本南长滩人在商人停靠歇息时，拿红枣、软梨换取布匹、调料和日用生活品。但由于鲤鱼精作怪，他们很长时间换不到生活必需品。

有一天，大家一起向观音菩萨祈祷，观音菩萨大慈大悲，抓住了鲤鱼精。不过，菩萨认为它修道不易，没有杀它，只是劝它不要作恶。鲤鱼精不敢造次，答应改邪归正。菩萨放了它，自己化为一座山守在河边。善财童子一看，

也在南岸双手合十化为大石。

从此，鲤鱼精不再作恶，毕竟它是因听经悟道而成精，不仅有善根，也知道作恶会遭天谴。不知过了多少年，鲤鱼精在经声佛号中逐渐增慧，久而久之幻化成人，非但不伤害过路商人，还保佑南长滩无灾无难，风调雨顺。

旗杆山

在黑山峡黄河南岸有一座大山，远远看去就像一面面迎风招展的军旗。当地人把这个自然景观叫旗杆山。到这里的游客，往往很纳闷，怎么会有这种奇怪的山形呢？很多老人说，这与一个故事有关。

据说，公元 1227 年，蒙古十万铁骑以摧枯拉朽、横扫一切的气势踏破贺兰山，要将西夏人赶尽杀绝。他们从兴庆府逃到这里已筋疲力尽，而蒙古人的兵马也已追来。拓跋家族被逼到绝境，只好跳进水流湍急的黄河逃命。蒙古兵向水中不断射箭，一时死者不计其数，殷红的鲜血染红了河水。懂水性的，就逃到对岸避难。

蒙古兵想渡河追赶，但都是旱鸭子，又没船。后来，见上游漂来几副羊皮筏子，上面坐着携带货物的商人，便大喊着让他们划到岸边。筏工知道蒙古人射箭百发百中，为了活命只好划着筏子靠岸。蒙古人不会划筏，便令筏工渡士兵过去。由于筏子太少，一次渡不了太多，很多人都在岸上等着。

等待之时，蒙古兵埋锅做饭，不料火星飞出，瞬间点燃了干草。时值风起，火势迅速向下风处蔓延。打旗的士兵觉得要想活命，唯有向水中逃命，于是拥挤着逃到河边。不料河风更大，谷中山风呼啸，竟然卷着火苗烧向他们。不一会儿，打旗的士兵烧死在河边。这些士兵和旗帜被烧后，就化为旗杆山。

将军肚

北长滩依山傍水，人杰地灵，此地之人中举者颇多，西夏时期还出了宰相张兴。张兴爱民如子，为官清廉，虽然身居高位，但从不以权谋私、中饱私囊。他办过三宗大案，让崇宗李乾顺极为满意。不少嫉妒他的奸佞之臣，常对他在暗地使坏、背后用刀。但张兴心中汤清水亮，觉得食君之禄，就当替君分忧，为国解难，并不与他们斤斤计较。崇宗李乾顺知道后说："真是宰相肚里能行船！"

张兴的叔叔张潜，生了个儿子叫张龚。张龚自小顽皮多事，喜欢舞枪弄棒，依仗有亲戚在朝为官，经常胡作非为，为害乡里。张潜倒是老实人，也是善良人，因管不住儿子胡闹，便气倒在炕上。后来，崇宗李乾顺微服私访，遭到一伙刺客追杀，逃到香山深处时，关键时刻，打猎的张龚打跑刺客，救了崇宗皇帝一命。崇宗皇帝见他武艺好，便带回皇宫封为四品带刀护卫。两年后，西部回鹘作乱，崇宗便派张龚前去平叛。

张龚被皇帝带走后，张潜松了一口气。当听到他能为国杀敌，觉得总算走正道了，也很欣慰。他与李敬是邻居，分东院西院居住，两院之间隔着半尺墙，算是分界线。这墙因年代久远和雨水侵蚀，以致倒塌。李敬一向霸道，但害怕张龚。这时有消息说，张龚到了战场被回鹘人俘虏，断定张龚必死。又想到张潜虽有侄儿在朝为官，但不为亲眷办事，便将院墙向东移了三尺。张潜气愤不过，与之论理，对方强词夺理，把他气病了。

张潜的妻子冯玉珍说："你侄儿在朝做官，是一人之下万人之上的大官。过去他不为亲戚办事，但这件小事总该管管吧？要不然，一旦李敬得寸进尺，我们这口气怎么咽得下？"

"唉！"张潜叹了一口气说，"人家毕竟是宰相，国家大事都管不过来，哪能管我们这种不上台面的小事？"

冯玉珍生气地说："真是窝囊废！这事若不争个长短，他还不骑在咱们头上拉屎？过去儿子虽然混蛋，但有他在，李敬虽霸道但不敢肆意妄为。现在呢，大概人家知道儿子九死一生，所以才敢欺负我们。你想，现在村子里有多少人看着，要是我们这样忍气吞声，村里人咋看？"

张潜立刻修书一封，恳求侄儿无论如何帮自己出气。送信人赶到兴庆府，得知张兴陪着皇帝去了天都山，于是追到天都山，又得知张兴在民间办案。当赶到办案地，又得知他回到兴庆府。当把信交到张兴手里，已是两个月后的事。张兴想到安徽有个六尺巷，便提笔写了一封回信，要送信人亲手送给叔叔。张潜拿到信看完，当下无语。妻子一看书信，也没说什么。

其实李敬心里也不踏实。起初张潜与他评理，他还理直气壮、振振有词，后来见张潜默不作声，反倒纳闷。尤其过了两个月，好像什么事都没发生。越是这样，他越不安。虽然两家是邻居，但很少你来我往。每次出门见到张潜，他也什么都不说。更让李敬不解的是，张龛被回鹘人所擒，他们应悲痛，却听不到哭声。按说他们只有一子，怎么会这样？

李敬忍不住，便过去问："我不明白你儿子被回鹘人抓了，你为何不哭？"

"哭什么？"张潜抽着老旱烟，像什么都没发生一样说，"就是把我们哭死，能把他哭回来？"

李敬道："据说他杀了人家几员大将，被他们抓去八成是活祭。他死了，你们就断子绝孙了。"

张潜说："生死有命，富贵在天。既然天要灭他，说明他做坏事太多。天是没错的，无论谁做恶事，老天爷都长眼睛。"

李敬想到自己霸道，也许老天会谴责自己，又问："那我多占你三尺地，你为何熟视无睹，不想争吗？"

张潜说："不是不争，而是看了侄儿的信没必要争。"

"信？"李敬琢磨了一下，意识到他们给侄儿写信了。可越是没动静，

越说明有问题。要是他侄儿报复，怕是大祸临头，于是说："能让我看看吗？"

"你不要害怕！"张潜起身拿出侄儿的信说，"你想看，就看看吧。"

李敬犹豫着，心里发虚。他听说张兴不但是皇帝的宠臣，而且主管刑律，要是随便罗织一个罪名，不用他本人出面，下面的人就给办了。就是想让一个人死，比碾死一只蚂蚁还容易。他不敢看信，可不看又想知道内容，于是战战兢兢地打开信，只见上面写着：

千里捎书只为墙，让他三尺又何妨？
万里长城今还在，不见当年秦始皇！

李敬看完虽不恐慌，但没说话。他若有所思，默默地走出了。

李敬回到家，将自家的院墙在最先的位置向西移过来三尺，这样中间就是六尺巷，跟安徽的六尺巷一样。村里人一见，都不明白发生了什么事。有人小心翼翼从李敬之妻的口里知道内幕，觉得那封信说得有理。自此，这里的人和平共处，从不为小事闹矛盾。

不久，张翯做了将军衣锦还乡。确实，张翯自到皇帝身边，经常见到做宰相的哥哥。从哥哥身上，他学会了怎样做人，如何处世。后来回鹘在西部作乱，他带兵冲锋在前，连打几个胜仗，真可谓是攻无不克、战无不胜，但他却不杀俘虏。后来，回鹘首领用计将他活捉，回鹘首领要杀他，但他释放过的将领纷纷替他求情。

回鹘首领见他长得一表人才，又武艺出众，想到跟大夏较量迟早没好结局，便对张翯说："如果你答应我的条件，我不但不杀你，还归顺大夏。"

张翯说："只要你不掀起战火，为了天下苍生，我什么都答应。"

"我的条件就是娶我女儿！"

张翯想到他们在战场上野蛮粗鲁，大概他女儿不但野蛮，而且很丑，便说："婚姻是一辈子的大事，哪能草率行事？再说我若战场娶妻，似有投降之嫌。你若有诚意，可以先归顺大夏。"

众将领觉得有理，纷纷进谏。回鹘首领答应归顺，并让女儿阿西燕陪着他去见大夏皇帝。张黄一见阿西燕，发现她竟是一个美女，十分喜欢。他带着阿西燕向兴庆府赶去，路遇挑拨回鹘造反的刺客，阿西燕活捉了刺客到兴庆府，皇帝觉得他能死里逃生，并使回鹘归顺，是他有将军的度量，便说："张兴是宰相肚里能行船，张黄是将军肚上能走马。"皇帝同意让张黄和阿西燕成婚，让他回家结婚。

村里人知道真相后，纷纷祝贺，连李敬也登门祝贺。不少人觉得金银能看透，唯独人心看不透。过去，谁不认为张黄是一个十足的恶棍？想不到短短几年，人就发生了变化，真可谓浪子回头金不换。还说："跟好人，学好人，跟上巫婆跳大神。"张黄受哥哥影响，学到的是宰相胸襟，所以有了将军的肚量。后来，人们见到黄河北岸有座山像张黄，只不过肚子大，便说："这是将军肚。"

如今，游客在参与黄河漂流时，还能在峡谷中见到"将军肚"，后来人们把将军肚叫"将军柱"。目前，它已成为黄河漂流中观赏两岸景色的靓丽景点。

黄世漩

　　相传从前，黑山峡北岸的榆树台住着兄弟两人，哥哥叫黄世承，兄弟叫黄世漩。黄世承为人厚道，乐于吃亏；黄世漩为人奸诈，尖酸刻薄。由于父母死得早，黄世承主动承担起照顾弟弟的重任，尽管他自己已过了婚龄，却先拿钱给兄弟娶了一房媳妇。可黄世漩不感恩，认为这是哥哥应尽的责任，天经地义。要说这也没啥，谁让一笔写不出两个黄字，而且还是亲弟弟。没想到，娶进的弟媳更狡诈，刚进门一个月，就嚷着分家。

　　黄世漩觉得有理，就去找哥哥分家。黄世承没往别处想，觉得与兄弟、弟媳住在一起确实不方便，反正迟早要分，也许分了还能逼兄弟早点懂事过日子。黄世漩得寸进尺，觉得哥哥软弱可欺，干脆说自己还小，理应得到父母的全部家产。声称如果父母在世，也会这么做。黄世承觉得做哥哥的就得有担当，干脆把房子给他，自己搭了个草棚居住。

　　黑山峡这个地方，是走黄河丝路的必经之地。过往的商人一茬又一茬，每次黄世承招待歇脚的客商，黄世漩只收钱不干活，但又不把钱给哥哥。黄世承也不往心里去，认准父亲在世时说的"人行好事，天指好路"，并坚信"吃亏就是福"。但他发现兄弟好吃懒做、坑蒙拐骗，几乎占全了，便劝他做人别太奸诈，占小便宜吃大亏，尤其不能害人。但兄弟听不进去，还遭弟媳毒骂。

　　20多年后，黄世承快50岁了，却没钱娶媳妇。相反，兄弟的家业却越来越大，有人说："像他这样的好人，为何却没好报？而他兄弟那么奸诈，却家大业大？"时间久了黄世承还是攒了点钱，他自己用石头做墙基，用土坯砌墙，用榆树做木材，5年建了三间房子叫"黄石驿"，专门接待过路商人。

　　果然，黄世承的吃亏感动了山神、土神。他们觉得应该帮助黄世承。土神化作白胡子爷爷，以乞丐身份讨饭。黄世承见他须发皆白，觉得他可怜，于是请他到屋里吃饭，还说要赡养他。

土神非常感动，觉得这么好的人，如果再不帮他太没公理，便进一步试探着说："我虽是乞丐，但你家的事我听说了。你兄弟已有7个子女，可你却连个媳妇也没有。"

黄世承说："只要兄弟好，我就高兴。父母临走时，最放心不下的就是他。看着他成家立业，当哥哥的总算卸了一份担子。不孝有三，无后为大。他有子女，黄家就没断子绝孙。"

听其言、观其行，世上还有多少这样的人？凡事考虑别人，却很少考虑自己，于是土神继续试探道："可你已吃了97个大亏，难道还要继续吃亏？"

"父母多次说过：吃亏就是福，我相信老天爷是长眼睛的。"

土神走后，黄世承像是做梦一样醒来，寻思：我吃亏惯了，连我都忘了这辈子吃了多少亏，老人怎么知道我吃了97个大亏，莫非他是神仙？这时，弟媳进来哭道："大哥，快救救你兄弟吧？他要坐牢了。"

原来，黄世漩骗了一个走丝路的大客商。没想到，这位大客商竟是县老爷的小舅子。想想看，这不是虎口拔牙，自己找死吗？人家告到县衙，县官早就知道他挣了不少钱，便抓起来敲诈说，不但要查抄他家的财产，还要打板子判刑坐牢。

黄世承大惊失色，赶到县衙求见县官，县官说："他家的家产已查抄，但不够赔付。"

为了救人，黄世承忙说："只要您放他，要多少钱我付。"

黄世承将家里值钱的东西全部卖掉，连积攒的钱也交给县老爷。黄世漩出狱后，由于房子已被县衙做主卖给别人，便与老婆孩子住在大哥的黄石驿。没过多久，黄世漩夫妇竟将黄世承赶出家门。

夜里，黄世承睡熟后，那个乞讨的白胡子老人又出现在梦中说："你又连续吃了两个大亏，已经99个了，难道一点也不抱怨老天不公？"

黄世承反倒自责地说："吃亏是我自愿的。都是我的错，是我没管好

弟弟。"

"你的心太好了。你记着：吃亏是福。该是你的，都会加倍回来的。"

天亮后，黄世承想着梦中的事，刚出柴棚，忽然有个中年人走来说："老黄啊，香山有个穷人家的女儿听说你厚道，想嫁给你做老婆，你愿意吗？"

黄世承高兴地说："当然愿意啊，我马上50岁了。只是为救兄弟我已没了家业，没钱娶她。要不等过上两年，我挣点钱再娶她过门！"

"没关系！她图的是你人好，就是和你一辈子住草棚，她也愿意。"

几天后，中年人带来香山的那个姑娘，说今晚就完婚。黄世承很高兴，没想到中年人说："不过你这美好姻缘是我撮合的，第一天必须让我入洞房。"

黄世承觉得已吃了99亏，再吃一亏又如何？毕竟不花钱娶媳妇还得感谢人家，于是答应。那中年人对黄世漩一家说："你大哥为救你们失去了一切，他要结婚你们总该给他腾出一间做洞房吧。"

黄世漩夫妇觉得如果不同意说不过去，勉强同意，可得知第一天是媒人入洞房，便骂大哥窝囊。黄世承也不辩解。黄世漩的妻子冷笑道："想不到世上还有这么傻的人？这么大的亏他也愿吃？"

那中年人进入洞房。第二天，天亮后，黄世承见中年人还不出来，在外面敲了好一会门，却没任何声音。黄世漩也已出门，觉得那中年人太过分，便踹门进去，忽然惊呆了，只见炕上躺着两个金人。黄世承进来后，也惊呆了！

黄世漩高兴地喊道："我发财啦！"这一喊，别说他妻子听到，邻居也听到了。不过邻居离得远，正往来赶。他的妻子听到喊声进来，一进门惊呆了，她觉得就像做梦，试着一咬舌头认定不是做梦。接着，黄世漩夫妇便说这两个金人是在自己家，当然是自己的。

黄世承说："要不你我各留一个。"

黄世漩夫妇见财眼开，别说这是哥哥，就是亲儿子也不行，争抢着将金人抱起来，一看男金人后背写着"天赐金人黄世承"，女金人后背写着"多行不义必自毙"。黄世漩夫妇财迷心窍，觉得这是后辈儿孙奋斗几辈子也得不到的财富，便想杀了黄世承霸占。

忽然，白胡子老人现身说："真恶毒，该遭报应了。"说完一手牵了一人出去。

黄世承见老人是梦中见到的，认定他是神仙，便立刻追出去。白胡子老人将黄世漩夫妇牵到河边说："就让你们葬身此地。"说完，将他们扔进黄河。

从此，河里就出现了一大一小两个旋涡，人们知道这里是黄世漩夫妇的葬身地，就起名黄世漩。

大柳树

从前，中卫有个柳员外，因祖上富裕，加上他善于经营，所以家里骡马成群、牛羊满圈、佣人无数，可膝下却无子嗣。他和妻子商议要行善积德，便给高庙的菩萨穿上锦袍。到了50岁，柳氏生下一女。柳员外高兴，请全村人庆贺。他给女儿起名柳舒，视为掌上明珠。

柳舒长到16岁，正是情窦初开的年龄，人见人爱，上门求亲者络绎不绝。有一天，柳舒在花园里赏花，忽觉困倦，便躺在廊檐下睡着了。一只漂亮的鹦鹉见她张着嘴，以为是一个洞口，便钻了进去。柳舒醒来后觉得恶心，却吐不出什么。40天后，她觉得肚子里像有东西长大一样，肚子也大了起来。

柳员外以为女儿伤风败俗，很气恼。他是个要面子的人，觉得出现这事没脸见人，就狠心令人在夜间将柳舒的绣楼点燃。柳员外密谋这事时，佣人听到告知柳氏，柳氏知道无法阻拦，就要柳舒逃走。晚上下人点燃绣楼后，员外大哭道："真没想到女儿会被烧死，这让我怎么活啊！"

柳舒逃到沙坡头一带，忽然肚子疼了起来，不一会儿产下一只鹦鹉。鹦鹉脆生生地叫着"母亲"，柳舒生气地道："都是你，害得我无家可归。"

鹦鹉说："母亲，都怪女儿不懂事。那天我刚学飞，回家时见您张着口，以为是我家，谁知一进去就出不来了。我在您肚子里待了这么久，又是您把我生出来，当然是您女儿。既然是您女儿，理应为您分忧。没有吃的，我去衔来。"说完，飞出去衔来枸杞给她充饥。

柳舒说："可我们有了吃的，却没家啊！"

鹦鹉说："我的本事很大，没有家我可以建。"

柳舒摇着头道："你是鸟，怎么建？"

鹦鹉说："我是观音菩萨身边的妙音鸟，我有法力建房。"

柳舒和鹦鹉来到依山傍水的地方，见这里基本上与世隔绝，便决定在此安家。鹦鹉变为一个婀娜多姿、美艳动人的美女。柳舒看呆了，简直不敢相信自己的眼睛。鹦鹉点起香，向同伴发出邀请。不一会儿，天上飞来很多只各色鸟雀，落下后全都变为青年，很快就建起了一座漂亮的房子。房屋建好后，鸟雀告别他们飞走。之后，鹦鹉天天衔来粮食供母亲充饥。

柳舒虽然感受着从没有过的幸福，但每天让鹦鹉这么辛苦，很不忍心，便说："既然你有神通，能否把黄河水引上来，我们种枸杞、种粮食，以后就不用天天衔了。"

鹦鹉再次点起香，不一会儿飞来很多只各色鸟雀，仍然变成青年，在这里造了一座高大的水车，将黄河水提上来浇灌土地。这些青年又运来枸杞苗栽下，同时使用神通使枸杞苗长大。很快，枸杞树上挂满了红彤彤的鲜果。柳舒觉得女儿很有本事，很高兴。从此，母女俩就在这里过着无忧无虑的生活。

几年后，柳舒想到母亲最疼自己，一定在天天思念自己，便让鹦鹉进城告诉母亲关于柳舒的情况，让母亲放心，顺便看看母亲怎样。鹦鹉飞到柳员外家，见柳氏坐在石头上哭泣，因怕吓着她，便变为一个女孩说："老奶奶，您为什么流泪？"

柳氏说："我在想女儿啊！"

鹦鹉说："她也想您，不过她现在过得很幸福，请您放心。"

柳氏一站而起，打量着鹦鹉道："你怎么会知道我女儿过得很幸福？"

鹦鹉把情况简单地说了一遍，柳氏听了觉得稀奇，高兴地说："既然她由你照顾着生活在山里，就让她先待着。等有合适机会，我问一下你爷爷，想办法接你们回来。"鹦鹉走后，柳氏觉得女儿有了安身立命之处，倒也少了几分牵挂。她抹掉眼泪准备回屋，这时柳员外从廊道走来，见她眼圈泛红，便叹着气说："别这样，女儿已经死了，还是想开点。要说也是好事，她若活着，你说我们的老脸往哪搁？"

柳氏吃惊地道："你真这样想？"

柳员外长叹一声说："不这样想能咋样？现在人死了，只能面对现实。不过你说也怪，女儿足不出户，家里丫鬟佣人都是女人，怎么会怀孕呢？"

"是啊！"柳氏观察着员外的反应说，"是不是女儿不是怀孕，而是得了病？"

"不可能！"柳员外语气肯定地说，"我虽不是女人，但知道女人怀孕要呕吐，肚子会隆起来。假如她不是怀孕，怎么会这样？不说了，反正人死了，不念叨了。"

"要是女儿活着，你会怎样？"

"怎么会呢？"

"那你见到尸骨了吗？"

柳员外觉得妻子话里有话，便问："为何这么说？"

柳氏试探道："如果她活着，你会怎么做？"

柳员外长叹一口气道："我们老了，她是我们唯一的骨肉。如果她还活着，我一定接她回来。"

柳氏忙说："不瞒你说，女儿没死。那天你安排下人要烧绣楼，我提前告诉女儿，让女儿逃走了。"

没想到柳员外勃然大怒道："你竟然做出这样的事？你这是跟我作对！是想气死我！滚，马上滚！"

"老爷，你不能这样啊！虎毒不食子，她毕竟是我们的唯一骨肉。"

"胡说！"柳员外暴跳如雷地道，"她不是我女儿！一个丢人现眼的东西，不配做我的女儿。你滚！马上滚！再也不要回来！"

柳氏跪倒哭着哀求，但是没用，柳员外就像魔鬼附体一样，全然不像一个正常人。柳氏一看哀求没用，只好哭着走了，最后竟然走到河边要投河自尽。这时鹦鹉飞来忙现身变为一个美丽的少女说："奶奶，您别伤心。您若死了，母亲会悲痛欲绝，我也会痛断肝肠。"

"可我不死，没有去处啊！"

"我和母亲生活得很幸福，您跟我们在一起过吧，孙女一定让您天天开心快乐！您闭上眼睛，很快就可带您过去。"

柳氏闭上眼睛，只听耳边呼呼有风。只片刻工夫，鹦鹉说："奶奶睁眼，您看看这是谁？"

柳氏睁眼一看，只见面前站着的正是女儿柳舒，便抱住她大哭起来。柳舒也哭着说："母亲，当年如果不是您，女儿就被大火烧死了。女儿不明白，我是爹爹的骨肉，他怎么那么心狠？"

"是啊，虎毒不食子，他怎么能这样？"

柳氏看了柳舒的居住环境，见这里环境清幽，无琐烦之事，真乃人间仙境。从此，柳舒就和鹦鹉一起孝敬着老人，过着快乐无忧的生活。

柳员外赶走妻子后，很快就后悔了，天天思念。他不知妻子去了哪里，是死是活。他的九个妾别看平时围着他，此刻都觉得他身子骨老了，于是抓住这个机会，将家产偷偷转了出去。有一天，柳员外外出回来见家里有不少人往出搬家产，正是那九个妾雇佣的人，便上前争夺，却被这些佣人乱拳打倒，一动不动了。那九个妾见他被打倒，便上前呼唤，却见他没有任何反应，知道闯了大祸，因怕吃官司，便将柳员外拖进屋内要火烧。柳员外做梦也没想到自己会被火烧。他醒来见大火连天，忙向外跑，可门口已被大火封住，根本出不去。关键时刻，鹦鹉飞来救走柳员外。

柳员外与妻子、女儿、孙女在孟家湾团聚，想起过去的事很悔恨。几天后，他咽不下这口气，要找那九个妾算账。柳舒不让他去，说既然家财散尽，就在这里享福。可柳员外觉得家产既是从祖上继承，也是多年来经营所得，实在来之不易，便去县衙告状。县官令人拘来那九个妾，又将佣人抓来。可县官收了那九个妾的好处，竟将他们放了，还把员外打出县衙。

柳员外控诉无门，哭着回到女儿那里。那九个妾怕员外还会多事，便雇两个佣人跟踪过来，乘柳员外不注意将他打死，柳氏也被佣人打死后，柳舒大惊失色，在呼唤父母时被佣人乱棍打死。柳氏夫妇死后，化为两块大石，柳舒死后化为一棵树。因她名字叫柳舒，人们便叫她大柳树。鹦鹉回来一看，施展仙法将那九个妾和那两个佣人全部变为石头，自己朝远处飞去。

红毛牛

在沙坡头黄河大拐弯的双狮山脚下，有一块特大暗礁横卧在河中。在枯水期时，靠上游的地方凸起一块巨石，状似牛头；在下游的地方也同样凸起一块长石，就像牛尾。由于暗礁是红色，所以被人们称作"红毛牛"。在丰水期时，暗礁隐没在水里，船工一不小心撞上，轻则船体损坏，重则船毁人亡。那这块礁石到底是怎么形成的呢？

相传，蒙古攻打西夏时，中卫有个神武将军，十八般武艺样样精通，善使暗器，多少自称常胜将军的人，都败在他的手下。过去，他镇守中卫胜金关，偶尔回中卫城，外敌莫敢轻进。蒙古人暗杀他没成功，便求红牛精帮忙。

红牛精能吞人，一直在兵沟祸害丝路商人。红牛精见蒙古将军带着士兵献上祭品和珠宝，不满意地道："要说吃掉神武将军根本不在话下，但就你们拿的这种礼物，怎么能让我满意？"

"那您要什么？"

"牲畜我能吃到，珠宝我能从丝路商人手里抢到。如果你们能在十日内献来99对同年同月同日生的童男童女，我就满足你们的愿望。"

蒙古将军为了除掉神武将军，便答应红毛牛的条件。这话让乌龟精听到，他觉得神武将军是正义的化身，决不能死。再说，蒙古人为了扩疆拓土、掠夺财富，年年穷兵黩武，不断掀起战火，应该打击他们的嚣张气焰。最关键的是，神武将军是他的救命恩人，他必须报答，于是乌龟精变化成老人将这个情况告诉神武将军。

神武将军纳闷地问："他为何要吃99对同年同月同日生的童男童女？"

乌龟精说："因为夜明山上有一条蟒精，他修炼千年，说如能一次吃掉

99 对同年同月同日生的童男童女，就能长生不老。"

"奇怪！你怎么知道这事？"

乌龟精见跟前并无闲杂人等，便说："不瞒你说，我就是当年你从渔夫手里救下的那只乌龟啊！这些年我一直想报答你，可因法力浅薄，刚修成人形。我来就是告诉你，提前做好准备。"

神武将军想了想说："要是这样，光做准备还不行，最好是除掉它！不然，那 99 对孩童就成了他的食物。"

"是的，99 对孩童，198 条命啊！可是除掉他虽能断绝祸患，但你不是他的对手啊！"

"不错，他是妖怪我是人。他能变化，我却不能。人与妖搏杀，吃亏的是人。你告诉我，他有什么弱点？"

乌龟精摇着头，忽然道："有了！只要在 10 天内阻止蒙古将军找到 99 对同年同月同日生的童男童女，红牛就不能长生不老。第 11 天是六月初七，他要打坐入定。只要摸到兵沟洞口，一箭射进他的心脏，他就必死无疑。不过他在死前肯定会冲出洞来，那时在洞口点燃大火，他就出不来了。"

神武将军大喜，告别妻子红莲要去蒙古大营。红莲知道他是蒙古大军最害怕的人，只要他去必被认出，便说："不行，你的名字传遍蒙古大营，很多蒙古士兵虽然听到你的名字心惊胆战，但为了得到重赏，还是愿意抓你领赏，还是我替你去。"

神武将军口气坚定地说："绝对不行，你虽然武功盖世，但长得漂亮。蒙古兵见到你这样漂亮的人，必会产生邪念。"

乌龟精说："我变成女人保护她。"因见神武将军担心，又接着说，"虽然我的功夫跟你没法比，但我善于变化，能在关键时吓退他们。"

神武将军虽觉得不是良策，但时间紧张，便犹豫着说："为了能一箭致命，我提炼毒药煨在箭上。"

"应该这样！不过，为防巨蟒赶去凑热闹坏事，需要先除掉巨蟒。"

"他在哪里？怎么除？"

乌龟精说："夜明山有一棵奇形怪状的大树，顺着这棵树左转三圈右转三圈，念咒语就可显出一个豪宅。"说完乌龟精告诉了将军咒语。

神武将军到夜明山上找到那棵奇形怪状的大树，左转三圈右转三圈，然后念咒语，果然显出一个气势宏大的豪宅。他见四周无人，轻手轻脚地进入豪宅。他左躲右藏，避开进出的小妖，最后找到一个大殿。从窗户一看，只见一个人正在打坐。神武将军一箭射去，正中那人心脏。那人怒吼一声变为巨蟒，从大殿内向神武将军扑来。巨蟒虽气势吓人，但已受伤，神武将军与巨蟒搏斗了三天三夜，终于击败了巨蟒，他也昏了过去。

与此同时，红莲在乌龟精的指引下，来到蒙古大营。那蒙古将军到了第八天，已找到同年同月同日生的童男童女98对，只差最后一对。乌龟精灵机一动，便对红莲附耳道："为防他找到最关键的一对，我变为童男，把你变为童女。"

红莲大惊失色道："那你我岂不是会被红牛精吃了？"

"没事，我是让蒙古将军认为已找到99对童男童女。只要他不再继续找，届时到了红牛精那儿，我会先救出你。只要少了一对，红牛精就不会吃那98对童男童女。只要等到第十一天，神武将军就可杀了红牛精。"

红莲觉得是一个好办法，乌龟精便将她变为童女，自己变为童男。两人故意出现在蒙古将军经过的路上，蒙古将军一见大喜，令人抓住他们问："你们多大了？"

乌龟精说："8岁。"

"几月生的？"

"八月。"

"哪天生的？"

"初八。"

蒙古将军大喜，又看着红莲问："你呢？"

红莲怯怯地说："我跟他是同年同月同日生，我们是龙凤胎。"

蒙古将军喜不自胜，带上他俩和另外98对童男童女来到兵沟。这正是第十天，快到红牛精居住地时，乌龟精偷偷将红莲和自己变为身边的两个蒙古兵，把这两个蒙古兵变为童男童女。红牛精正在等蒙古将军来，远远看见后高兴地想："吃了99对童男童女，我就能长生不老，明天打坐就能成为魔王，统治魔界。"

蒙古将军走来说："大王！按照您的吩咐，我已找到99对同年同月同日生的童男童女。"

红牛精很高兴，要吃99对童男童女，忽见那两个蒙古兵所变的童男童女在瞬间恢复原形，不由一愣道："怎么回事？"

此时，乌龟精和红莲已乘人不备偷偷走了，蒙古将军道："怎么少了一对？"

那两个蒙古兵也糊里糊涂，发愣道："我们也不知怎么回事。"

红牛精吃了那两个蒙古兵，恶狠狠地对蒙古将军道："不管怎样，明天我要如期打坐入定，49日后才能出关。你若在49日后送来一对同年同月同日生的童男童女，我就帮你吃掉神武将军！"

蒙古将军纳闷地道："怎么会有这样的怪事？要不，求您先吃了神武将军，我在49天后将童男童女送来。"

红牛精怒道："你以为送来98对童男童女就可满足我？告诉你，若少了那关键的一对，我吃了他们非但不能长生，还会遭受阴魂偷袭。别看他们人小，但人小鬼大，能量不小。"

乌龟精和红莲找到神武将军说了情况，神武将军做好准备后，便提前来到兵沟附近。第二天，他摸到洞口，见小妖进进出出，不好靠近。正在着急，这时乌龟精过来说："我去引开它们。"

乌龟精到洞口将小妖引开，神武将军乘机到了洞口，见红牛精正在打坐，一箭射去正中红牛精心脏。红牛精大吼一声，恢复成红牛向洞口冲来。神武将军忽然想起，怎么没在洞口放火？红牛精冲出后，张口要吃神武将军，神武将军飞身落在牛背上，拿着大刀猛砍。奇怪，他的刀是削铁如泥的宝刀，一向锋利无比，但却砍不掉红牛的头。

那些小妖听到声音回头一看，立刻赶来。乌龟精便先与小妖打在一起。

神武将军虽不能杀掉红牛精，但红牛精也吃不到他。红牛精心疼得厉害，到处乱跑，最后跑到沙坡头大拐弯。

这时，红莲见将军正骑在牛背上，高兴地喊道："将军！"

神武将军大惊道："快闪开，这里危险！"

红牛精断定这是神武将军的妻子，张开口使劲一吸，将红莲吞进肚里。神武将军从红牛精背上摔下。红牛精大吼一声，张开大口要吃他时，那98对童男童女逃出，被他吸进肚子。童男童女进去后，痛苦地挣扎，这一挣扎，红牛精感到特别难受，无法集中精力对抗神武将军。

红牛精与神武将军大战了一天一夜，最后红牛精精疲力尽，让神武将军砍下牛尾，也砍掉了牛头。神武将军怕牛头牛尾日久成精，危害世人，就将牛头牛尾用刀挑进黄河。不料，牛头牛尾落入黄河，竟然化为牛头暗礁和牛尾暗礁。神武将军见牛身还在，剥开牛肚见红莲已死，便抱住她大哭。

红莲死后身体化为一块石头。那些童男童女，也化为大小不等的石头。神武将军觉得没保护好妻子，自尽在河边，也化为一块巨石，守候在红莲身边。49天后，人们发现红莲和神武将军所化的石头不见了，远处却出现了两座相依相偎的狮子模样的山。人们说，这一定是红莲和神武将军的化身。后来，人们把这两座山叫双狮山，而河中的牛头和牛尾暗礁，被叫作红毛牛。

鸽子崖

黑山峡鸽子崖的鸽子不仅数量多，而且品种杂。鸽子成群结队，在峡谷飞翔时成为一大景观。鸽子的鸣叫声也好听，像为游客唱送行歌。

相传，香山深处住着一户人家，家主名叫牛草包。他家产万贯，结交的都是达官贵人。不过，知县对他的名字不满意，建议说："老牛啊，你虽富有，但你名字不好，还是改个名字吧。"

牛草包觉得有理，"草包"是骂人的话，这名字确实难听，不明白父母为啥会给他起这样的名字，便问："那大人觉得，我叫什么名字好？"

县官想了想说："你家很有钱，应该叫牛有财。"

"好啊！就叫牛有财。"

牛草包回到家，觉得既然改了名字，只有叫出来才能产生效果，于是嘱咐身边的人都叫他牛有财。父亲知道后，问他为何突然改名，他如实说了，父亲恼怒道："简直胡闹！给你起这个名字，是有说道的。咱们姓牛，之所以很富，就因为你叫牛草包。"

牛草包不解地道："这是为何？"

"算命先生说牛是天生吃草的，牛在草包里不会饿死，既然有吃的，当然会富。你知道你母亲为何会在生下你后死掉吗？"

牛草包摇着头道："不知道。"

父亲说："你母亲怀你三年零六个月才生下，很多人说你是妖怪。除非像老子，一生下就老了。还有包拯，据说也是怀了三年零六个月。我不知是凶是吉，所以去问算命先生。"

牛草包忙问："他咋说？"

父亲说："他说你福报很大，但克母，所以你母亲死了。"

"这是为何？"

"算命先生说'夫妇本是前缘，善缘、恶缘，无缘不合；儿女原是宿债，欠债、还债，有债方来'。你和你母亲前世是仇人，你把她送到大牢坐了三年零六个月，所以她才把你怀了三年零六个月，如同坐牢难见天日！"

牛草包觉得有理，去对县官说了，县官摇着头说："你爹说的是你和你母亲的生克关系，而我说的是你的命运。一个人有没有钱，会不会富，与名字无关，但与命有关。命里有五升，强如起五更。你没听算命的说吗？金银遍地走，横财不富命穷人。"

牛草包摇着头说："我不信！我爹找的算命先生，他能知道过去、现在、未来，他有第三只眼睛，说是天眼开着，能看到我们看不到的东西。"

"别听算命先生胡说，他要是什么都能看见，什么都能知道，还用给人算命吗？恐怕早就门庭若市。既然你不信，那咱们就试验一下。"

县官令人将一锭金子扔在乞丐前面。乞丐走路低着头，牛草包认为只要乞丐拣到金锭，就可让县官无话可说。可谁知乞丐快走到金锭跟前时，却忽然转身走了。而这时一个秀才昂着头却被金锭绊倒。秀才一见金子，高兴得跳了起来。

县官笑道："怎么样？穷人就是穷人。真正的富命，怎么都有钱，即便穷到极点，也可时来运转。"

牛草包回家后，无论父亲怎么发火，他就叫牛有财。父亲气病，一个月后丧命。半年后，忽然天降瓢泼大雨，洪水不仅将牛圈、羊圈冲毁，而且将牛羊冲走，将房屋冲毁。

从此，牛有财沿街乞讨。那些熟人一见，要么赶紧躲开，要么幸灾乐祸。他感叹世态炎凉，想起过去逍遥自在的日子，觉得那些日子不会再来，不由悲从中来。忽然，有个算命先生叫住他说："看你面相，应该是大富之命，怎么乞讨呀？"

牛有财叹着气说："不瞒你说，半年前我是富人，但一场洪灾使我失去了一切。"

"你叫什么？"

"牛有财啊！"

算命先生摇着头说："你不该叫这名字，如果你叫牛草包一定富有！你以为叫有财就真的有财？牛是吃草的！"

牛有财想起父亲的话，这才明白父亲为何为了一个名字丧命，原来他的坚持是有道理的。牛就是牛，它是吃草的。对牛而言，财不财跟它没关系，有草就能活着。自己现在没吃没喝，跟牛一样，所以才穷，于是道："不瞒你说，我过去就叫牛草包，后来改成牛有财。"

"没关系，只要你叫牛草包，你还会变富。不过你光改名还不行，要是见你的人都能叫你牛草包，不出一个月肯定暴富。"

牛有财谢过算命先生，但他是一个乞丐，很多人见他邋遢肮脏，远远就离开了，根本没人叫他名字。他灵光一闪，边走边对行人道："可怜可怜牛草包，给点吧。"他不断这么喊，很多人笑道："听到了吗？他叫牛草包，真难听！"

后来，人们一见他，都叫他牛草包，拿他名字取笑。有一天，他见有人带着硕大的乌龟在卖，便说："乌龟很可怜，放了它吧。"

"说得轻巧！这是万年龟，能卖好价钱，只有傻子才会放。"

"那你说怎样才放？"

"拿钱来！"

"可我没钱啊！"

这时，不少人围了过来看着，这人用戏弄的口吻说："那好办！如果你从我的裤裆下爬过去，并大声叫我爷爷，我就放了它。"

牛草包虽见有很多人在场，但自做乞丐以来，已经没了以前的那种自尊，便从他的裤裆下爬了过去，又叫了他三声爷爷。这人见他真能做到，想要反悔，没想到周围的人全都谴责他。这人一看，只好将乌龟给了牛草包。牛草包带着万年龟到了河边，将乌龟放进黄河。忽然，乌龟变成白胡子老人说："小伙子，多谢你救命。"

老人走到牛草包身前，用手在他眼睛上摸摸说："走吧，沿着黄河边往西走，你会得到很多金子。但记住，你富有就行了，不要贪得无厌，不然你的眼睛会瞎。"

"放心，我本来已成穷人，只要有吃有喝就行。"

"这就好！不过我要叮嘱你，当你眼瞎看不到地下宝物时，凡跟你在一起的人都会变成鸽子。"

牛草包纳闷地问："怎么会这样？"

老人说："福报是自种的，播种越多，福报越大。如果掠夺福报，那是德不配位，很快就是灾难。"

牛草包沿着黄河向西走，每走一段就发现地下埋着不少金子。一路走下来，他得到的金子已拿不动了。有了金子，他便雇人建了房子，又像以前一样雇了丫鬟、佣人。王员外知道他成了富人，觉得奇怪，当知道他能看到地下宝物时，便把女儿王鸢许配给他。

牛草包结婚后，王员外说："贤婿啊！你不是能看到地下宝物吗？能不能带我们多挖些宝贝？"

牛草包说："我们已有吃有喝，不要贪心。"

王鸢不高兴地道："世上有谁跟财富有仇？长着神眼不用，真傻！"

牛草包只好带着他们沿河边往西走，一路挖了不少宝物。王员外和王鸢欣喜若狂，但贪心不足。当走到一个地方，牛草包见下面埋着十缸金子，便说："这里有十缸金子。"话刚说完，眼睛便瞎了。

王员外和王鸢并没留意他的变化，只管挖金子，而牛草包觉得身体一小，变成了一只白鸽。王员外和王鸢两人也变成白鸽。从此，这里就飞着三种鸽子，总向人们叫着"莫贪莫贪"。遗憾的是，人们无法听懂。后来鸽子有了后代，代代相传，这里就有很多鸽子，人们便把这个地方叫鸽子崖。

沙坡鸣钟

相传很久以前，沙坡头叫桂王城。这是一个山清水秀、鸟语花香的地方。之所以叫桂王城，是因国王之母怀胎三年，梦见桂树精声称与她有缘，情愿做她的儿子，然后生了他。奇怪的是，他一出生就能跟母亲对话，并且行走如飞。那时，黄河里有一只乌龟精经常祸害黄河两岸百姓。他趁乌龟精又要吃人时，将乌龟精一箭射死。百姓无不对他感恩，纷纷拥他为王。

起初，桂王东征西杀、南征北战，开拓了一个疆域广阔的大国。但很快，有几个部落首领受人挑唆，公开反叛。桂王闻听大怒，带兵主动迎战。对方善施法术，驱赶着山林猛兽作战，桂兵纷纷败退。桂王只身闯入阵中，将发疯的山林猛兽全都制服。敌阵中有个会飞的怪人，展开翅膀来抓桂王，桂王用宝剑刺退来敌。眼见怪人飞向远处，他拉开神弓射死怪人。从此，人们尊他为桂王，把他们的城池叫桂王城。

在开邦立国之初，桂王从异人手里得到一本《玉历宝钞》，自己认真阅读后，要求读书人都读《玉历宝钞》，对不识字的人则派人讲解。他励精图治，文治武功，很快朝纲大振，国泰民安，偌大的城池夜不闭户、路不拾遗。如是数载，声名鹊起，遂成西陲重邦，邻国不敢侧目而视。后来，西凉国入侵，被桂王的神威吓走。桂王不仅兴水利，助农耕，还杀了盘绕在怪树里的巨蟒，感化了天都山的强盗。

桂王到了垂暮之年，几个儿子为争王储，掀起纷争。三子吴旗不择手段陷害手足兄弟；长子被逼无奈，出家修道；次子趋吉避凶却遭追杀，死在六盘山下；四子看破红尘，出家皈依三宝；五子生性残忍，成为老三利用的工具。一时血雨腥风，百姓苦不堪言。

邻国认定桂王已老，于是联手袭击。战事一起，狼烟弥漫，生灵涂炭，百姓遭殃。桂王为抗击外敌，御驾亲征，不料险些丧命。而吴旗声色犬马，荒淫无度。桂王忧心忡忡，派人站岗放哨，并约定以点狼烟为讯，没想到岗哨被敌军暗杀。桂王下令铸大钟悬挂在城门，只要有敌情，军队听到钟声就可提前防范。不料不久，敲钟人也遭到杀害。

百姓一看生命没有保障，终日惶恐，群臣也因内忧外患，不知所措。桂王积忧成疾，病倒床榻。两个忠义的大臣觉得食君之禄，忠君之事，国家有难，理当相报，于是向桂王献策后自刎。两人死后鲜血竟全部喷溅于钟上。从此，这钟吸收日月精华，很快有了灵气。每当敌人出兵，人尚未到，此钟不敲自鸣。

一天，吴旗在城外见一个孕妇有几分风韵，便上前调戏。孕妇跑上城楼，见吴旗步步逼近，便血溅神钟，从此神钟迟钝，只在灾难临近才鸣。桂王十分愤慨，将吴旗关押。不久，桂王驾崩，吴旗的人救出吴旗并帮他登基。吴旗不知创业之艰辛，守业之艰难，终日厉兵秣马，把国家折腾得不堪重负，人人厌战。

有一年，吴旗自恃国力强大，自己又威猛无比，不听劝阻带兵入侵沙陀。他孤军深入敌境，挥舞门扇大刀如入无人之境。沙陀兵死伤无数，无不哭爹喊娘。他以摧枯拉朽之势猛冲猛杀，斩将夺城，所向披靡，连续几仗，攻无不克，战无不胜。

吴旗非常得意，哪管什么危险，将自己的人马远远甩在后面。沙陀国王派出能征善战的七位骁勇战将，利用车轮战术将他围困，可他还是将七位将领杀死，并追杀国王，却连人带马掉进坑里。被俘后，沙陀国王要杀他，沙陀公主见他长得英俊，便对国王说了心思。国王虽怒火不熄，但想到自己就一个女儿，怎么能让她失望？再说自己，迟早要将王位交给她，吴旗骁勇善战，如若联姻，谁敢欺负？

沙陀国王逼吴旗做自己的女婿，否则杀他。吴旗便答应了。国王怕他说话不算数，要他立下毒誓。吴旗跪下说："我愿娶沙陀国公主为妻，如若悔婚，必遭沙埋。"成亲时，吴旗发现沙陀公主长得奇丑，心生厌恶，便趁机偷得宝马回国。

沙陀国王断定吴旗必会反悔逃走，可吴旗天生神力，谁能阻拦？为方便擒他，便令人在酒里做了手脚。国王醒后见吴旗已逃，料定他已失去神力，便与公主骑马追来。沙陀国王与公主跟吴旗相遇，吴旗力不从心，只好逃走。因见百姓躲进地宫，便也逃入。沙陀公主施展魔法，催动黄沙将城掩埋。后来人们滑沙时听到巨响，据说是神钟预警。

龙王炕

在黑山峡中，有个景点叫龙王炕。

盛唐时期，吐蕃在河西掀起战火，商人们只好开辟了途经沙坡头的丝路北线。大唐有个商人叫钱万贯，从兰州带着货物漂流至龙王炕。悍匪刚要抢劫他，已做土神的钱满柜掀起飓风，将悍匪卷入黄河。龙王见钱万贯长得一表人才，又见有一位公主喜欢，便掀起巨浪将筏子打翻。

龙王令部族将钱万贯和丝路商人、伙计带进水晶宫，说只要钱万贯答应娶公主，就放其他人回去。钱万贯觉得龙王守着黄河，如果不了却心愿，必然不断物色女婿，这样一来不知有多少丝路商人要葬身鱼腹。但他已有心上人，怎能娶龙女为妻？因此说："龙王！您是神仙，怎么能这样做？"

龙王道："我为公主择婿，没什么不对！"

"但人神殊途，如果逆天行事，必遭天谴！"

龙王觉得有理，如果为了选婿继续在黄河上害人，必然惊动天庭，便说："只是公主说与你有缘，八成是某一世结缘，或者说被月老拴了红绳。她说这一世除了你，谁都不嫁！"

钱万贯想到妻子于是道："其实比我强者众多，我若不是有心上人，当然答应。"

龙女道："没关系！你的大名如雷贯耳，我早到长安打听到，你能文能武，是大唐首富的孙子。实际上，你是皇帝的私生子。就凭这个身份，你的前途不可限量。如果你答应娶我，即便让我做妾都行。假如你娶了我，我不但助你成就大业，还能保护商人在黄河上顺利通行。"

钱万贯觉得如果不答应，意味还有人得死。为了救人，也为了黄河上不再死人，便与龙女成婚。后来，每当钱万贯带领商人坐皮筏从金城郡漂流而下，龙女都护他周全，并把钱万贯请到水晶宫招待。从此，因为水路安全，商人都坐皮筏，这里也成了中卫古八景之一的"黄河泛舟"。

明代，这个景观被称为"黄河晓渡"，并载入方志。清代中卫知县黄恩锡经过考察，认为"晓渡""景殊无取"。而多见的是扁舟载酒、夹岸堤柳、洪流触目、渚凫汀鸥、飞鸣芦浦等景象。每于浊浪土崖间见苇蓬小艇，举网得鱼。如果买鲜浮白，啸吟沧洲，会令人流连忘归，因此改名。罗元琦诗云：

洪波舣楫泛中流，凫淑鸥汀揽胜游。
数点渔舟歌欸乃，诗情恍在白苹洲。

此前，亦存旧诗云：

黄河东下自昆仑，浊浪排出晓拍津。
来往行人喧古渡，只因名利少闲身。

夜照明灯

从前，南长滩住着老两口，依靠撒网打渔为生。这天下午，老翁打了一条娃娃鱼和一条鸽子鱼，以为是神物，吓得要放归黄河。当地的老财主经过，寻思吃了娃娃鱼可以长命百岁，吃了鸽子鱼可以飞黄腾达，便下令去抢。没想到，老翁已将鱼放入河中。

下人拳打脚踢，将老翁打昏后，抢走渔网去捞，可两条鱼早已不见。老翁醒来后，见身边是一个美丽的姑娘，再看财主已走，而渔网已毁，不禁号啕大哭。姑娘将老翁搀回家道："以后我做你们的女儿，天天给你们送枸杞充饥。"

老两口很高兴，姑娘每天出去，回来都带着枸杞。光阴荏苒，转眼过了七年。一天，财主见老两口红光满面，一打听，才知是坚持食用漂亮姑娘采摘的枸杞。财主下令半路抢人，不料漂亮姑娘化作一阵清风，来到老翁家里道："看来我们缘分已尽，你们自食其力吧。"

老两口忙问："怎么了？"

姑娘道："那财主要霸占我，从今往后，你们到南山挖煤吧。"

老翁疑惑地问："大山有煤？"

姑娘道："我是枸杞仙子，是来诚心帮助你们的。"

那老两口，一起去南山挖煤，一连三天始终没挖到煤，很失望。朦胧中，忽见一老翁道："我是你放回黄河的娃娃鱼。过两天，你家门口有只喜鹊报喜，你跟着去，一定能挖到煤。"

老翁回到家，过了两天，果然门口有一只喜鹊报喜。老两口大喜，跟着喜鹊来到沙坡头大拐湾，见喜鹊忽然一个俯冲落在山上，整座大山红光冲天，同时也闻到了刺鼻的煤炭味。两口子立刻用锹去挖，很快挖到了像乌金一样的煤炭，好不高兴！

从此，这火再也不熄，明灭闪烁，蔚为壮观。它给老翁夜间照明，冬天送暖。白天看去烟气缭绕，人行其侧如腾云驾雾；夜间观之，则火焰熊熊，如万家灯火，微风吹动，此灭彼燃，其景殊为壮观。后来，人们把这个景观叫"炭山夜照"，也叫"夜照明灯"，成为中卫古八景之一。

"炭山"又名"老君台山"，或"夜明山"，在今宁夏中卫市南部，即全国5A级旅游景区沙坡头南部的下河沿一带。由于煤层裸露在沟梁之中，日照风化自燃不熄。至夜则光焰炳然，烧云绚霞，照水烛空，俗称"火焰山"。清代中卫知县黄恩锡曾有诗云：

> 列炬西南焰最张，千秋遗照在遐荒。
> 因风每似添宵烛，经雨可曾减夜光。
> 隔岸分明沙有路，临流炳耀离为方。
> 万家石火资余烈，雾锁炊烟十里长。

苏武牧羊

公元前100年，即汉武帝天汉元年，苏武奉武帝之命率副使张胜、随员常惠等百余人出使匈奴。完成任务后，汉降将卫律的部下虞常等策划，乘单于外出打猎时射杀卫律，劫取单于的母亲归汉。由于虞常向张胜透露过消息，及至虞常失败，张胜才把情况告诉苏武。苏武感到单于必然要拿此事迫害汉使，便说：“与其受辱，不如殉国。”说罢就要自刎。

常惠、张胜立刻劝住，单于回来后扣留了苏武一行，并派卫律审问苏武。苏武说：“身为汉使，屈节辱命，即使活着，有何面目回去！”遂用佩刀自刺，昏厥当场。

卫律没想到苏武这样倔强，派人找来神医玳瑁陉，抢救半日才苏醒过来。苏武这种威武不屈的精神气节，连单于也由衷敬佩。为威逼苏武投降，单于命卫律当着苏武的面杀掉虞常。张胜战栗，伏地乞降。卫律挺剑向苏武砍来。苏武昂首挺立，毫无惧色。

卫律收回利剑说：“苏君！我背汉归顺匈奴，封为王侯，拥众数万，牛羊满山。你若归降，命运就与我无二；否则徒然丧命，岂不枉来人世？”

苏武痛斥卫律，拒不投降。单于见其威武不屈，便把苏武关在地窖断绝饮食。苏武渴饮积雪，饥吞毛毡，顽强地与命运抗争。单于无可奈何，便给他十五只公羊，将他流放北海牧羊，说要等公羊生下羊羔才放他回去；如若不能产出羊羔，则终身囚禁北海；如少一只羊，则砍其身上一个器官，少三只以上，就要杀头。

北海人迹罕至，荒原千里。为了生存下去，苏武常从野鼠穴内掘取草实充饥。汉节是他唯一的伙伴。白天，他依它为杖，屹立在风雪中牧羊；晚上，又与它同床而卧，度过一个个漫漫长夜。经年累月，汉节上的毛全部脱落了。

在苏武出使的第二年，他在长安的朋友李陵，因兵败投降匈奴。单于喜欢苏武，命他劝降苏武，李陵来到北海说："你的母亲和哥哥弟弟都已死去，听说你妻子也改嫁了，两个妹妹和三个孩子又不知下落。你还留恋什么？人生短促，何必白白地在这荒无人烟的地方受罪？"

苏武说："我早已视自己死了，如果你一定要劝降，我就立死。"李陵叹息而去。

九载后，匈奴人见苏武的羊圈中既未少羊，也未多羊，便来偷羊。苏武早有预料，将羊赶到寺口子，把羊圈在半山绝壁的石窟，而他住在对面的石窟，以吃毛毡维持生存。偷羊的匈奴人未达目的，只好走了。苏武在北海度过十九个年头，风沙撕破了他的衣服，岁月染白了他的须发，冻饿练就了他的骨头。

太上老君为苏武的忠节所动，赐给苏武四只母羊，这样苏武就有了十九只羊，正应了牧羊十九载。后来汉朝与匈奴和亲。汉朝遣使要求接回苏武，单于诈言苏武已死，并派人去看苏武是否少了羊。回报说，非但没少羊，还多出了四只羊，并且有公有母。

单于觉得他有神灵相助，便派刺客去杀。苏武逃到一个断桥，刺客已追到身后。太上老君从半空摆动拂尘，这断桥就像彩虹一样神奇衔接。苏武逃到对面，对面的刺客上来。太上老君变作庙宇，又把苏武变成塑像。刺客进庙忙给苏武磕头。刺客走后，苏武沿着陡峭崖壁下山，那里有座小桥，到桥上他便成了仙，那桥也就成为了仙人桥。

后来常惠见到汉使，教给他使苏武回去的办法。这汉使便按常惠的计策对单于说："汉天子在上林射下一只雁，雁足系有帛书，说苏武现在北海。"

单于大惊，便允许苏武等九人随汉使归汉。归汉后，汉帝为苏武平反。如今，到了中卫寺口，就可见到苏武牧羊的遗址，这里已经开发为旅游区，成千上万的游客，无不为苏武的精神所感动。不过这仅是一个传说，苏武牧羊是在北海，而过去的北海在哪，游客和史学家、地质学家的结论都不一样。

榆钱仙子

相传，西夏大将军拓跋旺荣遭人诬陷而被李元昊下令追杀，当他慌不择路逃到寺口子后，昏倒在一棵榆钱树下。追兵赶到这里，发现人已不见，只有两棵榆树，便在山中搜寻一番退去。拓跋旺荣慢慢醒来，见身边有一姑娘，很是疑惑。姑娘说："是我将你变为榆树，追兵才走了。"

将军问："请问姑娘尊姓芳名？"

姑娘笑着说："我是这里的榆树，受日月精华的滋润有了灵气。这里的仙人教我成仙的法门，使我成了仙子。"

追兵回去复旨，遭到李元昊斥责，便又到寺口子寻找。此时，拓跋旺荣已经厌倦人间争夺，又因眷恋榆仙，便也化为了榆树与榆仙过起神仙般的生活。

如今，游客到了寺口子，可以看到大山上到处都是大大小小的榆树。据说，这是拓跋旺荣与榆钱仙子相爱的结晶。而山中最大的榆树，据说就是拓跋旺荣的化身。一般来说，到这里的人，都要带一些榆钱或树叶回去，据说这样做可以钱财丰盈，家有余钱。

龙王庙

相传很久以前，沙坡头一带叫沙陀头，它的北面是一望无际的漫漫黄沙。有一条沙龙生活在沙漠，他羡慕嫉妒青龙的生活，于是到黑山峡挑战青龙，想占领青龙的地盘。

本来，青龙一直居住在黄河水府，他管理黄河，而且心地善良，善做功德，从不祸害百姓。何时降雨，降雨多少，都按玉帝旨意照办，循规蹈矩，从不越轨。由于这里佛道兴盛，积德者众多，风调雨顺，五谷丰登，草木茂盛，牛羊成群，老百姓的日子过得蒸蒸日上。

为了感激龙王的恩泽，百姓建了一座龙王庙，常年供奉龙王。不但如此，百姓还定期到河边设坛祭祀。同时，青龙和山神、土地神、河神、城隍关系都非常融洽，而山神、土地神、河神、城隍也是按照坚牢地神的指示认真履职，一心一意为生灵着想。百姓也建了山神庙、土地庙、河神庙、城隍庙，他们都得到了人们虔诚的供奉。

正因为这样，生活在沙漠里的沙龙产生了嫉妒。沙龙认为青龙没多大能耐，不就按玉帝圣旨降雨吗？这点小事我做得比你好，凭什么你受人们供奉，我却在沙漠孤独冷清。沙龙越想越气，决定取代青龙。

沙龙施展法术，霎时水浪滔天，洪水肆虐，良田被淹，房屋被毁，牛羊冲走，百姓遭殃。青龙看到百姓遭难，大吼一声腾空而起，与沙龙战在一起。二龙战了七天七夜，因难分胜败，只好休战。沙龙不想回沙漠，到香山出其不意杀了黄龙，占了黄龙的地盘。青龙则到岸边台子上休息，防范沙龙侵犯。

幸存的人们站在山顶上仰天长叹，山神、土地神、河神、城隍等都到青龙这儿来商量对策。众神认为如果沙龙胜利，对百姓伤害太大，很担忧。土地神忽然说："我有一法，当沙龙离开老巢来战时，我们先毁掉他在沙漠的府邸，再发动百姓烧山，让沙龙无家可归。因他疲劳无心恋战，自然败去。"

众神纷纷赞好，独有草木神说："只是这么一来，林木花草烧光了，我难辞其咎。"

山神道："这怪不得你。沙龙违犯天条，害死众生，罪孽深重，只要我们打败它，就取得了彻底胜利。随后由众神帮忙，加上有青龙请旨给大山多下雨，树木花草还可以长出来。"

"对，"其他众神说，"我们一定帮你长出树木花草。"

草木神说："好！其实我有些自私了，刚才你说时我已意识到我错了。如果不除掉沙龙，别说是花草树木，连百姓都要受害。我相信，沙龙违犯天条，玉帝必会重罚他。"

山神把大家为何遭灾的事向百姓一说，百姓痛恨沙龙，纷纷表示愿意帮忙。山神说："我们抓住机会分头行动，趁沙龙不在沙漠，我与众神先毁掉沙龙在沙漠的府邸。只要你们齐心协力，到南山放火烧山，就可让沙龙无家可归。"

沙龙休息了一会，又和青龙打了七天七夜。二龙疲惫不堪，沙龙便回老巢休息，可向下俯视，发现漫山遍野是火，就连黄龙老巢也是火海。沙龙累得筋疲力尽，到沙漠府邸一看，见府邸被毁，龙子龙孙也都被抓走。虽然愤怒异常，但知道大祸已闯，如果向天上飞去，必是死路一条，便在离地数尺逃命。

不料，各路神王将它围合，要拿它上交玉帝。

沙龙管不了许多，向天上飞去，但无论逃到哪里，总有天兵天将堵截。

最后，佛祖现身，用罩子将它罩住，派金刚将它交给玉帝。

这场大火，不但烧着南部香山上的所有树木，还把香山的煤炭给燃着了，燃烧了很长时间，这就是后来所说的中卫八景之一的"炭山夜照"。后来，沙坡头一带恢复了平静。人们把青龙盘踞过的地方叫龙王炕，观察休息过的台子叫龙王台子。

牛首慈云

关于牛首山的来历，民间故事很多，有各种各样的版本，其中一个故事，由于脍炙人口，所以相传久远。老人们说，故事是教化人的，不管真假，只要能教化人，它就是好故事。这个故事是这样讲的。

传说古时候青铜峡有一条蛟龙，由于采天地灵气，聚日月精华，渐渐有了神通，经常兴妖作怪，不断淹没良田村庄，害得百姓苦不堪言。为了降服恶龙，乡民们接受道人建议筹资铸造了一头大铁牛，重约 10 万 8 千 6 百斤。经道人开光，供在黄河东岸，人们逢年过节烧香祈福，希望避免灾祸。

久而久之，人的精气神给了铁牛。铁牛通了人性，加上开光很快有了灵气。只要蛟龙兴风作浪，大铁牛就冲入水中与蛟龙搏斗在一起。大铁牛虽然每次都能战胜蛟龙，但免不了导致河水泛滥淹没良田，冲坏道路。可如果不惩治蛟龙，蛟龙不仅兴风作浪，还会吃人。

有一次，大铁牛在搏斗中一只角断去小半截。为防止蛟龙再次出现残害百姓，大铁牛索性卧在岸边守护百姓。其实蛟龙也害怕了，它觉得大铁牛太厉害，不敢出来。年复一年，铁牛渐渐化作大山，人们叫它牛守山。后来被听成了牛首山。不过也怪，时间久了，这座山真的越来越像牛首。

牛首山，古名望云山、黛黛岭，北魏前也称艾山，北魏时称青山，唐代称回乐峰，亦称大石山。到了西夏，改称峡口山，明代又称金积山。到了清初，又叫紫金山。之后，人们觉得它像牛首，加上还有故事，并且为了纪念铁牛，便又叫回牛首山。总之，牛首山早有西夏名胜之说，如今仍是宁夏的游览胜地。明朝宁夏金事齐之鸾有诗曰：

生犀饮河欲北渡，海月忽来首东顾。

冯夷举手挥神鞭，铁角半摧河山路。

这首诗足以说明牛首山的景色是何等秀美，因而牛首山被认为是宁夏八景之一，同时也是宁夏佛教圣地。牛首山寺庙众多，以群坐落，且历史悠久。由于各寺庙群始建年代不同，又经众多朝代复修重建，古刹名殿，不胜枚举。庙宇全部用青砖、条石所建，造型独特，结构严谨，气势雄宏。无论砖雕装饰之精美，还是砖刻楹联之古朴，无不显示着高超的建筑艺术。

另外，此处还有慈云航渡、金牛泉池、河曲映日等胜景，令游人叹服。牛首山在宁夏佛教文化、民俗文化、地域文化中都有重要地位。古人有诗云：

重峦咫尺斗牛通，碧色连天接远空。

夜月常收千叠秀，曙星摇落万峰雄。

丹岩积翠迷烟树，环岭飞云逐晓风。

欲较晦明频俯北，三农景仰意何穷。

乌龟望月

在黄河黑山峡皮筏漂流中，我们会看到山脚下有一块硕大的褐色龟石。奇怪的是，龟石不仅形神毕肖，而且痴情地望着空中的月亮。这是怎么回事呢？

相传，黄河里有只万年龟，采天地灵气，聚日月精华，于八月十五月圆之夜成精。尽管是妖，但总在黄河沿线保护过路商人。那时，黄河两岸常有悍匪抢劫，丝路商人多是从金城郡坐皮筏漂流而下，所带货物主要是阿拉伯国家的皮毛、香料、珠宝。乌龟觉得死去的商人太可怜，寻思他们的家人肯定翘首以待，如果知道他们死了肯定泪水不干，决定除去悍匪。

乌龟变成一个英俊的青年，给自己起名吴贵。他觉得要得道成仙，必须多作功德。在与一股悍匪打斗时，匪首郑岩松竟与吴贵大战三天三夜。丝路商人侥幸活命，都将货物卸在岸边。郑岩松练过法术，虽知丝路商人不敢进攻，但还是有心理压力，于是将商人全部变为石头。吴贵持剑进攻，就在丝路商人化为石头时将郑岩松刺伤。郑岩松毕竟是凡人，向大山深处跑去。吴贵紧追不舍到匪巢，见一个姑娘被捆着，上前将她放开，因见姑娘有超凡脱俗的气质，便想："想不到世上还有这么美的姑娘，莫非是天仙下凡？"

吴贵于是问："姑娘家住哪里？为何被绑在此？"

姑娘说："我家住在南长滩，想去县城投亲，不料被土匪抢来。恩人，幸亏您救我！"

吴贵不无同情地问："你家都有何人？"

姑娘说："我父亲是丝路商人，膝下只有我。前段时间，一伙土匪杀了我的父母，我无依无靠，所以去县城投奔舅舅。"

吴贵想了想说："这样吧，我送你到县城。"

姑娘见吴贵长得英俊，便说："过去我曾发誓，将来的婚姻不要什么媒人，只要有哪个男人先看见我，我就嫁他。你先看见我的，又是我的救命恩人，我要嫁你。"

吴贵大喜道："太好了，我求之不得。只是我有些不解，既然你发誓谁先看见你你就嫁他，那么抢你的土匪就是先看见你的男人，可为何你要自杀？"

"这是两码事。土匪性格暴虐，杀人越货，迟早必遭天谴，我为何从他？"

吴贵说："既这样，我们去见舅舅，由他做主。"

姑娘慌乱地说："不必了。你家在哪？我跟你过日子就行。"

"天上无云不下雨，地上无媒不成婚。既然有舅舅，理应由长辈做主。"

姑娘撒谎道："舅舅生性吝啬，舅妈尖酸刻薄。此前我去投奔，那是情非得已。而现在你是我的依靠，不必去找麻烦。"

吴贵想："我才修成人形，如果说我在水府生活，她必认为我是妖怪。"吴贵觉得既然爱她，不如就在河边建房屋居住，一则有了安身立命之所，二则给了她归宿，三还能除去悍匪。如此一想便说："我也是无家可归的人，如果你愿意，我们就到河边择水而居？"

"你做决定吧。嫁鸡随鸡、嫁狗随狗，你去哪里，我就跟你到哪里。"

吴贵没找到郑岩松，便与姑娘到河边选了一块平坦的地方建了几间茅屋生活。有一天，吴贵见妻子要出门，因心生疑窦，便悄悄跟了过去，到了一处草木碧绿的所在，只见妻子变成一只玉兔在碧绿的草丛吃草，不禁一愣想："原来她是玉兔精。"

吴贵不露声色退了回来，看了看被郑岩松变为石头的那些丝路商人叹息着说："可惜我法力太浅，没法让你们变回人。不过你们暂且忍耐，我一定在81天内将你们变回原形，让你们跟家人团聚。"这么说着，没想到妻子回来在不远处看着。吴贵觉得趁妻子不在，可以在水府修炼，于是变成乌龟进入水府。妻子一愣想："原来他是乌龟精，怪不得叫吴贵。"想到自己从月宫下凡，就是找一万年前对自己多看一眼而被打下凡间的吴刚，不想刚到凡间就被悍匪郑岩松抓住，幸得吴贵搭救，想必这缘分是有缘由的，于是回房在禅定中追查出来，一万年前多看自己一眼的吴刚就是今天的吴贵。

吴贵在水府修炼了一会，怕妻子着急，便回到家。妻子已做好了香喷喷的饭菜，看着他笑道："相公两个时辰不见人，叫为妻好生寂寞，你干什么去了？"

吴贵撒谎道："最近上游出现了土匪，我去灭匪了。"

"真的吗？"

吴贵见妻子看自己，不自然地低头说："是真的。"

"撒谎，你是乌龟精！"

吴贵知道遮掩不过去，便承认道："不错，我撒了谎，我是万年龟。"

"为何不告诉我？"

吴贵见妻子生气，不由也道："那你是玉兔精，为何也瞒着我？"

妻子愣了一下道："你怎么知道？"

"既然这样，我们谁都别怪谁。不瞒你说，我刚去水府修炼了。你知道吗？那匪首将几十个丝路商人统统变成石头，要是过了 81 天，就是神仙也不能将他们恢复原形。我想尽快提高法力，将他们变回原形。可今天已经 80 天了，依我现有的法力，根本没能力将他们恢复原形。"

"别担心！你我合力，一定能将他们恢复原形。"

夫妻两人出去，合力将几十个丝路商人恢复人形，但他们两人因损失功力，一个变成乌龟，一个变成玉兔。就在这时，郑岩松养好伤，专门来报仇。因见吴贵成了乌龟，自己喜欢的姑娘成了玉兔，不由一愣。丝路商人一看糟了，为防郑岩松杀害吴贵和玉兔，便向他进攻。郑岩松再次将他们变成石头，将吴贵也变成龟石，最后郑岩松自己也变成一座山。

这时，嫦娥从月宫赶来，将商人又恢复人形，还带着玉兔走了。吴贵看着玉兔飞向月宫，从此就痴情地看着月亮，他希望有朝一日玉兔下凡将自己恢复原形。也许是郑岩松法力太强，不但吴贵变成了龟石，大峡谷里的乌龟全变成了龟石。后来，不少人在峡谷两岸挖出许多大小不等的龟背石，成为收藏家争相收藏的艺术珍品。据说那些龟背石，就是黄河里的乌龟所变。

魂断明长城

元末中原大战，民不聊生。几支起义军推翻了元朝，又为争夺天下自相残杀。朱元璋在军师刘伯温的帮助下，消灭了各路起义军。但此时全国各地已是十室九空，土地荒芜。朱元璋为发展农业，改善民生，接受刘伯温建议从山西向全国各地移民。从此，就有了"问我祖先在何处，山西洪洞大槐树"一说。

在移民中，有一户从大槐树下移居到中卫黄河南部的王家，生有一子名叫王钧。王钧自小喜欢舞枪弄棒，十八般兵器样样精通。他孝顺父母，厌恶战争，希望以后不要再有战火。可希望毕竟是希望，敌人总是不断骚扰百姓。后来明政府派军队驻守，并以应理为中心，从上到下依次划为中卫、上卫、下卫。从此，有了中卫这个军事建制。后来，这个地方改叫应理，但最终还是恢复成中卫。

且说军队驻守中卫，敌人常与明朝军队打拉锯战。明政府见长期打仗不是办法，便派人到沙坡头一带修筑长城。这里本来就有秦昭王长城、秦始皇长城，还有汉长城、隋长城，便在原来的地方加以稳固。敌人认为一旦长城稳固，以后就难入侵，于是集中军事力量，发起进攻。在这次战役中，不少明军战死，修筑长城的人也惨死于乱箭之下。

王钧获知消息，觉得自己拥有一身本领，理应为国效力。他把想法对父母一说，父亲非常支持。王钧骑马赶往长城边，这时明朝增援部队赶来。有个大将叫胡飞，见王钧冲入敌营十分勇猛，便带领自己的结拜兄弟一起杀入敌营。敌军见好就收，立刻撤退。王钧一路追杀，被胡飞等人喊回。王钧要求入伍，胡飞很高兴，于是与王钧结为生死弟兄。

有一天，胡飞察看了稳固长城的情况，又听了探子的回报，觉得敌人不敢再来，便摆开酒宴大吃大喝。王钧从修筑长城的地方巡视回来，见这边的人已喝得东倒西歪，忙上前劝他们不要再喝，以防敌人趁机偷袭。此时胡飞已喝多了酒，根本听不进去。王钧没有办法，只能亲自带人守护长城。其实，敌人搞的就是骄兵计，用假象表示不敢来犯，却派细作掌握了情况，突然带兵杀来。

胡飞听到喊杀声，猛地从醉酒中惊醒。他穿上盔甲去迎敌，却摔了一跤。等他上马，还未冲上前便从马上摔下。喝酒的兄弟烂醉如泥，没喝酒的士兵无心恋战，纷纷投降。敌人主将十分残忍，将投降者全部处死，却将胡飞及他的结拜兄弟活捉。王钧在另一段长城获知消息，令其他军兵守住长城，自己孤身来救结拜兄弟。好汉难抵人多，敌人主将见他就是上次追杀自己的人，用车轮战术将他生擒活捉。

这主将本来要为死去的将士报仇，不料他的女儿巴彦诺娃见王钧一表人才，又想到他在战场上勇猛无比，便告诉父亲，她喜欢他。主将也觉得如能得到他，进攻大明攻无不克、战无不胜，便劝他娶自己女儿。王钧不答应，敌将拉来胡飞等人要杀，说只要他答应，就可放胡飞等人回去。王钧觉得胡飞等人若死，长城难保，便说："只要你放他们走，我就答应。"

"如果不举行婚礼，你反悔怎么办？"

"大丈夫一言既出，驷马难追，岂可言而无信？只要你放走他们，我马上与她举行婚礼。"

敌主将令人放走胡飞等人，让女儿与王钧举行了婚礼。王钧觉得自己投降对不起大明，便要自杀。巴彦诺娃大惊，抓住他的宝剑说："为何这样？"

"我已背叛大明，无颜活在世上。"

巴彦诺娃说："可你是我丈夫，你若就此死了，我岂能独活？"

王钧惊呆了，半晌方说："你真把我当丈夫？"

"是的，我已是你的人了。"

"可我是大明人，为了救人丧失了气节，怎么对得起大明百姓？对得起父母？只有我死，才能证明我的清白。"

"不，"巴彦诺娃流着泪说，"你若死了，我也不会独活世上。你为何不这样想，既然你可以投降我们，为何我们不能投降你们？"

王钧猛地一愣，见她眼里充满真诚，便问："你真愿意劝令尊归降？"

"如果他不答应，我就死在他面前。父亲视我如掌上明珠，不会不答应。"

"好，我和你同去，他若不答应，我立刻自杀。"

巴彦诺娃带着王钧见到父亲，说了自己的想法。父亲很震惊，但不同意。王钧要拔剑自杀，巴彦诺娃也要自杀，父亲没办法，只好同意。第二天，他们带军队去投降，早有探子看见，立刻报告给胡飞。胡飞正接受督军追查，他把责任全部推在王钧身上。如今，王钧带着敌人过来，督军便相信了胡飞的话。

王钧与妻子、岳父见督军、胡飞带着军队迎了上来，忙骑马迎上前说："大哥，这是我妻子。她劝降了我岳父，带军队来投降。"

胡飞认定这是一条计策，刚要怒骂，督军抢先说："太好了，欢迎你们！"

王钧与妻子、岳父等人毫不设防，当靠近过来后，被这边的士兵以迅雷不及掩耳的速度拿下。那边的人见状，立刻来抢，这边误会更深，一阵乱箭射出，对方死伤无数，不敢上前。督军将王钧带回，将他砌在长城里边。巴彦诺娃因激愤万分，用力挣断绳子，从明兵手里夺过剑，自杀在长城边。

巴彦诺娃的父亲痛彻心扉，大骂胡飞道："无情无义的东西,你不得好死！"

胡飞怕督军看出端倪，猛地一刀砍掉他的脑袋。这一来，督军反倒起疑，私下问人，当得知王钧是为救胡飞等人才答应娶巴彦诺娃，并知道胡飞等人的被俘是因为喝醉所致，不由勃然大怒，令人找胡飞质问。没想到，胡飞不但不认，还发誓赌咒道："如说假话，愿遭天打雷劈！"

说也怪，本来天空晴朗，忽然一道雷电过来，将胡飞击为枯炭。督军相信这是应誓，想把王钧从长城里挖出来单独埋葬，但王钧的父母赶来，说王钧死得虽冤，但既然是为保卫长城而死，这就是他最好的坟墓。他守在长城里，可用他的英灵护卫长城。督军上报朱元璋同意，在此修了一座将军庙，从此香火未断。

刘伯温觉得对爱国者家属应该抚恤，朝廷还应吊祭，如能这样，必能激励更多将士为国而战。于是征得朱元璋同意，亲自到长城边吊祭。敌人主将觉得如能抓住刘伯温，夺取大明江山易如反掌，于是点起兵马对刘伯温所在地发起进攻。没想到忽然狂风大作，将敌兵大半吹进黄河，剩下的狼狈逃窜。刘伯温认定掀狂风的一定是王钧，便以朝廷名义封王钧为长城之神。随后想到自己的功绩，便到汉中诸葛亮墓前说："三分天下诸葛亮，一统江山刘伯温。"

这意思是说，世人把你诸葛亮说得很神，说你拥有经天纬地之才，鬼神莫测之机，不但三把火烧掉了曹操的百万雄兵，而且每个战役都料敌如神，帮着刘备打下江山，可你再厉害不过是三分天下，而我刘伯温却是一统天下。言外之意，你诸葛亮比起我差得太远了。没想到，他此话刚说出，只听坟墓里传出声音说："我主没有你主富，你才没有我才高。"

刘伯温一听大惊失色！过去的人都迷信，认为人的命运与人拥有的福报有关。福报越大，命运越好。而福报是靠厚德支撑的，所谓厚德载物就是此意。很明显，诸葛亮的意思是说，我的主子拥有的福报没有你的主子大，所以我帮他三分天下已是奇迹；而你的主子拥有的福报比我的主子要大，能一统天下不足为奇。说起来，你的才华比起我，实在差远了。刘伯温心服口服，立刻磕头。

据说刘伯温回到京城，想到诸葛亮一生叱咤风云，到最后死去又得到了什么，拿走了什么？不过他死后还得到后人称赞，而自己得罪的朝臣太多，恐怕继续做官不会有好结果。所谓功成身退，天之道也，于是请辞回老家。当地官员听说刘伯温回来，纷纷想见刘伯温一面，但刘伯温不见任何人。

有一次，青田知县上山求见刘伯温，刘伯温也是一点面子都不给。知县打扮成百姓的样子求见刘伯温，刘伯温正在洗脚，听说求见的是老百姓，就让侄子把人带到屋里。进屋的知县说："我是青田知县，今天能见到大人十分荣幸。"刘伯温一听来人是知县，赶紧起身对着知县大人行礼。等行完礼，刘伯温就再也不出来见知县大人了。

尽管刘伯温小心翼翼，但胡惟庸还是派刺客暗杀，只不过长城之神王钧托梦，帮他化解了危机。其实，胡惟庸当宰相后刘伯温就病了，胡惟庸带御医给他开药，他吃完更一病不起。现在他虽已归隐，但身体越来越差。有一天，他梦到王钧说："表面看，你是被胡惟庸的慢性药害的，但陛下也不希望你活。你死之后，还是到长城边跟我作伴。"刘伯温醒来，不久去世。

据说，沙坡头的这段长城，就由长城之神王钧管辖，有人说刘伯温死后因为找王钧作伴，就被封为香山之神，两神常在一起交流，也惩治破坏长城的人。是真是假，谁也无法证实。但有一点，这里的长城虽然历经沧桑，但并没遭到破坏，不能不说是一个奇迹。只是，人们对王钧感到惋惜，也对刘伯温之死感到愤慨。好在后人对刘伯温评价很高，说他是军事家、政治家、文学家，明朝开国元勋。

今天当游客了解到这段可歌可泣的故事时，无不为王钧的报国献身肃然起敬。同时，也觉得王钧的父母十分伟大，都要到将军庙里敬香，以表达对他们的崇敬之情。

双龙潭

相传，沙坡头有个黄河太极图，在黄河大拐弯北面的沙山环抱处有个深潭，有一雌一雄的沙龙和河龙在此修炼。它们关心百姓疾苦，时常行风布雨，使百姓过着风调雨顺、衣食无忧的日子。此潭也是仙女沐浴之地，每当月洁风清之夜，仙女就到此沐浴。一次，众仙女在潭中正洗得尽兴，一个长毛怪扑来调戏众仙女。沙龙和河龙英勇奋战，将怪物击败。

众仙女把双龙搭救之事告诉王母，王母善心大发，从宝葫芦里取出金珠抛给双龙，让它们早日修炼成功。可金珠只有一颗，它们你谦让给我，我谦让给你，推来推去，一颗金珠在二龙间蹿上跳下，金光闪闪。此事惊动了玉帝，忙派太白金星查看，得知两龙潜心修炼、心地善良，又取出一颗金珠抛给双龙。于是，它们各吞下一颗金珠，成为天神。每当黄河泛滥或灾难降临，双龙帮助百姓消灾免难。而那怪物心生忏悔，除了保护百姓，还赐给百姓财富。

百姓不忘双龙功德，便修庙供奉。时间一久，从祭祀敬龙到娱乐舞龙，又转化为喜庆吉祥的绘龙。而把双龙修炼之地起名为"双龙戏珠潭"。因此，源于民间的"双龙戏珠"有着"喜庆丰收、祈求吉祥"的美好愿望。目前，这个双龙潭已经成为沙坡头景区的一处天宫之境，前来拍照的人络绎不绝。

鹞子翻身

在黄河黑山峡漂流中，我们能看到一处奇特的景观，有一座山山体像一只鹞子在翻身，而且天上也飞着不少鹞子。很多游客纳闷，想必这里有什么传说。是的，这个传说不但与这个景观有关，还涉及中卫的煤炭和石膏。

传说很久以前，有一对夫妻生了3个儿子：长子生得漆黑无比，起名煤炭；次子生得洁白如雪，起名石膏；第三个儿子最小，是幺子，便起名为鹞子。煤炭生来奸诈，得理不让人，也从来不容人；石膏为人厚道，心地善良，常受哥哥欺负；鹞子太小，靠着父母的庇护生活。俗话说"天上的鸟，老人向着小"，这也很正常。

煤炭奸诈，但没想到，娶了媳妇后，完全受媳妇摆布。这媳妇不是省油的灯，不但不孝敬老人，还经常打骂老人。石膏实在看不惯，有一次替父母辩理，结果被煤炭赶出家门。父母气得病倒床榻，不久死了。老人一死，鹞子的灾难也来了，不但挨打受气，还没吃没喝。不仅如此，他纯粹就是哥哥、嫂嫂的奴隶。

有一天，鹞子因营养不良走路栽跟头，结果不小心打破饭碗，被煤炭夫妻无情地赶出家门。鹞子无处可去，就坐在河边哭泣。也不知哭了多久，觉得肚子饿了，便要去寻吃的东西。一起身，见一个白发老人站在身边温和地问他："孩子，你怎么在这哭啊？谁欺负你了？"

鹞子觉得老人和蔼可亲，就把情况哭着说了，老人听了很生气，说世上怎么有这样的哥哥嫂嫂，简直不是人，又问鹞子有何打算。鹞子抹掉眼泪说，既然被哥哥嫂嫂赶了出来，家是回不去了，也没安身立命的地方，就只能走一步算一步，活到哪天算哪天。老人叹了一口气，交给鹞子一件衣衫、一把扇子和一个小锄头说："孩子，以后你就自食其力吧，很快就可翻身。"

鹞子说："老人家，您怎么开玩笑啊？我是一个穷得叮当响的孩子，马上天要黑了，我无家可归，连个避风挡雨的地方都没有，怎么能翻身？"

"孩子，我说你能翻身，你就肯定能翻身。你不是没有避风挡雨的地方吗？那好办，你找人盖房，想要多大的房子就盖多大的房子。你要是没吃的，就尽管去买，肯定不会饿死。你要是没穿的，也买来布匹让人去做衣服。就是想要漂亮媳妇，有了钱就有人抢着嫁。"

"老人家，您糊涂了吧？这世道别说我办这么多不可能的事，就是眼下的吃住都没着落，您怎么还开玩笑啊！"

老人笑着说："好孩子，我清醒得很。我给你的3件东西件件都是宝贝！有了它你什么都不缺，就是想走哪里，也是眨眼就到。"

鹞子看了看手中的3件东西说："不就是衣衫、扇子和锄头吗？不能吃不能喝的，又不是钱，咋能找人盖房？没有钱，怎么买粮食？怎么买布匹？又怎么娶媳妇？要走哪里也只能靠腿，这些东西都派不上用场。"

"孩子，你可不能小看这三件东西，这小锄头，只要你一刨地，就能刨出金子。用这个扇子一扇，身子就能轻飘飘地飞起来，想去哪就能立刻到哪。如果不想让别人看到自己，只要穿上这件衣衫，就谁都看不见你了。即便你站在他的面前，他也看不见你。如果不信，你现在试试看。"

鹞子拿起锄头一刨，果然刨出一大锭金子。他很惊奇，也很兴奋，又是一刨，同样刨出一个大金锭。连试几次，都是一样。看来，这确实是一件宝贝。鹞子很高兴，放下手中的小锄头，拿起扇子轻轻一扇，感觉身体轻飘飘的，双腿离地向着空中飞去。扇得越快，飞得越快，而且还能随心所欲地调整方向，好像鸟儿的翅膀一样。

鹞子兴奋地在天上飞了一大圈，又飞回来落下。他放下手中的扇子，试着穿上那件衣衫，虽然他能看见自己，但老人却说看不见他了，要他脱掉衣衫现身。他脱下衣服，高兴地说："多谢老人家，我相信了。"

老人说："有了这3件宝贝，你很快就能翻身，成为当地最富有的人，也成为当地最自由潇洒的人，同时也成为当地最有本事的人。不过做事不可贪心，金子够用就行，不可随便拿金子炫耀。这个小锄头，虽然能刨出金子，但一天最多刨7次。尤其是，3件宝贝可以单独用，也可两两配合用，唯独不能一起用，否则必然有灾。"

鹞子有了3件宝贝，果然很快翻身，成为当地最富有的人。中卫有个刘员外，见他小小年纪就是富翁，就把女儿嫁给鹞子。其实，刘员外是一个有心机的人，他不是看上了鹞子的人，也不是看上了鹞子的财富，而是听说他有3件宝贝，想要据为己有。果然，有女儿帮忙，他轻松地得到3件宝贝。最开始，他只是在地上刨，一刨就是一锭金子。但问题是，一天最多能刨7锭金子。要想有更多金子，就要天天刨，多麻烦。

忽然，他想到国库金子最多，还有许多珠宝贡品，现在有了隐身衣，要是偷来金银珠宝，必是全国首富。他穿上衣衫隐身，用扇子一扇，身子轻轻飘了起来，来到了国库。由于隐身，所以进出国库没有人看见。这样一来，他天天偷几次，很快偷出不少金银珠宝，还有不少贡品。可国库莫名其妙地少了东西，国王觉得监守自盗的可能性很大，便让查找原因。最后发现金银珠宝从门口飞走，猜想有人用法术，便找来狗血冲金银珠宝一顿泼，刘员外立刻现身，当下被捉住。

刘员外禁不住严刑拷打，如实说了利用宝贝盗库的情况。国王不信，让拿来扇子和衣衫做个试验。一试验，却是怎么用都不起作用。原来，扇子和衣衫被狗血一泼，完全失灵了。管国库的怕国王误会自己监守自盗，便说宝贝失灵是被泼狗血所致。国王便让试验小锄头，于是派人从鹞子家搜出小锄头，试着一刨果然刨出金子。国王没收小锄头，将刘员外偷走的金银珠宝全部收回，只将鹞子放走，而把刘员外关进大牢。

鹞子的媳妇哭哭啼啼，要鹞子想办法救人，但鹞子哪有办法救人。于是她就整日嚷着让鹞子休了她，鹞子没办法，只好休了她。国王得到小锄头后很兴奋，只是对隐身衣和扇子失灵感到遗憾。他觉得鹞子既然能得到3件宝贝，肯定有办法让它们恢复灵验，于是抓来鹞子威逼。鹞子也没办法，于是也被关进大牢，发现与岳父关在一起。刘员外觉得对不起女婿，说都是贪心惹的祸，很后悔。

那白发老人算到鹞子有难后，隐身将他救出。白发老人取来 3 件宝贝交给鹞子说："你虽然脱难，但国王不会善罢甘休。我看这样，你每天都穿隐身衣，谁都看不见你。没有钱，你就用锄头刨，但不可贪心。想走哪，就藏好小锄头，用扇子帮助你。"

鹞子说："谢谢老人家救我。您既有能力救我，何不把我岳父也救出来？"

老人说："好孩子，你太善良了。你的灾难都是他带给你的，你没怪罪他已经不错，但过分善良那是要吃亏的。其实，让他待在狱中也好，不给他点教训，以后祸事不断。"

"虽然她女儿被我休了，但我毕竟做过他女婿，我不忍他在牢中遭受折磨。他那么大年纪了，还能有多少日子？要是死在牢里，我一辈子都不心安。我想，能把他救出来，他一定会吸取教训。"

"放心吧，不用我救他，他肯定能回来。"

鹞子为防止别人发现，每天都穿着隐身衣。虽然这里天天都来抓他的人，但看不见他，只好走了。时间长了，这些人也不来了。国王忽然觉得，把刘员外关在大牢没意思，还是用他作诱饵。只要找到鹞子，就能得到 3 件宝贝。刘员外被放后，来到鹞子家见一切照旧，就是不见女儿女婿，但他感到女婿就在屋里，只是看不见。

刘员外以为这是女婿生气在躲自己，可女儿也不见了，一定是因她胡闹被人家休了，于是找到女儿一了解，才知道女儿整日闹着让休了她，鹞子没办法才将她休了。他打了女儿一巴掌，让她找鹞子求得原谅，凭着鹞子的本事一定有办法应对灾难，还能过上好日子。不料他女儿回到家，无论怎么对看不见的鹞子哀求，鹞子也不现身。

刘员外眉头一皱计上心来，要女儿用假死逼他。憨厚老实的鹞子以为她真要自杀，只好现身。就这样，刘员外又轻而易举得到了 3 件宝贝。不过，他吸取上次的教训，不再贪心地去盗国库，而是每天拿着小锄头刨出 7 锭大金子，他家也富得流油。很多人说，穷得要光屁股的鹬子发迹翻身了。

这消息传得飞快，竟让鹬子的大哥煤炭知道了。两口子别的本事没有，玩心机绝对很有一套。他们找到鹬子先赔礼道歉，接着软磨硬泡，说是想见见3件宝贝。鹬子心软，就让他们看了3件宝贝，可他们还说要验证是不是真神奇。鹬子没办法，只好验证给他们看了。他们觉得穿上衣衫可以隐身，想偷什么都行；拿上扇子能飞，想走哪也方便，随心所欲；至于小锄头，更是致富的好法宝，必须得到。

晚上，煤炭与妻子商量好，相互配合着一起偷走3件宝贝。他们到了门外，煤炭将隐身衣一穿，妻子看不见他，便嚷嚷起来。鹬子听到声音知道不好，便出来找宝贝，发现宝贝丢了，赶忙跑出门来追。煤炭当下慌了神，一拉妻子的手两人都隐身了，鹬子根本看不见。煤炭大喜，于是拿着扇子猛地一扇，两人的身体轻飘飘地飞了起来，一直飞到香山顶上，两人落了下来，试着用小锄头一刨，虽然刨出了金子，但煤炭却倒在地上。

煤炭一死，身体立刻化为一种黑色的硬物。他们的行为激怒了那位白发老人，于是掀起一场特大沙暴，将黑色硬物埋在地下。后来，人们知道这种黑色的硬物是煤炭所变，就叫这硬物为煤炭。煤炭的妻子看到丈夫倒地而死，非但不悲痛，反拿了小锄头往家走去，边走边幻想着不久就可发迹翻身。不料走得太急，结果一脚踩空，从山崖顶上掉入滔滔黄河。她死之后，化为暗礁。

那小锄头也掉入了黄河，被乌龟精得到，他发现这个小锄头，是救过自己性命的鹬子的宝贝，便找到鹬子还给他。原来，鹬子很小的时候，大哥从黄河里捕了一只乌龟要杀，他就趁哥哥不在将乌龟放了。乌龟一直想找机会报恩，总觉得鹬子什么都不缺。后来听说鹬子被关进大牢，赶去要救，却发现已被仙人救走，就没现身。他虽然有了道行，但也只是能够变化和隐身，法力较弱。

如今，鹬子得到小锄头，知道还会有人惦记，就干脆把宝贝藏了起来。在这期间，国王也没闲着，他不断派人以各种方式寻找鹬子。时间长了，有人发现鹬子现身，却听说3件宝贝已经失去了2件。国王便让人继续监视他。

国王的目的，是既要得到3件宝贝，还要杀了刘员外和鹞子。没想到，他派的人天天监视，始终没见3件宝贝面世。国王着急了，就将刘员外和鹞子又抓进大牢。

鹞子的二哥石膏听说大哥因为贪心，在偷了兄弟的宝贝后死了，觉得他活该。后来听说鹞子遭灾，立刻去救。他虽善良，但没本事，一去就让抓了，将他和鹞子关在一起。乌龟精得知鹞子有难，便把鹞子、刘员外、石膏都救出来。不料官兵发现后追赶，乌龟便让他们往香山跑，而他使用法术把调来的虾兵蟹将变成刘员外等人。官兵以为将他们抓到了，就又关进大牢。国王要审鹞子，发现乃是虾蟹之类。

刘员外和鹞子、石膏脱离牢狱之灾，按说只要隐藏起来不会有事，偏偏刘员外的女儿太不省事，竟然拿出藏起来的小锄头公开刨金子，结果让人发现。本来，大家知道只要有那个小锄头就一定发迹，都很眼红，于是有人去抢。这一抢，有人便将他们送到官府。刘员外不能不救女儿，又求女婿想办法搭救。鹞子按照乌龟教的咒语一念，乌龟来了。乌龟为了报恩，又救出鹞子之妻，带着他们一起去香山躲灾。

官兵紧紧追来，鹞子之妻因为心神慌乱一脚踩空，从山崖上掉下摔死，化为兔子。鹞子为救妻子，伸手去拉时，摔下悬崖死后化为一只飞翔的鸟，人们叫它鹞子，而把他死去的地方叫鹞子翻身。石膏为救兄弟，失足落入山崖而死，变为一种白石，人们叫它石膏。刘员外被官兵射死，化为乌鸦。忽然大风骤起，官兵被吹入山谷摔死，化为麻雀。

天鹅湖

腾格里沙漠是中国第四大沙漠，位于内蒙古阿拉善左旗西南部和甘肃省中部边缘，最早归属宁夏，是中卫的一部分，南越长城，东抵贺兰山，西至雅布赖山，面积 4.27 万平方千米，海拔 1400 ~ 1600 米。这里以独特的荒漠草原及戈壁、浓郁的民族风情、浩瀚的腾格里沙漠及大漠秘境天鹅湖等壮美的自然风光，成为国内外游客向往的旅游胜地。说起天鹅湖，还有一段凄美的故事呢。

据说清朝时期，有一户穷人家，父母为了把孩子养活，就起个贱名叫癞蛤蟆。癞蛤蟆人虽然穷，但志不穷。他觉得有些人风光，是一出生就在有钱人家，虽然养尊处优，但未必见得有本事。真正有本事的人，可通过奋斗改变命运。

癞蛤蟆立下大志，要通过拼搏做个上等人，也要娶一个世界上最美的妻子。他去找一个当地有名的算命先生算命，进门后只听一位六旬老人说："这位先生算得好准，我有一个邻居在 3 个月前来找先生算命，先生说他坏事做绝了，3 个月内必死。邻居问怎么死，死在什么地方？先生说他死于墙下。他听了很害怕，一直防着墙，只要有墙的地方都不去，甚至不敢在屋子里住，害怕房子倒了会砸死他。尽管他处处防范，谁也没想到他吃炒面时，由于吃了一边，另一边就像土墙一样倒了过来，把他呛死了。"

"是啊！"又一个七旬老人说，"我也有个邻居，1 个月前找先生算命，先生说他死在水上。他就始终防范，只要是有水的地方都不去。没想到昨天下雨，他一跤跌倒，鼻子呛在一个小水坑里，当场就呛死了。"

还有一个老太太说："我的亲家从来不信算命先生，听别人说先生算得很准，便将信将疑来找先生算命。先生说他半月内会死在镰刀上，他本来不相信，但觉得还是宁可信其有，不可信其无，万一应验后悔都没机会。当时赶上夏收，他雇别人割庄稼，自己不接触镰刀，心里想着这样就没事。可做梦也没想到，他家的镰刀挂在墙上，他睡觉时因为地震掉了下来，将他喉咙割断，当场就死了。"

癞蛤蟆听到这些话，便凑到算命先生跟前问："请问先生，我将来的媳妇在何方？长得如何？"

算命先生先是看了看他的面相，又看看他的手相，最后又捏了捏他的骨相，似乎觉得不太确定，最后又问他的生辰八字，他如实说完，算命先生说："今天你出我家门，向东走五户人家，有个女人抱着女孩望着你笑，那个女孩就是你的妻子。"

癞蛤蟆已 12 岁，寻思被大人抱着的孩子肯定不大，但她会笑，想必又不会太小，大概两三岁。要这样，自己就比妻子大七八岁。本来，他对算命就将信将疑，觉得未必出门东行，就能遇到抱女孩的人。要是遇不到，说明算命先生胡说八道。不料，他出门东行至第五家，果然发现一个女人抱着女孩。那女孩本来在哭，看见他却笑了起来。他见女孩没眉毛，还红鼻子红眼睛，就将手中的石头使劲砸去，正中女孩左眉。

女孩放声大哭，女孩的妈妈赶快照管孩子。癞蛤蟆意识到闯了大祸，掉头就跑。当跑到一个巷子里，忽然觉得自己太混蛋。人家跟自己无冤无仇，为何要打人家？即便人家长得丑，将来不娶便也罢了，为何要伤人家？要是人家被石头打死，我岂不成了杀人犯？一念及此，便想回去看看。

癞蛤蟆去找那个女孩，发现人已不见，想必大人抱着女孩去求医了。既然这样，还是别找麻烦，走吧。

癞蛤蟆到了成婚的年龄，由于心气高，志向大，看上的都是身材窈窕、面容姣好、富有教养的姑娘，可人家姑娘都瞧不上他。无论他如何努力，都没能成功。至于原因，谁都清楚是他家太穷。不过他家再穷，父母也让他上私塾，所以最后考取了状元，并且还是皇上钦点的头名状元。

皇上非常高兴，要将天鹅公主许配给他。没想到天鹅公主却说，驸马可以不英俊，但必须有大学问，她提出要考他学问。天鹅公主气质高雅，绝美超然，正是癞蛤蟆心中渴望的人，他自信地认为皇上出了很多难题、怪题、偏题都没难倒他，一个养尊处优的公主，无非是四书五经上的知识，难不倒自己，便答应了。

天鹅公主说："既然你是钦点的头名状元。考你四书五经，你必对答如流。我是女人，就围绕生活出题。你说，人类什么时候开始使用筷子？"

癞蛤蟆道："筷子是人类必备的饮食工具，也是饮食文化的标志之一。它的起源和来历以及演变过程，很多人一直存有疑问。据文献载：周秦时吃饭普遍喜欢用手抓。《礼记·曲礼》记载了聚餐时抓饭不得乱传或把粘在手上的饭再拨放回去。到汉代，用箸的故事虽然不少，但《史记》说箸是壶尊之类。特别纳闷的是，许多地下器物上，杯、盘、碗、碟以至钩、叉等微物屡见不鲜，唯独未见筷子的形迹。但我的爷爷是有大学问的人，他说箸就是筷子。假如真的如此，至少可以判定，筷子是汉代以前就有了。"

天鹅公主道："据考证，《韩非子·喻老》言：'昔者纣为象箸，而箕子怖。'这说明，纣王为商朝末期的国君，可见那时就已有了象牙筷子。假如箸就是筷子，为何人们一定要改叫筷子？"

"明代陆容的《菽园杂记》认为：吴地风俗，行舟之人讳说'住'，'箸'与'住'同音，所以叫箸"快儿"。而《推篷寤语》中则说：世人常讳恶字，而呼之为美字，'箸'音讳'滞'，故反其意而称之为'快子'。呼'快'既久，再考虑箸用竹制，后来就在"快"上加个竹头，创成'筷'这个新字，未知对否？"

天鹅公主没肯定是对还是错，而是说："你知道多少关于筷子的传闻轶事？"

癞蛤蟆道："张良曾用筷子作形象示意，为刘邦制定歼灭项羽的战略；韩凝礼用筷子预卜玄宗平定内战的胜败；青梅煮酒论英雄，刘备意识到曹操在盘问试探，赶忙借惊雷之声将筷子失手落地，从而化险为夷；《儒林外史》写范进中举后为母守孝，汤知县请他吃山珍，范进还是不肯进餐，最后汤知县换上白竹筷，范进才进食。"

天鹅公主问："为何筷长必须是七寸六分？"

癞蛤蟆道："筷子供人使用，既然与人有关，当然长度就要考虑人的因素，人有七情六欲，所以用七寸六分来区别人与动物的本质不同。"

"为何上面圆，下面方？"

"古人一向认为：天圆地方。所以用圆象征天，用方象征地。"

"为何是拇指食指在上，无名指在下，而中指却在中间？"

"因为上代表天，下代表地，而立于天地之间的，必定是人。既然这样，就以此印证天地人三才之象，说明人是通天接地的。所以，作为一种饮食工具，未必见得一定用竹子做筷子。很多地方，还用木、骨、瓷、象牙、金属等材料制作筷子。"

天鹅公主轻启朱唇慢吐莺声地笑道："那用筷子都有哪些礼仪呢？"

"一忌敲筷，即在等待就餐时，不能一手拿一根筷子敲打，或者用筷子敲打碗盏茶杯；二忌掷筷，在发筷子时，要把筷子一双双理顺，然后轻轻地放在每个人的餐桌前，距离较远可请人递过去；三忌叉筷，筷子不能一横一竖交叉摆放，不能一根是大头，一根是小头，要摆放在碗边，千万不能搁在碗上；四忌插筷，在用餐中因故暂时离开，要把筷子轻轻搁在桌上或餐碟边，不能插入饭碗；五忌挥筷，夹菜时不能把筷子在菜盘里挥来挥去上下乱翻，遇到别人也夹菜时，要有意避让，谨防筷子打架；六忌舞筷，谈话时不要把筷子当作道具在餐桌上乱舞，也不要在请别人用餐时，把筷子戳到别人面前。"

天鹅公主笑道："如此说来，筷子是柴米油盐酱醋茶中的真爱。"

"公主才华横溢，这样说也有道理。"癞蛤蟆见天鹅公主无形中用微笑表示通过，高兴得卖弄道，"其实用筷子也能给人带来祝福或赞誉。"

"哦？"天鹅公主一愣道，"你且逐一说来。"

癞蛤蟆道："第一，用筷子排成'莲花状'，代表'金玉满堂'，放在寿宴中的母舅桌。第二，可排'星字筷'，取'福寿齐全'之意放在寿宴中的寿星桌。第三，也可排成'寿字筷'，以示'万寿无疆'之意。第四，以筷子排成营造氛围的'双喜字'，放在喜宴中的新娘桌，有'百年好合'之意。"

"还有吗？"天鹅公主没想到，他还能说出这么多，接着说，"你知道多少，不妨都说出来。"

癞蛤蟆不无卖弄地道："其实送筷子也有讲究。送筷子等于送快乐。为什么呢？因为'筷子'有'快生贵子'之寓意，也有'快乐'等好兆头。所以给人送筷子，无形中就是送快乐。'双木即成林，相伴到永远'，筷子也是平等、友爱、和睦相亲的象征，所以非常适合做结婚礼物。"

"有道理！"

癞蛤蟆见天鹅公主看着自己，余兴未尽，便挖空心思想了想道："还有，使用筷子等于通力合作。为什么呢？因为筷子需要两根合作才可夹到食物，一根筷子的力量有限，也易折断，但如果许多筷子在一起就会坚固。这说明一人的力量有限，互相配合才行，故有'家有一心，黄土变金；家有二心，没钱买针'之说。不少人选择馈赠筷子给生意合作伙伴，也是此意。不过，不要馈赠银筷，这代表试探与不信任。"

天鹅公主害羞地说："好，你通过了。"

考试过关后，不久要举行结婚典礼。皇上赐了一座驸马府，癞蛤蟆的父母很高兴，拿出家里的20坛金子和10坛银子，把婚礼办得非常隆重，凡来给状元婚礼庆贺的官员，离开时都送上贵重礼物。癞蛤蟆心里疑惑，不是说家里很穷吗？现在又拿出这么多钱，这钱是从哪来的？

入洞房时，癞蛤蟆忽然发现，天鹅公主的左眉毛是画出来的，不是自然生长出来。如果不是近距离看，根本发现不了。不仅如此，左眼皮还有浅浅的伤痕。看样子，这伤痕很早就有，于是问："你的左眉怎么了？"

"唉——"天鹅公主长叹一声说，"在我两三岁时母亲抱我出门，忽然一个男孩不知怎么回事，竟拿石头砸到我的左眉。从那以后，左眉就起了伤疤。后来我逐渐长大，伤疤倒是褪去了，但就是不长眉毛。没办法，只好用眉铅画。你说那男孩是不是可恶，竟然平白无故拿石头砸我？据说我被砸后，好长时间高烧不退，差点死了。"

癞蛤蟆惊呆了，怎么这跟自己小时候干的事一样，于是脑海浮现出当时的场景，半晌方道："那你找到拿石头砸你的人了吗？"

"母亲说当时我昏迷了，她吓得抱着我去求郎中。幸亏抢救及时，命保住了。"

癞蛤蟆想到干的那件缺德事，也许那女孩也像公主一样要么昏迷，要么死了。假如只是昏迷，只要人还活着，倒也罢了；要是死了，这一辈子怎么心安？因见天鹅公主看着自己，忙慌乱地道："你怎么这样看我？"

"你不恨那人吗？"

"当然恨！"癞蛤蟆回避着天鹅公主的目光说，"太可恨了。"忽然，癞蛤蟆有了一个疑问，便说："只是我奇怪，你是陛下的女儿，在皇宫里养尊处优，基本上足不出户，怎么会被人用石头砸呢？"

天鹅公主说："不瞒你说，我并非陛下的亲女儿，我是他认的干女儿。他喜欢天鹅的洁白无瑕、高洁傲岸，就封我为天鹅公主。"

癞蛤蟆吃惊地道："那你家住哪儿？怎么会成为陛下的干女儿？"

"说来话长，我家住中卫，那是一个有黄河有沙漠的小城。本来，沙漠是死亡之海，寸草不生，是生命的禁区，根本不适合人类居住，就因为有了黄河，那里的人们生活得非常滋润。那时我家不是太穷，能勉强维持生存。但自从发生了那件事，我母亲为了救我，求了很多人花了很多钱，才算把我的命保住。"

癞蛤蟆惊呆了，感到用石头砸公主的人就是自己，于是问："后来呢？"

"后来我的命保住了，但家里为我花光了钱。为了活下去，母亲抱着我乞讨，碰巧遇到舅舅。舅舅在皇上身边做事，他把我们带到京城，正赶上皇上遇到天大的难。舅舅出了主意，皇上采纳后稳住朝政。从此，皇上常到舅舅家。有一次皇上见我可爱，就收我为义女，打算把我嫁给太子。不曾想，皇上只有一个儿子，因得大病突然死了，皇上就把所有的爱都给了我。"

癞蛤蟆听完，证实自己就是当年拿石头砸她的人。真没想到，那个算命先生说得真准，不但自己出门东行第五家就遇到她，而且不管时空如何变化，最终还是娶了她。看来人的命，天注定，胡思乱想不顶用。他不敢说自己就是砸她的那个坏人，但不说又觉得良心不安。他知道，如果说自己就是拿石头砸她的人，她还会要自己吗？说不定会送自己上断头台。

可思来想去，他觉得即便她不知道做她丈夫的人就是差点要她命的人，但自己天天要面对她，心里好受吗？假如说明自己就是砸她的那个人，她不要自己也罢，起码心里好受。如果真要杀自己，一命抵一命，倒也公平。

如此一想，癞蛤蟆如实向天鹅公主说了真相。天鹅公主感到既意外，又震惊。虽然她一直恨那孩子，甚至一度觉得找到那个人一定会杀了他，这样也算一报还一报。但事过多年，仇恨已经随着岁月的流逝逐渐淡化。尤其是面对已经成了自己丈夫的他，如果杀了他，自己就成了寡妇。再说，他是一个诚实的人，如果他不说，谁知道他就是那人？

天鹅公主毕竟是在皇宫里长大，虽然皇宫免不了勾心斗角，但她是一个女人，大家都知道她迟早要嫁人，所以太子在世时，谁也不会把她当敌人。相反，很多官员喜欢她，又见皇帝对她格外亲近，所以对她更是尊重。她在这种环境里也变得既能容人又能容事。不过，尽管天鹅公主原谅他，但皇帝经常问她可曾找到拿石头砸她的那人，觉得有必要告诉他。

在天鹅公主去见皇上期间，癞蛤蟆的父母来看他，他不解地问："爹娘，既然你们能拿出钱让我上私塾，这次又能拿20坛金子和10坛银子为我操办有面子的婚礼，为何我们要在当地装穷？"

"孩子，"父亲想了想说，"以前爹爹是做生意的，挣了一些钱，怕树大招风，才将钱藏了起来装穷。"

母亲也说："是的，你爹年轻时专门做丝路上的绸缎生意，确实挣了钱。因为当地人有仇富心理，加上土匪都在打听，凡做过丝路生意的都是有钱人，土匪只要发现踪迹，既抢钱财，也会杀人。"

"是的，"父亲接过话说，"我们本是凉州人，发迹后，为防土匪，就寻找新的安身立命的地方。因为丝路上有'穷八站、富八站、不穷不富二十八站'之说，而中卫就在富八站范围，加之还有'金张掖、银武威、想吃好的到中卫'之说，所以跑到了中卫。"

"不对，"癞蛤蟆不相信地道，"可我听说您过去有个结拜兄弟，他家非常富裕，可死后没有人继承，而钱财却不见了，有这回事吗？"

父亲吃惊地问："莫非你听到了什么？"

"没有，孩儿只有纳闷。"

"不错，"父亲想了想，叹了一口气说，"我那兄弟可怜啊！他跟我做生意，我们都发迹了，为了不让土匪打听到，我们都跑到了中卫。可没想到，土匪耳目众多，很快就知道了我们的下落。一天晚上，土匪闯进他家，不但杀了他和孩子，连钱财都抢走了。我们害怕也被抢，赶快挪了地方，从此就只能装穷人。"

癞蛤蟆不相信地问："真是这样吗？"

"你——"父亲看着他，见他就看着自己，便看了看自己的老婆问，"要不我们说实话吧？"

癞蛤蟆的母亲犹豫了一下，见儿子看着自己，知道他已怀疑了。于是说："好，说就说，反正是自己的儿子。"

父亲说："好吧，既然这样，我们可以说实话，但你不能对外说，也不能骂我们，更不能不认我们。要知道，无论我们做得对不对，我们都是为了这个家。这些年我们虽然一直装穷，但在你身上还是舍得花钱。你上私塾的钱、上京赶考的路费花销，都是用的那笔钱。还有这次你举行婚礼，我们把当时得来的钱，全用在你身上了。"

癞蛤蟆已知道父母得了不干净的钱，用阴冷的语气说："到底怎么回事？"

父亲叹了一口气说："其实，爹爹不是做丝路生意的人，也没有跟谁结拜。至于说我们是凉州人，这倒是实话。我们本来是穷人，因为过不下去就逃难来到中卫，在乞讨中我们昏倒在一户人家门口。这户人家是个有钱的员外，他救了我们。有一天，员外要出远门办大事，让我们照看他的30坛酒，我答应了。"

癞蛤蟆见父亲说至此，忽然停住不说，于是问："后来怎么了？"

父亲看了一眼老婆说："还是你来说吧，那事我觉得缺德，对不起人。"

"唉——"，母亲长叹一声道，"说实话，这些年我和你爹一直觉得对不起员外，但是一切迟了，说什么也没用。"

癞蛤蟆道："到底怎么回事？"

母亲说："员外走后3年没回来，也没音讯。我们去看酒坛，却闻不到酒味，以为坛没封好，大概是酒漏气了，便打开查看。不料一开坛，我们惊呆了，里面全是金子。我们试着打开下一坛，也是金子。最后全部打开，发现是20坛金子和10坛银子。"

父亲接过话说："是啊，我们一看金银，当下就起了贪念。这些金银，就是我们奋斗十辈子，也挣不到。真是金银黑人心啊！我们忘了人家是我们的救命恩人，也忘了人家留我们有吃有喝的好，更忘了人家对我们的信任，就将金银转移到外面埋了，而将30个酒坛装进酒。后来员外回来，我们咬定他交给我们的就是酒。员外去告状，县官以诬陷罪将他关在牢里。员外想不通，很快就死了。"

癞蛤蟆愤愤地道："你们怎么这么做？原来，我花的这些钱都是员外的，并且是你们害死了员外。"

父母刚要忏悔，忽然武士进来，二话不说，将癞蛤蟆五花大绑抓走。癞蛤蟆的父母觉得不妙，如果说抓他是因为多年前贪心霸占了那些金银，这才刚刚说出，皇上怎么会马上知道？两人立刻追了出去，拦住武士一问，才知道儿子曾是多年前用石头差点砸死天鹅公主的人。他们知道大祸来了，两人急得蹲在地上哭了起来。

原来，天鹅公主并非要癞蛤蟆的命，她离开癞蛤蟆见到皇上，说找到了当年用石头砸自己的人，皇上问："他在哪里？"

天鹅公主道："你说巧不巧，他就是我丈夫？"

皇上吃惊地道："他跟你无冤无仇，为什么砸你？"

"你说怪不怪，当年他问一个算命先生，他将来的媳妇在什么方位。算命先生说他出门后东行，到第五家门口会遇到一个抱女孩的女人，那个女孩就是他媳妇。他一看当年的我还小，是个婴儿，本来在哭，却看到他后笑了。他一看我长得很丑，就将手里的石头随手向我砸来。"

"可恶！"皇上气愤地道，"难道他不知道用石头砸人会要人命？幸亏你命大，不然早死了。来人！"听到殿前武士应声，接着说，"速去将他抓来问罪。"

就这样，武士抓来了癞蛤蟆。在这期间，天鹅公主哀求皇上原谅癞蛤蟆，说他不是成心砸人，当时只是小孩子，好在只是左眉不出眉毛，并说经过多年淡化已没了仇恨。要惩治，教训一下即可，千万别伤性命。说实话，皇上就想杀了癞蛤蟆，大不了另外选择驸马。可他听了公主的哀求，在见到癞蛤蟆后，只是将他削职为民。

癞蛤蟆出了皇宫，见父母正在门外等消息，于是将情况一说，父母觉得不死就好。在他父母看来，当年拿石头差点要了公主的命，就是杀他十次，将他满门抄斩都有可能。癞蛤蟆一家3口离开京城，向着中卫老家赶去。在经过沙漠时，看到一个湖泊，于是坐下歇脚。忽然，癞蛤蟆感到不舒服。

父亲忙问："你怎么了？"

母亲也说："怎么头上冒冷汗？"

癞蛤蟆说："我感到肚子好疼。"

不一会儿，癞蛤蟆因为腹绞疼死了，父母非常悲痛，打算带儿子的尸体去埋葬，却发现儿子的身子在变小，最后竟然变成一种动物——癞蛤蟆。癞蛤蟆跳湖里，再也不见。父母哭得昏了过去，醒来后觉得可能是自己过去造孽的报应，于是相互搀扶着回了家。他们听说玄坛观的道人很厉害，便去道观布施，然后向道人作礼。

道人问："施主有什么事？"

癞蛤蟆的父亲说："师父，您说我们怎么这么命苦？我们好不容易领大一个孩子，并让他上私塾，最后考上了头名状元，为何他花光了我们的钱，最后却又死了，这不是让我们人财两空？"

道人闭目静坐一会，忽然开口道："你知道这孩子是谁吗？"

癞蛤蟆的父亲不解地道："他是我们的儿子啊？"

"他是你们的儿子，但你知道他是谁？他是干什么来了？"

癞蛤蟆的母亲道："请师父开示。"

"多年以前你们乞讨到一个员外家门口昏倒，是员外救了你们，还把你们留在家里看门护院。后来员外出门办事，你们因贪心霸占了员外的 20 坛金子和 10 坛银子。员外回来，你们拒不承认偷走金银，还让员外打官司输了，最后死在牢里。员外阴魂不散，本来要找你们报仇，但这个世间有因果法则，阎王不许他要你们的命，却投胎做了你们的儿子。他让你们花光他的 30 坛金银，让你们人财两空。明白了吗？"

"这么说，他就是那个员外？"

"是的，天理昭彰，人家索债来了。"

夫妻两人出了道观，觉得这一切都是自作自受。当年得了 30 坛金银，以为得了天大的便宜，没想到不是自己的终归不是自己的，不但最终让人讨走，还付出了巨大代价。由于看开悟透了，于是便在玄坛观出家，一个做道人，一个做道姑。后来两人非常用功，成了玄坛观大师。

天鹅公主怕丈夫想不开，随后赶来，当走到丈夫变成癞蛤蟆跳下湖的那个湖边，见有一只癞蛤蟆看着自己，正要靠近端详，忽然沙漠中来了土匪，匪首见她长得漂亮，便要霸占她为妻。她拼命挣扎，从一个土匪手里夺过剑，横剑自刎。

天鹅公主死后，化为一种鸟。人们依着她的名字起名天鹅。说也怪，天鹅好像知道癞蛤蟆就是丈夫，经常来此。很多人见天鹅飞走时，癞蛤蟆总是恋恋不舍地看着天鹅，所以说"癞蛤蟆想吃天鹅肉"。

就这样，这个故事传下来了。

据不完全统计，腾格里沙漠内广泛分布有大大小小的湖盆 422 个，大多数为无积水或积水面积很小的湖。由于天鹅是候鸟，只有春秋两季才有，因此每年从三月开始到十月底，众多天鹅在南迁和北归中在沙漠绿洲歇脚、觅食而聚集于此地，故名天鹅湖。

白马拉缰

相传很早很早以前，沙坡头所在地是富庶的桂王国。由于黄河北岸是一片平坦的冲积平原，因河水的起伏涨落经常受到水灾、旱灾的威胁。为了能旱涝保收，看过《玉历宝钞》的桂王开了一条能灌 10 万亩土地的引水渠和几条支渠。不料，河水涨落太过频繁，流进渠里的水很不稳定，水大时冲坏渠堤，水小时又造成旱灾，被称为干渠。

有一天，桂王之女桃花外出游春，与勤劳朴实的辛为农相爱，不久结为夫妻。两人决定为父王分忧，为百姓造福，于是在黄河边琢磨灌溉农田的最好办法。为了找到理想的引水渠口，辛为农夫妇不停地奔波，折腾了 9 年又 9 个月，还是没找到理想的渠口。一年秋季，因上游连续下了几天暴雨，导致黄河泛滥成灾，辛为农的妻儿也被洪水卷走。辛为农为救妻儿，被洪水冲到了黄河下游的岸边。

朦胧中，只见妻子幻化成一个衣袂飘逸的仙女，从黄河浪涛里踏波而来。她挽着高高的发髻，身着一身锦衣，骑着一匹高头白马飘到他的面前说："夫君！请跟着我来。"说罢，忽然扬鞭策马，拖着长长的锦带顺黄河北岸飞奔而过，锦带拖过的地方留下一道长长的白印，而白马化成白龙在蓝天之下盘旋飞翔。

辛为农醒来，梦境如雪泥鸿爪消失殆尽，仙女、龙马无影无踪，只有白印留在长长的河滩，而崖上却有几个金字："渠口从印而过，河水长流不断。"于是，他带领乡亲顺着白印筑堤开渠，经过 365 天，一条 10 里长堤筑成，从此不论河水涨落，渠里的水总是能够满足农田的需要。

后来，人们为了纪念辛为农，把 10 里长堤叫"为农堤"，也叫"白马拉缰"。河水撞击在 10 里长堤上，但见浪花飞溅，恰似白云翻飞，远远望去，宛如一匹白马拖着长长的缰绳驰骋在黄河边，这便是中卫古八景之一的"白马拉缰"。正因为有了"白马拉缰"，"塞上江南"的美誉实至名归。

如今，中卫人民利用"麦草方格"的核心治沙方法，发明了"五带一体"治沙工程，创造了人进沙退的奇迹，解决了困扰人类数千年的难题，让全世界为之瞩目，被联合国授予"全球环保500佳"。正因为有了黄河，中卫才有"中国枸杞之乡""中国塞上硒谷""中国特色魅力城市100强""国家园林城市""全域旅游城市""全国十佳生态文明建设示范城市"等诸多殊荣。

没有黄河，这里的生命都将绝迹。尤其是沙坡头景区，借助大漠、黄河、高山、绿洲，秉承"崇尚自然、以爱为本"的环保理念，打造的沙漠水世界、沙漠之城、沙漠星星酒店、沙漠月亮温泉酒店，完善了宁夏全域旅游要素，支撑了景区业态。近年上马的黑山峡工程，将惠泽甘、蒙、宁、陕等无水地区，这就是黄河带给人类的实惠，我们应感恩黄河，即使是滴水之恩，也当涌泉相报。

第二篇　民俗传说

驱兽消灾

据说，古时有一种叫"年"的怪兽，头长触角，凶猛异常。"年"长年深居海底，每到年关才爬上岸来吞食牲畜、伤害人命。但是，人们面对这种怪兽，却没有一点办法抗衡。有些人与"年"搏斗，直接就被吃了。所以，每到这天，村村寨寨的人们都会扶老携幼逃往深山，以躲避年兽对人类的伤害。

有一年年关，从村外来了一个乞讨的老人。乡亲们正躲避怪兽，一片匆忙恐慌，没有人去管乞讨的老人。只有村东头的老婆婆，不但给了老人一些食物，还劝他赶快上山躲避年兽，以免被害。没想到，老人却捋着髯须笑道："婆婆，你若让我在你家待一夜，我一定把这'年'给大家撵走。"

老婆婆以为老人在说疯话，多少年来人人"闻年变色""望年而逃"，有谁能把"年"赶走？那不是主动送死吗？于是继续劝说老人。没想到乞讨的老人也不辩解，笑而不语。半夜时分，"年"闯进村来。它发现村里气氛与往年有所不同：村东头老婆婆家，不但门口贴着大红纸，屋内也烛火通明。

不知怎么，"年"忽然浑身一抖，怪叫一声。将近门口时，院内传来"噼噼啪啪"的炸响声。"年"吓得浑身战栗，再也不敢往前凑。原来，"年"最怕红色，也怕火光，更怕炸响的声音。这时婆婆家门大开，院内走出一位身披红袍的老人，望着"年"哈哈大笑起来。"年"大惊失色，狼狈逃走。

从此，人们知道"年"最怕红色，索性将美好的愿望编成对仗的对联贴在门口，既希望借对联寄托人们的美好愿望，又用红色吓退可怕的"年"；也知道"年"怕火光，所以在没过子时前，要用点灯形成火光，这也就是守岁；更知道"年"怕炸响的声音，所以家家燃放烟花爆竹。

随着朝代的变迁，社会的发展，过"年"逐渐变成了一种富有情趣和寄托希望的生活方式。人们不单在家门口贴对联，还贴年画。浓墨重彩的年画

给千家万户平添了许多兴旺欢乐的喜庆气氛。

在燃放烟花爆竹上，也多了很多讲究，或者说已经形成了一种文化。在中国民间，一直有"开门爆竹"一说，即在新年到来之际，家家户户开门的第一件事，就是要燃放烟花爆竹，以"噼噼啪啪"的爆竹声除旧迎新。所以，爆竹亦称爆仗、炮仗、鞭炮。虽然起源早，有两千多年历史，但燃放爆竹有安全隐患，且污染环境，还是需要革新。

为了赶走"年"，古代劳动人民习惯用守岁的方式，即在子时之前，全家人不能睡觉。所以，除夕守岁就成为最重要的年俗活动之一。其实，守岁之俗由来已久。西晋周处的《风土记》记载："除夕达旦不眠谓之守岁"。

春联与门神

据说贴春联的习俗，始于一千多年前的后蜀时期。此外，根据《玉烛宝典》《燕京岁时记》等记载，春联的原始形式就是人们所说的"桃符"。

相传有一个鬼域世界，有一座大山，山上有一棵覆盖三千里的大桃树，树梢上有只金鸡。每当清晨金鸡长鸣时，夜晚游荡的鬼魂必须赶回鬼域。鬼域的大门坐落在桃树东北，门边站着神荼、郁垒。如果鬼魂在夜间干了伤天害理的事，神荼、郁垒就会将它捉住，用芒苇绳捆起来送去喂虎。因为天下的鬼都畏惧神荼、郁垒，于是民间就用桃木刻成他们的模样，放在自家门口以避邪。

后来，人们干脆在桃木板上刻上神荼、郁垒的名字，认为这样做同样可以镇邪。这种桃木板，后来叫桃符。到了宋代，人们在桃木板上写对联，一则不失桃木镇邪的本意，二则表达美好心愿，三则装饰门户以求美观。后来人们在象征喜气吉祥的红纸上写对联，新春之际贴在门窗两边，用以表达人们祈求来年福运的美好心愿。

为了祈求一家的福寿康宁，有些地方还保留着贴门神的习惯。据说，大门上贴两位门神，妖魔鬼怪都会望而生畏。在民间，门神是正义和武力的象征，古人认为相貌出奇的人往往具有神奇的禀性和不凡的本领。所以民间的门神永远都怒目圆睁，相貌狰狞，手里拿着各种武器，随时准备同上门的鬼魅战斗。由于民居的大门通常是两扇对开，所以门神总是成双成对。

拜　年

　　春节拜年人人皆知，很多人都会在春节期间，千里迢迢赶回家乡与家人团圆，且在春节期间要给长辈、老师和亲友拜年。发展到近现代，还要给同事、同学、战友拜年，以至于创新了相互拜年和团拜的说法，并且方式方法多样。那么，拜年是怎么来的呢？有这样一个传说。

　　相传，古人最早都以部落集聚的方式生活，因部落之间经常发生战争，双方都会擒获对方的俘虏。为了亲人不被杀害，部落双方会互换俘虏。有一次，典泰部落的首领之子被丰赢部落所擒，而丰赢部落的首领之女则被典泰部落所擒。马上过年，为了亲人团聚，双方便约定在新春期间交换俘虏。

　　双方交换俘虏后，都在被擒期间爱上了擒自己的人，从此私下往来，秘密约会，最后都有了子女。如此一来，他们彼此牵挂，每到新春期间就去偷看对方。子女长大，也希望看到父母。看父母时要带着礼物，见到亲人要磕头，而亲人也不会让他们空手回去，要给礼物回赠。其实，双方部落早发觉了，从此彼此联姻，而把新春期间的看望叫拜年。

　　后来，人们拜年时，晚辈要先给长辈拜年，祝长辈长寿安康；长辈可将事先准备好的压岁钱分给晚辈。据说，压岁钱可以压住邪祟，因为"岁"与"祟"谐音，晚辈得到压岁钱可以平平安安度过一岁。压岁钱分两种：一种是以彩绳穿线编作龙形，置于床脚；另一种是由家长用红纸包裹分给孩子的钱。

　　再后来，拜年的内涵外延都发生了变化，压岁钱可以在晚辈拜年后当众赏赐，也可在除夕之夜孩子睡着时，由家长偷偷地放在孩子的枕头底下。一般来说，压岁钱都是长辈给晚辈，晚辈只需磕头作礼，谓之拜年。时至今日，长辈为晚辈分送压岁钱的习俗仍在盛行。

新春祭祖

　　新年为岁首，第一件事就是祭祀祖先。这一礼仪，有的地方称拜祭家堂，因为祖宗称为家亲而不称为神。祭祀祖先一般在家中进行，有的地方家家户户在堂屋中悬挂祖先画像，但多数地区是供着祖先的牌位。除夕子夜时，开门放鞭炮前，祭祖的活动便开始了。祖先的牌位前摆好美酒佳肴、时令水果，供列祖列宗享用；点燃香纸蜡烛后，家长率子孙行叩祭礼。祭祖时，要面对列祖列宗的牌位，逐项禀报家中一年来发生的喜庆事件，大到娶媳聘女、生儿添丁，小到生活琐事。

　　民俗专家表示，新年祭祖的意义是"慎终追远、礼敬祖先"及祈求祖先保佑子孙后代繁荣昌盛、诸事顺意，表现了中华民族传统的伦理思想。

接 神

接神是为新旧年分界，但接神时间在全国各地并不太统一。有的子时一到就开始举行仪式，有的到子正之时，即午夜零点开始接神，有的则在子正之后接。一般接神仪式在天地桌前举行，由长者主持。因为诸神所居的天界方位不同，下界时来的方向也不同，至于接什么神，神从何方来，要查好宪书，带领全家举香在院中按方位分别接神。

如辛未年的宪书上明确指示："财神正东、福神正南、贵神东北、喜神西南、太岁神西南等。"按方位叩首礼毕，肃立待香尽，再叩首，最后将香根、神像、"元宝锭"等取下，放入早已在院中备好的钱粮盆内焚烧，同燃松枝、芝麻秸等。接神后，将芝麻秸从街门内铺到屋门，人在上面行走，会噼啪作声，称为"踩岁"，亦叫"踩祟"。

由于"岁"与"祟"是同音，所以取驱除邪祟之意。旧时从春节子夜开财门起，就有送财神的，手拿一张财神画像在门外嚷着："送财神爷的来啦！"这时屋主为表示欢迎财神，便拿赏钱给来人。送财神的口中要说些吉利话，如"金银财宝滚啦""左边有对金狮子，右边有对金凤凰"之类的口彩。总之，接神表达了期望保佑安康、财源滚滚的美好愿望，是一种民俗和文化现象。

怪　俗

过去，每到年前家家户户都要到市场上买年货，似乎不把手里的钱折腾光，心里就觉得不舒服。要说也能理解，辛苦了一年，是该借着团聚好好享受生活。但有个习俗，很多人觉得很怪异，那就是大年三十吃长面，初七吃拉魂面。从初一到初七，不动刀不动剪，全吃年前做好的熟食。从初一到初三，一滴水都不能掉。到了初五，一定要洗衣净身。这是为什么呢？有个故事是这么讲的。

相传明代有夫妻俩，靠磨豆腐为生。丈夫叫艾达仁，主要负责在外面卖豆腐。老婆叫常守琪，主要负责在家里照顾孩子和磨豆腐。虽然他们生有6个孩子，可这些孩子全都好吃懒做，不但不干活，还抱怨家里穷。最可气的是，艾达仁目不识丁，回家就打老婆。夫妻一起生活35年，常守琪挨打已记不清有多少次。常守琪全身没一处是好的，到处都是青一块紫一块。这个地方没好，那个地方又添新伤。像这样遭受无端折磨的日子，谁还能过？更可气的是，艾达仁每次打老婆，那6个孩子还在旁边喊着："使劲打！使劲打！往死里打！"说也怪，艾达仁也知道打人不对，打坏老婆还要花钱疗伤，但每次见到她，说不清原因，一见就无名火起，抬手就打。

有一次，常守琪想不通上吊，结果让艾达仁发现打了个半死。既然上吊不成，那就喝药，但买不到毒药。眼看到了婆婆的周年忌日，她狠下心要用刀自杀，可孩子把刀拿去帮艾达仁杀羊。她觉得只有一条路，那就是投河自尽。到了河边，她哭啊哭啊，也不知哭了多久，最后觉得反正活着没意思，就闭上眼睛从桥头上跳进黄河。有人赶来将她救了上去。救她的是一个和尚，她就抱怨和尚不好好念自己的经，为何管别人的闲事。和尚也不生气，只是问她为什么跳河？她觉得说就说，说完还得自杀，就把多年来所受的折磨和委屈，一股脑儿全倒出来。没想到，和尚听完笑道："报应啊报应，一报还一报！"

常守琪虽觉得话中有话，但却愤怒道："你算什么出家人！人家都活不成了，你还发笑？"

和尚道："你知道他为啥打你？"

常守琪愣了一下说："我怎么知道？"想了想这些年的挨打都没来由，觉得和尚既然这样问，一定有原因，便问："什么意思？"

"世上没有无缘无故的爱，也没有无缘无故的恨。没有种子，又哪来的果子？我给你讲个故事：过去，有一对夫妻以磨豆腐为生，丈夫在外卖豆腐，女人在家磨豆腐。这女人总嫌驴拉磨走得慢，不断地用鞭子打。每次抽打，旁边的6个孩子就喊：'使劲打！使劲打！往死里打！'那驴在心里恨死了这女人，也恨死了那6个孩子。好在，那6个孩子并不讨母亲喜欢，所以这6个孩子也不喜欢她。有时，她打完推磨驴，就拿孩子撒气，一连几天不给饭吃。"

常守琪感到似乎说的是自己，便打断话道："您是说，我丈夫就是那头驴投胎，我就是那个打驴的女人，而那6个孩子，就是我们现在的6个孩子？"

"善哉善哉！确实如此，如果当年你不打那驴，那驴成为你丈夫后，他怎么会打你？"

"那怎么办？"

"我给你教一个办法，保证他不但不打你，还对你好得不得了：你回家后，将放在门后的棍棒拿掉，包括能打人的所有东西，甚至是切菜刀，都要藏起来，只在门后放一把扫帚。因你出门好久没在家，加上没给他们做饭，你丈夫一见你更气更恨，必然要打你。当他找不到棍棒，就会拿起扫帚打你。你想，扫帚有多少棍棒？这一扫帚打去，就消除了你前世打他的仇恨。"

"谢谢师父！要是这么说，扫帚上的棍棒数越多，越能消除仇恨？"

"是的，不过既不能太多，也不能太少。如果太多，他多打你多少，将来你还会打他多少，这叫一报还一报。如果太少，没有凑够前世你打他的数量，他还会打你，直到打够为止。"

"还有吗？"

"当他打完你后，如果不再打你，说明已经消除了仇恨，你们也要马上改名。比如你，叫什么常守琪，那你肯定要'常受气'。而他，叫什么不好，为啥要叫奇怪的艾达仁？他都'爱打人'，能不出手就想打人吗？加上你又是'常受气'，那你肯定有受不完的气。"

常守琪非常感激，回到家见艾达仁在骂娘，就躲到一边藏起来。艾达仁等她不见回来，就让孩子和他一起出去寻找。趁这个机会，她进屋将棍棒、板凳、擀面杖、菜刀等所有能打人或伤害人的东西都藏起来，然后将一把破旧的扫帚放到门后，又觉得这扫帚掉了很多棍棒，可能数目太少，便换了一把崭新的扫帚放好。刚把扫帚放到门后，艾达仁就进来了。他看见常守琪在家，不由火冒三丈，一边用最恶毒的语言骂她，一边拿门后的棍棒要打她，却发现没了棍棒，便抄起扫帚恶狠狠地向她打去。要说，扫帚虽棍棒数目多，但打人不疼，更别说伤人要害。可不知为啥，这一扫帚下去，常守琪当即倒在地上，没有一点声息。艾达仁大惊，以为她死了，抱起她使劲呼唤，仍是没有反应。

这时6个孩子从外面回来，见母亲倒在地上不动，当即傻了，都哭着说没了妈妈，以后谁给他们做饭？艾达仁也哭了起来，抱着妻子哭道："都是我不好，不该一直打你。这些年，我打你太多了，天天打你，使你身体太虚弱了，这才禁不住一扫帚。"他看着她的伤痕，接着哭道，"你快醒来吧，以后我不再打你了。我混蛋！以后别说打你，连骂你也不会，你快醒来。"

话音一落，常守琪的手指忽然动了一下，接着便睁开眼睛。只不过她一看见他，马上恐惧地说："你别打我，你别打我！"

"不会的，再也不会，都是我混蛋！我不是人，怎么能打你？你是我老婆，除了照顾我们的孩子，还起早贪黑磨豆腐，给我们做饭，我算什么男人啊！"

常守琪一看，觉得和尚的办法真好，看来已经消除了仇恨，于是说："谢谢你！只要你不打我，我们就好好过日子。不过，我的日子已经不多了，到了今年大年三十，我就该走了。"

艾达仁吃惊地道："你说什么？"

常守琪将和尚说的话以及教的办法和盘托出，接着说："不瞒你说，你那一扫帚下去，数量已超出前世我打你的数量。扫帚虽轻，但棍棒数量不少，当下就把我打死了。我死之后，无常鬼带我去阴曹地府结案，结果经过土地庙，土地神问我叫什么，要核实我的身份。我想起和尚说的话，觉得不能再叫常守琪，就说我叫常乐。无常鬼和土地神一听，说是抓错人了，就放我回来了。"

"那你为何会说你在大年三十走？"

"因为他们虽然放了我，但我在无意中听说他们要抓一个叫艾达仁的老婆，并说艾达仁的老婆在大年三十会拿切菜刀自杀，或者拿剪子自杀。我一听，你不是叫艾达仁吗？他的老婆不就是我吗？"

艾达仁道："这好办，你改叫常乐，躲过了一劫。我若改成艾进财，不但能进财，你也不会死。好，从今天起，我就叫艾进财。明天是大年三十，为了防止意外，我们在这个春节不动刀、不动剪，今天就把从初一到初七的食物都做成熟食，每天只是烧热就行。这样，我们一家人天天团聚在一起享受快乐，你也不用像以前那样，天天忙着做饭。"

"善哉善哉！"忽然，那个和尚进来双手合十说，"光这样还不行，必须想个万全之策。"又看着常乐说，"你是命中该有此劫，俗话说，躲过初一，躲不过十五，要躲过去实在太难。好在你有缘遇到老衲，这就有了化解之法。只要你们在初一至初七，这七天不用刀、不动剪，就能免去一场杀身之祸，一次刀光之灾。但是，人虽不死，灵魂还是会出窍的。只要你们在年三十吃拴魂面，也即长面，到了初七吃拉魂面，就可将魂魄拉了回来。"

"还有吗？"

"大年三十晚上，诸神来到人间视察，一定要上香上供迎接。初一早晨，要上香上供送灶君上天，他是正月十五回来，好坏都在他说。从初一到初三，不要把水洒在地上，连一滴都不要掉，不然脸上会长麻子。初一这天，不要出门拜年。初二出门拜长辈。从初一到初四，千万不要扫地，而初五是退穷的日子，一定要记着洗衣服、净身体、倒垃圾。"

"谢谢师父！要是这样，从初一到初七没问题，就可以躲过灾难？"

"大体如此，如果到初八没出事，就躲过了一年的灾难，你们也可以根据每天的天气变化和发生的事，来判断这一年对应的吉凶。如猫三、狗四、猪五、羊六、人七、马八、九果、十菜。"

和尚走后，艾进财觉得从初一到初七整整七天时间不动刀剪，要想不饿肚子，只有多准备熟食，但还不能剩下太多糟蹋粮食。于是，他大体计划了一下，到市场上置办来年货，与妻子常乐做"托烙子""麻花""油果"，将肉食和蔬菜全部切好，做成各种美食。他们的孩子也很奇怪，一改以前的习气，觉得做七天的食物爹妈顾不过来，都帮着干活，所以很快就做成了。

艾进财觉得这才像个家，不但同甘共苦，而且其乐融融；常乐也觉得"家有一心，黄土变金"，人活着就是要有尊严，受苦受累算啥，关键要有心疼自己的人，也有理解自己的人，这样才活得有意思。大年三十这天，一家人吃了拴魂面，在门外挂了红灯笼，在门口贴好红对联，也在窗户上贴了窗花，一片喜气洋洋的感觉。到了夜晚，大家一起包饺子守岁。过了子时，都感到疲劳了，各自睡觉。

初一这天，老早就有人燃放烟花爆竹，打破清晨的宁静。门口已有人舞龙，到处响起了"噼噼啪啪"的鞭炮声。艾进财的孩子要出门，常乐不让去，说和尚说了初一不出门。但艾进财觉得，舞龙、放鞭炮的人多，也没见出事。孩子不甘寂寞，还是去瞧热闹。不料，山上来了土匪抢劫，很多人被杀了。艾进财的几个孩子虽然没死，但不是受伤，就是吓出了病。

转眼到了初七，一家人吃了拉魂面。眼看这一天就要过去，不料家里来了土匪，见什么抢什么。土匪本来要走，匪首忽见常乐长得不错，就要抢她。艾进财一看急了，扑上去夺人，被匪首一刀砍伤。常乐挣脱匪首，拿起藏掉的菜刀朝匪首砍去，匪首随手一刀，将她砍倒在地。这时，官兵获知消息赶来，土匪仓皇逃命。艾进财虽然受伤，但问题不大，而常乐被砍后，却昏迷不醒。

此时，常乐感到自己就像做梦。梦中，她见自己被无常鬼带到阎王面前，牛头马面厉声要她跪倒。她立刻跪倒磕头，只听阎王问："你明明叫常守琪，为何要改成常乐？还让丈夫艾达仁改成艾进财，让阴间的使者找不到常守琪，也找不到艾达仁？"

常乐只好实话实说，阎王道："看来，你一定做过什么功德，不然你怎么能惊动地藏王菩萨帮你化解灾难？"遂在孽镜中一看，见常乐对婆婆特别孝顺，虽然天天挨丈夫的毒打，但却忍气吞声、毫无怨言。不仅如此，她还给一尊佛像擦过几天灰尘，于是说："好，既然菩萨都被你的孝道和对佛的恭敬所感动，本王也不追究你改名、藏刀的过错。好在你吃了拉魂面，还可以还阳。你回去后要告诉世人，要多做善事。"

"善哉善哉！"忽然眼前一片光明，地藏王菩萨来到现场说，"你回到人间，要告诉人们诸恶莫作、众善奉行，特别是孝、悌、忠、信、礼、义、廉、耻这八德，一德都不要缺，缺了就叫缺德；忘了八德，就是忘八德。"

"看来，"常乐琢磨着问，"孝是第一位的？"

"是的，万恶淫为首，百善孝为先。孝道尽好了，就有了做人的资本。记住：诸事不顺孝道亏。所求不得，反求诸己。要改变命运，光做好孝道还不行，必须多积八德。无论做多少善事，只管去做，莫问前程。时间久了，量变的积累必然产生质变。尤其注意，世人不可犯邪淫，因为万恶淫为首。"

"谢谢菩萨！只是我的6个孩子不但好吃懒做，而且喜欢钓鱼玩鸟，捕杀生灵，是不是不好？"

"肯定的。钓鱼穷三年，玩鸟毁一生。一朝学会狗撵兔，从此踏上不归路。若是恋上鹰，两眼含泪望天空。人类的食物种类很多，为啥要捕杀生灵？它们都是有灵性的动物，虽然不会说话，但也会愤怒，也会报仇。有些人把鸟关进笼子里，看起来给鸟好的吃食，甚至连鸟笼子都非常名贵，但如果谁把你整日关在狱中，就是给你再好的食物，你愿意吗？"

"是啊，确实不能捕杀虐待动物。"

常乐还阳后，艾进财觉得一家人已化险为夷、度过灾劫了。此时，他才知道那个和尚原来是地藏王菩萨的化身。后来，很多人就按照这个习俗延续。忘了八德的，人们骂他忘八德，时间久了就谐音为王八蛋。而德行不全的人，人们则骂他缺德。

做事留余地

"三十年河东，三十年河西"，意思是做人做事要留余地。在这世上，人人都有交运的时候，也许某人身处低位，但开运后就能身处高位。姜子牙没得势时，连老婆也看不起他，可他却打下了八百年的大周江山；刘邦不过是街头巷尾的地痞流氓，最后竟建立汉朝；高俅是一个不学无术的无赖，因为球踢得好，最后竟做了北宋的太尉。

河东、河西的河，指黄河。古时黄河因善徙善决被列为大患。赵匡胤陈桥兵变当皇帝不久，就召众臣讨论黄河水患，称"自古匈奴、黄河互为中国之患"。竟把匈奴和黄河并列，可见黄河水患多重。黄河曾有"三十年一泛滥，百年一改道"之说。崇祯二年春，黄河在山东曹县十四铺口决堤，四月睢宁决堤，七月睢宁城被淹。河令率全城迁居避难，在邳州主动挖开堤坝泄水，使黄河流入故道，堵塞曹家口匙头湾，使水向北流，最终解决了睢宁的水患。

这次黄河改道，让曹家口两岸数万户村民搬离家园，等黄河水退去才回归故土。但黄河的河身摇摆不定，从哪里决口就从哪里夺道入海，这就造成河东、河西两岸随河而变的现象。其实，河东、河西是民间对辩证法的朴素认知。因黄河水患造成的河东、河西现象，经民众演变就有了"三十年河东，三十年河西"的俗语。其实，这是说一切事物都在不断运动、变化和发展中，运动是绝对的，静止是相对的。

有了这样的认知，民间就把"河东河西说"灵活运用于生活。吴敬梓《儒林外史》第四十六回把这句俗语借成老爹的口说出来："三十年河东，三十年河西！就像三十年前，你二位府上何等气势！我是亲眼看见的。而今彭府上方府上，都一年盛似一年……"这成老爹表达的意思是，你余大过去确实牛，但盛衰易位，现在你已大不如从前，彭家、方家已超过你。"河东河西说"的意思是，人不要以老眼光看待事物，要保持发展变化的心态，与时俱进。

实际上，这里还有个相关的故事。三国时期，大将吕蒙没有文化，等他因战功当上将军后，孙权对他说："你现在掌管军国大事，不能不学习！"经过一番劝说，吕蒙开始下苦功学习。数年后，鲁肃和吕蒙商谈大事，发现吕蒙再也不是过去的那个莽夫了。

鲁肃吃惊地说："你现在的才华和谋略，不再是过去的阿蒙了！"

吕蒙答道："君子离别几天，就应另眼看待，兄长你怎么明白这个道理这么晚呢？"

这就是"吴下阿蒙"的故事。吕蒙经年累月地不懈努力学习后，与吴下的那个不懂文化的阿蒙已今非昔比。这个从量变到质变的过程，与"河东河西说"有着天然的关联性。正如吕蒙的自我认知"士别三日，当刮目相看"。

"河东河西之说"告诫人们，无论何时都要居安思危，跟上时代步伐，一味沉睡在过去的世界，睁眼看时才发现，一切都已不再是旧时模样，而你也被抛弃。同时提醒我们做人做事要留有余地，不要嘲笑和看扁某些人，也许不过几年别人会后来居上，世事变迁，沧海桑田，一切皆有可能……

合婚的来历

合婚的历史由来已久，在古代就有合婚的习惯，主要看两人适不适合在一起长期生活。合婚的产生有一定社会背景，古代男女交往不像现代可以自由恋爱。尤其对女人的要求非常严格，大家闺秀有专门的绣房，整天钻在屋子里做女红，足不出户。即便男人自由，但女孩被关在绣房，任凭怎样也难看到女孩真容。男女到了待嫁待娶的年龄，叫"父母之命，媒妁之言"，婚姻完全由父母安排。

男子寻妻，女孩嫁夫，但女孩足不出户，怎样才能看到对方相貌，怎样才能知道对方脾气素养？不像现在，用手机微信发张照片，再发点相关资料，便大致可以判定是否可以相处。这种情况，嫁娶就成了一件类似赌博的冒险事。毕竟双方走错一步，就是一辈子的遗憾。尤其对女方的要求是嫁鸡随鸡、嫁狗随狗，讲究夫唱妇随、从一而终，这就更有风险。对男子来说，女子承担着相夫教子的重任，一个家庭能否和谐，家族的繁衍生息能否昌盛，女人非常重要。

所以，老祖先找到一个解决的方法，那就是合婚。

在过去，合婚的仪式很隆重，具体细节不多介绍，大致概括一下。首先，合婚须将女方的生辰八字用红纸写好，再用红纸包好，形似现代礼品包，由媒人送到男方家，由男方请算命先生对女方八字点评。在算命先生看来，从八字可以看到人的性格、相貌、命格的高低、运程的走向、旺不旺夫家、是不是贤妻、对公婆好不好、命中的子女传承、旺不旺儿女、和待嫁的男子的八字合不合等。

有人会想，怎么全是看女方好坏，为何不看别的？众所周知，在古代农耕社会，大部分人每天除了劳作，也没太多娱乐生活，所以家庭和睦、人口兴旺是最重要的。点评各项指标后，男方家认定此女可娶，就由媒人传话，这样双方就算初步确定婚约，然后再择个大吉大利的日子将双方的八字各写在一张精美的红纸上交换，这就是换庚帖。

庚帖一换，就是确定了婚姻关系，女孩哪怕中途因各种原因和这个换过庚帖的男人举行不了正式婚礼，但在礼法上就算男方家的人，"生是某家人，死是某家鬼"，说的就是这个意思。因为算命先生的这一窥，就能看出小姐少爷的终生，谁跟谁配，谁跟谁合，谁跟谁结婚过日子，就这么定下来了。

择吉的来历

我国自古以来就有择吉之说。无论是婚丧嫁娶、建房开业，还是打仗出行、祭祀祈祷，都要选择良辰吉日，以图趋吉避凶。特别是婚丧祭祀，最重视择吉。比如举行婚礼，非常重视举行婚礼的日期，包括典礼的时辰。

拿婚礼来说，男方要选定举行婚礼的日期。一般男方家须托媒人到女家"要媳妇"，女方将嫁女的生辰八字用红纸写好交媒人带回男方家，男方据此请算命先生（或阴阳先生）选定"行嫁月""吉日良辰"和喜神所在方位，也叫"查日子"。同时还要算出迎亲、送亲之人在属相上的忌讳，用红纸一式两份写好，叫"年命帖"，由媒人送往女方家，叫"送日子"。不仅如此，还要向女方家送聘礼。

我国地域广阔，文化厚重，传承的习俗各有不同，所以聘礼也不相同。有的地方习惯送钱，叫"盒子钞"，女方家用其中一部分置办嫁妆，留下一部分给嫁女压柜子，叫"子孙钱"。有的地方则习惯以鸡、鱼、肉、菜、面、枣、栗子等食物，随"年命帖"用食盒抬送女家，食盒上贴大"喜"字，俗称送"上头盒"。

"送日子"后，男女双方即准备婚嫁物品，男方家所缝制的被子多在四角放少许棉籽，取"辈辈有子"之意；女方家也请儿女双全的妇女帮助在被四角放入红枣、花生、制钱、栗子等物，取意"早生贵子"。即使在现代，在比较保守的家庭里，尤其是几世同堂的大家庭，儿孙结婚仍沿用"查日子""送日子"这些习俗，禁忌也沿袭至今。部分青年多选在五一、十一、元旦等节假日结婚。

关于择吉的方法，每个地方都有各自的习俗传承，而且在朝代更迭、地

理变迁、文化融合和社会发展中，各地之间还互相学习。不过，无论怎样传承，怎样演变，目的只有一个，那就是趋吉避凶。现在，择吉主要有两种。

第一，根据当事人的生辰八字（出生年月日时，每个时间点都是用天干地支来表示）来分析哪个时间点最有利于做此事，现在的择吉已基本抛弃了老黄历的择吉方式，具体到小时分秒；可以说，没有完全好的一天，也没有完全不好的一天，所以总能在一天中选择比较好的时间。

第二，直接使用提供的信息分析判断，适合现在社会的时间观念，及时性很强！比如：现代人喜欢8，因为8是"发"的谐音，所以开业就选在有8的年月日；结婚希望地久天长，所以喜欢9，代表长长久久，多选在有9的日子。还有的地方，认为牛郎织女相会于七夕节，把这一天当作情人节，又选在七夕节。显然，这已是一种吉祥文化。

月饼的由来

月饼是祭月的供品，以后成为民间互相馈赠的礼品。《西湖游览志余》称：民间以月饼相遗，取团圆之义。苏东坡以"小饼如嚼月，中有酥与饴"来赞月饼。相传我国古代，帝王就有春天祭日、秋天祭月的礼制。民间每逢八月中秋，也有拜月或祭月的风俗。"八月十五月儿圆，中秋月饼香又甜"，这句谚语道出中秋之夜人民吃月饼的习俗。

月饼最初是用来祭奉月神的祭品，后来人们逐渐把中秋赏月与品尝月饼，作为家人团圆的象征，慢慢月饼也就成了节日的礼品。相传，月饼最初起源于唐朝军队祝捷食品，唐高祖年间大将军李靖征讨匈奴得胜，八月十五凯旋。当时有经商的吐蕃人向唐朝献饼祝捷，高祖李渊接过华丽的饼盒拿出圆饼，笑指空中明月说："应将胡饼邀蟾蜍。"说完把饼分给群臣一起吃。

月饼象征团圆，是中秋佳节的必备食品。在节日之夜，人们还常吃西瓜、苹果等果品，祈祝家人生活美满、甜蜜平安。中秋吃月饼，与端午吃粽子、元宵吃汤圆一样，是我国民间的传统习俗。古往今来人们把月饼当作吉祥、团圆的象征。每逢中秋，皓月当空，阖家团聚，品饼赏月，谈天说地，尽享天伦之乐。

月饼又称胡饼、宫饼、小饼、月团、团圆饼等，沿传下来便形成了中秋吃月饼的一种习俗。早在殷周时期，江浙一带就有纪念太师闻仲的太师饼，此乃我国月饼的始祖。汉代张骞出使西域，引进芝麻、胡桃，为月饼的制作增添了辅料，这时出现了以胡桃仁为馅的圆饼，名曰胡饼。唐代，民间有从事生产的饼师，长安也出现糕饼铺。

相传有一年中秋，唐玄宗和杨贵妃赏月吃胡饼时，唐玄宗嫌胡饼名字不

好听，杨贵妃仰望皎洁的明月，随口而出月饼，从此月饼的名称便在民间流传开了。北宋皇家中秋节喜欢吃一种宫饼，民间俗称为小饼、月团。

到了明代，中秋节吃月饼才在民间逐渐流传开来。当时心灵手巧的饼师，把嫦娥奔月的神话故事图案作为食品艺术印在月饼上，使月饼成为更受人们青睐的中秋佳节的必备食品。明代田汝成《西湖游览志余》曰："八月十五谓之中秋，民间以月饼相遗，取团圆之义。"

到了清代，月饼的制作工艺有了较大提高，品种也在不断增加。清代大诗人袁景澜有一首颇长的《咏月饼诗》，其中有"入厨光夺霜，蒸釜气流液。揉搓细面尘，点缀胭脂迹。戚里相馈遗，节物无容忽……儿女坐团圆，杯盘散狼藉"等句，从月饼的制作、亲友间互赠月饼到设家宴及赏月，叙述无遗。

抬杠的由来

两个人因某件事、某个观点争论不休，各持己见，谁也不肯服输，人们称为抬杠。其实，抬杠跟争论没有关系，而是跟死人有关系。为何这么说呢？这要从一个行业说起。

相传，中卫是北丝路的重要驿站，城里的商铺全都生意兴隆。有钱人但凡有什么红白喜事，必请阴阳先生来家搭制席棚、扎彩牌楼。办红喜事由阴阳先生负责出租四抬或八抬花轿，并有司仪负责操办，力求热闹非凡。要是办白喜事可就不那么简单。儿孙成群的大宅门，绝对要比办红喜事还要风光，以显示气派。柏木棺材要32杠来抬，最高的仪规是64杠，只有皇亲国戚才配使用。

大概都听说过八抬大轿。何为八抬？这轿子的左右各有两根轿杆，小轿子由两人一前一后抬着。大一点的轿子，要在两根主轿杆的前后各穿副杆，两个人抬前面的副杆，两个人抬后面的副杆，这叫四抬轿子。八抬大轿是在两根长轿杆的两端再横着绑根杆子，横杆的两端绑绳子，上面再穿上杠子，两个人抬左前方的杠子，两个人抬右前方的杠子；左后方和右后方亦如是，八个人抬所以叫八抬大轿。

显然，出殡用的32杠抬的不是轿子，而是棺材。左右两根大杠，大约有一尺粗，丈二长。一般棺材绑在大杠上，前后左右各有八个人抬，由杠头指挥同时起轿。这两根大杠上的棺材还要罩上黑缎子面金线绣的蟒罩。而皇帝用的是黄缎子面，由五彩线绣的龙罩。蟒和龙的区别，是在爪上，蟒为四爪，龙为五爪。蟒罩的顶端有蓝色宝顶，远远看去颇像方形的天坛。

这32杠大轿的前面，还有庞大的仪仗队，队前是倒退着走的孝子，披麻戴孝的孝子由杠头搀扶着。孝子左手捧着哭丧棒，右手举着招魂幡。第二位是披麻戴孝的孝妇，手里捧着个饭盆。再后面就是抬纸扎的祭品。由阴阳先生负责用秫秸和苇秸扎成纸扎祭品，表面糊上宣纸并涂以重彩的童男童女。还有纸扎的牛、羊、马、车，这些都将被烧掉，以示被死者带到天国了。32杠的灵轿由杠头统一指挥，高喝一声："起轿！"孝妇随之将手中的饭罐子摔碎在地下，这就寓示着"饭碗被砸了"！

在阴阳先生这里，搭棚扎彩的有专职的技术人员。而抬杠的人大部分是临时雇来的农民。杠头事先叮咛，没有命令谁也不能撂下。如有一人坚持不住中途放下杠子，这32杠的灵轿就会全部趴架。抬杠看似是一种体力活，但却是一件美差，不但能吃到特殊的美味佳肴，还能拿到舍财免灾的小费。这小费也有为英灵积德消业的功用，一般孝子都不会吝啬，给的小费比较高，所以抬杠的人各个坚守岗位。"抬杠"一词源于此处，后来中卫人就把争论不休称为抬杠。而抬死杠、死抬杠的拌嘴人，的确谁也不肯放弃自己的观点。

据说民国时，有个做丝绸、茶叶的中卫人常兴，因说话老抬杠、爱吹牛，大家叫他吹牛大王。有一天他到西安西市进货，因到了饭点，便进饭馆吃饭。一进门，小二马上迎接让座。过去，他常来这家饭馆吃饭，老板和小二都认识他。现在换了一个小二，不认识他，便问他："老板，您吃什么？"

常兴像以往在这里吃饭一样，习惯性地操着浓重的中卫口音说："跟以前一样，捂上一碟发菜，馏上一笼包子，沏上一壶好茶，把上一瓶梨汁！"

原来，中卫方言里的"捂"，是温热之意，意思是将熟食温热到不凉。而这个"上"字，说得一快就成了"十"字。如此一来，第一句的"捂上一碟发菜"，就成了"51碟发菜。"他为什么要吃发菜？是因为做生意的人都知道，说"发菜"是发财。显然，第二句、第三句就是"61笼包子，71壶好茶"。而最后的"把"是冷冻之意，就像现在把啤酒在冰箱里冷冻之后，喝起来感到特别凉快。这下麻烦了，小二听成了"81瓶梨汁"。这梨汁指的是一种软梨可化成水当饮料用，尤其对醉酒、感冒和长途跋涉的人，喝了特别好。

小二猛地一想：51碟发菜、61笼包子、71壶好茶、81瓶梨汁，怎么要这么多？能吃完吗？于是问："您多少人？"

常兴道："就是一个人。"

这又误会了，小二听成了"91个人"。既然是91个人，当然要这些并不多，甚至还嫌少呢？也许这个老板是先来点菜，后面人就来了，所以按照误会的东西全部上来。常兴一看，怎么这么多？就这样，两人争论起来，很多人就说他们抬死杠。直到老板从后厨出来，才知道误会了。

常兴吃完饭，见天色已黑，便要住宿休息。不巧的是，他经常来住的这个地方已经住满了人。要到其他地方住，还要走很长的路。再说，明天一早要进货，这里离西市近，进货方便。就在他要走时，有人说要退房。常兴忙对小二说让自己住，没想到一个银川和一个中宁的商人也要住。于是三人争了起来，谁都不让步。小二觉得他们都是常客，不能得罪，就出主意说："你们别抬杠，要不就吹牛，谁吹得大，就由谁住如何？"

三人异口同声道："可以！"

银川的商人说："我先来。银川有个西塔，离天只有丈八！"说完，觉得自己必赢无疑，得意洋洋。

中宁的商人说："那算什么？还有丈八的距离呢，看我的，中宁有个牛首山，伸出胳膊够着天。"说完，更加断定自己稳赢不输。

常兴不慌不忙地说："都太低了！看我的！中卫有个莫家楼，半截子入到天里头！"

大家一听，这莫家楼也太高了。虽然不相信，但这是吹牛。既然有言在先，人家赢了就得让给人家。就这样，常兴抬杠也好，吹牛也罢，总算有地方住了。从此，这个故事被当作笑话，常在民间的酒桌上流传。

喜丧的来历

传说，帝舜是瞽叟老汉之子，天生懂得行善尽孝。其父瞽叟及继母、异母弟象多次想害死他。舜修补谷仓仓顶时，他们从谷仓下纵火，舜手持两个斗笠跳下逃脱；舜掘井时，瞽叟与象却用土填井，舜掘地道逃脱。无论怎么陷害，舜都逢凶化吉、遇难成祥。舜在心里虽感到万般委屈，但仍然反省自己，非但不嫉恨，反倒以德报怨，一如既往地对父亲和继母恭顺，对弟弟也特别慈爱，好像什么事都没发生。

舜的孝行感动了上天，于是在他耕地时，大象跑过来帮他，小鸟来替他锄草。帝尧听说舜不但非常孝顺，还有处理政事的才干，就让九个儿子拜舜为师，并将两个女儿娥皇和女英嫁给他。继母一看，不敢再像过去那样陷害舜，而娥皇和女英也对公公婆婆特别好。经过一段时间考察，尧选定舜做他的继承人，后来让舜继承王位。舜当天帝后，依然孝顺父亲和继母，并封象为诸侯。

不料继母福报享尽，病倒床榻，这不仅是上天对继母的惩罚，也是对舜及娥皇、女英的进一步考验。没想到，舜不管国事多忙，每天都要来看继母，有时亲自照顾继母。虽然继母感到不安和惭愧，但舜无微不至的照顾，让她感到舜的孝行，比象照顾得还周到；而娥皇、女英也对婆婆日复一日地喂吃喂喝，端屎端尿。一年后，继母在床上受尽痛苦去世，舜将继母以国母身份厚葬，并与娥皇、女英以晚辈身份披麻戴孝。

后来，舜给父亲过八十大寿，文武大臣也来拜寿，喜气洋洋，让舜父非常高兴。舜父流着泪说："孩子，为父对不起你。人活七十古来稀，我已八十了。七十三、八十四，阎王不请自己去。估计为父没几天活头了，我死后是喜丧，你们不要披麻戴孝，也不要哭泣，披红挂绿办理即可。"

舜说："不行，披麻戴孝是必须的。父亲若走了，我们肯定悲痛，怎么能不哭泣？若不如此，便是不孝！"

舜父说："也罢，你的孝心为父能感受到。既然这样说，凡我长辈、平辈，随便穿戴即可；凡我子女，包括侄子侄女之辈，可以披麻戴孝，也可以哭泣；凡我子孙辈，可以披红挂绿，当喜事对待。"

"这样不妥，只有喜事才披红挂绿，怎么能把丧事当喜事对待？"

"孩子，我活七十就感到满足，现在已八十岁，当然是喜事。婚丧嫁娶人情交往，都是一点点积累起来的文明，这是人跟动物的区别。喜庆的婚礼用红色表达生活的美好和激情。丧礼上用黑白这些庄重的颜色表达对先人的尊重，这是约定俗成的公序良俗。既然这样，你和象以及你们的媳妇，均可披麻戴孝，而我的孙子、曾孙，大可按喜事对待。"

"还是不妥！理丧本来心情沉重，来个红色显得既荒诞又滑稽。我们常说要顺应天道，就应该说到做到。其实大到国家，小到一个人和一件事，都要顺从事物的本质，而红色跟庄严肃穆的白色完全相悖。"

"孩子，你说得对，但丧和喜是相对的。人年轻时身体健壮，当然希望长寿；但你知道人老之后，如果身体各个器官都有毛病，就不是希望长寿，而是希望早点到另一个世界。所以，对你来说是丧事，对我而言就是喜事。尤其对于孙子辈，更是喜事。你不要再说了，我死之后，就按我说的办！"

舜父到了84岁，一跤摔倒后再也不能下床，尽管舜和娥皇、女英对他尽孝，但他在床上受尽痛苦，真希望早点死去。越是希望早死，越是死不了，他觉得死比活好。他再次感到对不起舜，过去不但昏了头害他，现在老了还要害人。舜父死后，舜按父亲的交代做了。从此，民间就有了喜丧的说法。

披麻戴孝的由来

相传很久很久以前，有一位老婆婆生了两个儿子，她含辛茹苦把他们养大成人，可他们长大分别娶妻成亲后，再也不管老婆婆的死活。这两个不孝子为了找借口，还要花招在老婆婆面前说："等娘死了，我们一定让娘睡最好的楠木棺材，我们要穿红戴绿，热热闹闹地为娘唱七七四十九天的道场。"

老婆婆心里清楚这两小子说的都是假话，自己活着都不管不顾，死后又能有那么好的待遇？即便那样，死了还能享受吗？她想教训他们，尽到做娘的责任，于是想出一个办法对儿子说："等我死了，你们用破草席把我卷起来扔到河里喂鱼，或扔到山上喂狼。这样一来，你们就能不花钱了。不过我有个要求，你们从现在开始要每天看看树上的乌鸦和猫头鹰是怎样生活的，一直到我闭了眼为止。"

兄弟二人一听，觉得不花一分钱，还非常省事，就高兴地答应了。兄弟俩本来也无心看乌鸦与猫头鹰过日子，但经老娘一提醒，觉得看看又如何，于是出工收工时路上便不由自主地注意起来。这一留心不要紧，他们惊奇地发现：乌鸦与猫头鹰都是细心地喂养自己孩子，这些小家伙不管妈妈飞来飞去衔吃的有多快，还是张大嘴巴嗷嗷待哺，可小家伙长大后，又是怎样对待生养自己的妈妈呢？

小乌鸦还不错，妈妈老了飞不动，觅不到食物，就让她待在家里，衔来吃的填在她嘴里，等到小乌鸦老了，又由自己的孩子喂养她。反哺之情，代代相传。而小猫头鹰却截然相反，妈妈老得不中用了，就不管妈妈了。等小猫头鹰老了后，也被自己的孩子抛弃。

兄弟俩越看越看不下去，如今这样对待老娘，将来孩子也这样对待我们怎么办？他们不敢往下想，渐渐改变对老娘的态度。可天不作美，她老人家却过世了。兄弟俩为了表示孝心，安葬那天不是穿红戴绿，而是模仿乌鸦羽毛的颜色穿一身黑色衣服，模仿猫头鹰毛色，披一件麻衣下跪祭拜。打那以后，这个风俗就流传开来。有的地方穷，人们买不起黑布，就裁一条黑布戴在胳膊上，都是为了表示要记得乌鸦与猫头鹰善恶孝逆的教训。

披麻戴孝涉及中国传统文化的丧服制度，根据血缘亲疏的不同规定了五种不同的丧服，服制分为斩衰、齐衰、大功、小功和缌麻，其服丧期限的长短、丧服质地的粗细及其制作均有不同。按规定，血缘关系越亲，服制越重；血缘关系越疏，服制越轻。在丧葬上，中国人忌穿华丽衣服，家庭成员会披麻戴孝，称为上孝。孝服的颜色是白、黑、蓝和绿。儿子、媳妇、女儿的关系最亲密，要穿棉制的白色丧服。

我们对父母的孝道如何，其实是给子女做示范、做榜样。我们对父母不好，将来子女也会对自己不好。树欲静，而风不止；人欲孝，而亲不待。父母对我们恩德实在太大，父母的家是孩子的家，而孩子的家却不是父母的家。我们披麻戴孝，就是为了纪念死去的亲人。

哭丧棒的来历

作为一个孝子，在老人丧礼中要做三件事情：一是披麻戴孝；二是掼老盆；三是捧哭丧棒。哭丧棒是传统丧礼上的重要道具，这根棒又叫丧杖、泣杖、哀杖、磕丧棒。在守灵、领丧、引柩、烧纸、磕头乃至谢宾时都要用到，亡者的男性后代手中都要有一根棒。

哭丧棒因辈分的不同，使用的材料也不同，一般是鲜柳树棍，俗叫柳青棍，这根棍千万不能剥皮。为什么要用柳木呢？因为柳树容易活，也与人口繁殖的寓意密切相关，所谓"有意栽花花不开，无心插柳柳成荫"，说明柳树生命力极强。另有"柳"的谐音是"留"，意思是挽留亲人。

有个传说，就是讲哭丧棒的来历。

相传很久以前，有个国家因为国力薄弱，人们生活贫困，饿殍遍野。国王制定了一条严酷的法令——将60岁以上的老人全部活埋，违者满门抄斩，甚至诛灭九族。因为那时人活至60岁就老了，国王认为这样的人已丧失劳动能力，还不如让其死去能节约粮食和衣物。

有位大臣金孝，对老人十分孝顺，不忍将父亲活埋，但又不敢违背法令，便在野外修了一个能让父亲生存的墓穴——从正面看与正常墓穴无异，背后却留了一个能送进食物的圆孔。为避人耳目，金孝只能每天在夜幕降临时偷偷往墓地为父亲送饭。要知道，他这样做是公开抗旨，一旦被人举报那是要杀头的。每次饭送进去后，他再将圆孔堵住。为了墓内能通风透气，金孝在墓顶部插了一根能透气的桐木棍。

可不料父亲竟然得了重病。本来，人上年纪行动就艰难，这一病更是大难临头。金孝不敢请郎中给父亲看病，但又没法祛除父亲的疾病，心里比刀割还难受。有一次，他向神灵祷告祈求父亲尽快痊愈。可是，父亲的疾病非但没有转轻的趋势，反倒一天天加重。他祷告苍天，如果能让父亲健健康康地活着，就是让他减寿20年也心甘情愿。

忽然，金孝见身后站着一位郎中，不由吓得魂飞魄散，郎中笑道："你别怕，我不会害你。国王的圣旨太毒了，按照他的命令，过三年我也会被杀死。即便是国王，他也没几年活头，难道也要王子将他杀了？"

"是啊，可是我们做大臣的虽然心里明白，却没有一个人敢说。"

"我明白你的苦心，国王非常霸道，谁反对谁倒霉。你别害怕，我观察你很久了，觉得你很有孝心。行孝的人老天会保佑，且让我看看，他到底得了什么病。"

郎中看完他父亲，金孝问："我父亲能好吗？"

郎中说："他的病多数人都会得，这种病初发时倒好治疗，但现在已经到了晚期。所有的病都有原因。天地间的因果律很公平，不知不觉、不因不由就会撞上你，就叫你生怪病，用病痛来折磨你，这是消极的复仇法。"

金孝吃惊地问："您是说我父亲没有救了？他为了能让我们活下去，确实杀的动物太多，莫非他得的是不治之症？"

金孝着急地问："那该怎么办？"

"人若杀生太多，身体就不会好。不过，如果生病后能心生惭愧并真心忏悔，就有可能好。世界上最大的仇怨莫过于杀生。所谓杀人偿命，欠债还钱。你杀人之父兄，人必杀你父兄；这样互相残杀，永无止境！你杀众生，众生就会前来讨命。这种怪病，我也束手无策。"

"不，求求你，一定救我父亲。他打猎杀生，都是为了我们能活下去。我相信，你一定有办法。"

"不错，我确实有办法。但解铃还须系铃人，谁造的恶业由谁来消，别人代替不了。如果你父亲能真心忏悔、改过自新，而你也多做利益众生的事，也能消除宿现业；若不这样做，恐怕不易好！"

金孝的父亲听得清楚，艰难地说："不错，我过去经常上山打猎、下水捕鱼，杀掉的不计其数。不过，你说我们不杀他们，怎么生活？"

"这就是恶性循环啊！人类杀生越多，大自然对人类的报复就越重。如果国王继续将老人杀死，用这种方式来缓解没有吃喝的问题，老天爷必会震怒，有可能很快就会爆发残酷的战争。即便没有战争，国王杀害老人，也会有人迟早杀了他。"

金孝的父亲说："我好像明白了，是我太过愚痴，很后悔，可惜迟了。"

"不迟！"郎中语气坚定地说，"只要你忏悔，你的病定好。要知道，你杀动物时，动物心中也存一种怨毒，它死时心里就生出恐怖、仇恨、报复，这种从性情中涌出的怨恨、仇愤，就生出一种毒。所以人吃动物肉，就是在吃毒！吃时不觉得有害，但久而久之就无药可医，生出种种不治之症。"

"明白了。我发誓，如果我的病好，即使让我饿死，我也绝不杀生。"

"太好了！"郎中微笑着说，"你瞧现在，到处怨气冲天，这种毒是无形无相，不是让人失去理智发动战争，就是让人相互仇杀，要不就是让人生出无数怪病。千百年来碗里羹，冤深似海恨难平；欲知世上刀兵劫，试听屠门夜半声。这首偈颂是有根据的，你们要彻底了解这种道理，才能把病治好。"

金孝父子发誓，不但以后不杀生，也将利用各种机会劝人不杀生。郎中见他们真诚忏悔，立刻显出法身，原来是观世音菩萨，她把杨柳净瓶中的大悲甘露水弹洒出去，金孝的父亲感到一阵清凉。金孝父子连忙跪倒参拜，可观世音菩萨已经不见。说也怪，金孝父亲的病第二天就减轻了，不到三天完全好了。从此以后，金孝开始吃素，也给父亲素食吃，并劝别人不要杀生。

有一年，一位外国使者为国王呈送了一头模样如鼠却如大象般高大的怪物。人们从未见过此怪，都十分惧怕。使者让国王在指定时日认出此怪并将怪物降服，否则他的国家就要入侵。由于国力薄弱，国王十分发愁，便召集朝臣共谋良策。朝臣面面相觑，谁也没有办法，国王便将降服怪物的重任指定给了金孝，令他限期想出办法。

金孝领旨后，一筹莫展，苦无良策。想到不能想出办法的后果，不免唉声叹气。到了夜晚，金孝为父亲送饭，父亲感觉儿子言语甚少，心情郁闷，与往日相见大为不同，便问金孝："你为何愁眉不展？莫非遇到了什么难事？"

金孝叹着气道："说了您也没办法，还不如不说。"

"说吧，父亲吃过的盐，比你吃过的饭还多，什么世面没见过？说出来，也许父亲能帮忙。"

金孝将愁事告知父亲，父亲哈哈笑道："不必发愁，此怪是老鼠精。凡是老鼠皆惧怕猫，你在衣袖中藏只猫靠近鼠精，但只可让鼠精看见猫，却不可让猫看见鼠精。鼠精看见猫会被吓得显出老鼠原形，然后再让猫看见鼠精，猫就认为它是只老鼠，便会蹿出来把它吃掉；但若先让猫看见鼠精，猫因没见过此怪，会被吓得失去精神不敢出来。"

次日一早，金孝在长袖中藏只猫去见老鼠精。靠近鼠精时，金孝按父亲所嘱先让鼠精看了一次猫，那鼠精顿时浑身颤抖，庞大的身子缩小大半，金孝又让鼠精看了一次猫，鼠精便一下子显出原形。此时金孝便让猫看见缩小如鼠的鼠精。猫见地上有老鼠，陡然来了精神，猛然蹿出袖筒，一口将鼠精咬死，然后吃下肚子。鼠精被降后，金孝为国立下一件奇功。

国王大喜，在隆重嘉奖金孝时问："你是怎么想到用猫降服鼠精的？"

大臣将原委禀告国王，国王仰天长叹道："想不到人老之后并非没有用处，关键时刻还有奇用！"

感激之下，国王颁旨废除了"不准60岁以上老人再存活"的法令。从此，臣民皆可任意生存，随意长寿，尽享天年。据说，现在许多在新坟上插一根木棍，就是由金孝在坟墓顶插木棍的做法沿袭而来的，是彰显孝道的一种标志。而且在为亡人出殡时，晚辈都要手持一个木棍以示孝心。这根木棍，其实就是哭丧棒，也叫孝棍！

腊八粥的由来

作为一种民间风俗，农历腊月初八吃腊八粥，用以庆祝丰收，一直流传至今。腊八节在老一辈人心里是一个重要节日，这一天家家户户都有喝腊八粥的习俗。它的由来，除了与佛祖有关，还有两个故事。

据说，明太祖朱元璋小时候家里很穷，便给一家财主放牛。有一天朱元璋放牛归来时过一独木桥，牛一滑跌下了桥，将腿跌断。老财主气急败坏，把他关进一间房子里不给饭吃。朱元璋饿得够呛，忽然发现屋里有一鼠洞，扒开一看，原来是老鼠的一个粮仓，里面有米有豆有红枣。他把这些东西合在一起煮了一锅粥，吃起来香甜可口。后来朱元璋当了皇帝想起这事，便叫御厨熬了一锅各种粮豆混在一起的粥。吃的这天正好是腊月初八，因此叫腊八粥。

还有一个故事。相传有一个四口之家，老两口和两个儿子。老两口非常勤快，一年到头干着庄稼活。春耕夏锄秋收，兢兢业业奔日子。家里存的各样粮食是大囤满、小囤流。他们家院里还有棵枣树，老两口精心培育，结出的枣又脆又甜，拿到集上去卖，能卖好多好多银钱，小日子过得挺富裕。

眼看儿子一天天到了该娶媳妇的岁数，老两口也老了。为给两个儿子娶上媳妇，老父亲临死时嘱咐哥俩好好种庄稼，老母亲临死时嘱咐哥俩保护院里的枣树，攒钱存粮留着娶媳妇。老两口交代完后事，就去另一个世界了。老两口死后，四口之家就剩下哥俩过日子。

哥哥看到大囤满、小囤流的粮食，对弟弟说："咱们粮食多，今年歇一年吧！"

弟弟说："好吧，反正咱们也不缺枣。"

　　就这样，哥俩越来越懒，越来越馋。光知道吃喝玩乐，没几年就把粮食吃完了，院里的枣树结的枣也一年不如一年了。

　　这年到了腊月初八，家里实在没吃的，哥哥找了一把扫帚，弟弟拿来一个簸箕，到先前盛粮食的大囤底、小囤缝里扫，从这里扫来一把黄米粒，从那里寻出一把红豆，杂粮五谷各凑几把，数量不多，样数不少，最后又搜出几枚干红枣放到锅里煮。煮好了，哥俩吃着这凑合起来的粥，两双眼对望，才记起父母临死前说的话，后悔极了。

　　哥俩尝到了懒的苦头，第二年就勤快了起来，像他们的父母一样，不几年又过上好日子娶了媳妇，有了孩子。为了吸取教训，叫人千万别忘了勤快节俭地过日子，从那以后每逢农历腊月初八，人们就吃用五谷杂粮混在一起熬成的粥，因为这天是腊月初八，所以人们都叫它"腊八粥"。

毛笔的来历

蒙恬出身于名将之家，他经常带兵作战，不知打了多少惨烈的硬仗胜仗。他除了作战，还要定期写战报呈送秦王。可过去的人都是用竹签写字，蘸了墨水没写几下，又要蘸才能把字写完。要写完战报，真的不容易。也许正因为这样，那时的人惜字如金，语言特别精炼，连多一字都要斟酌。

有一天，蒙恬打猎射中一只兔子，可兔子并没死，为了活命艰难惊恐地逃跑，而尾巴却在地上拖出一行血迹。蒙恬猛地一愣，不由来了灵感，立刻抓住兔子，剪下兔子的尾毛插进竹管，试着用它写字。谁知兔毛油光，根本不吸墨。又试几次，还是不行，于是将那支兔毛笔扔进门前的石坑。

有一次，他在门前思考问题，无意中看见那支被自己扔掉的毛笔。随手捡起后，忽然发现湿漉漉的兔毛变得更白了。他心里一动，试着将兔毛笔往墨盘里一蘸，兔尾竟变得十分听话，不但可以蘸墨写字，而且特别流畅。不管手腕如何用力变化姿态，均能写得顺手，不由大喜。原来，石坑里的水含有石灰质。经碱水的浸泡，兔毛的油脂去掉了，变得柔顺起来，从此毛笔诞生了。

羊皮筏子的来历

羊皮筏子是由牛皮筏子演变而来，不仅历史悠久，而且影响深远。《后汉书》载："训乃发湟中六千人，令长史任尚将之，缝革为船（即皮筏）"《旧唐书》载："用牛皮为船以渡。"唐李筌所著兵书《太白阴经》，已将"浮囊"列为济水工具，书载"浮囊以浑脱羊皮，吹气令满，紧缚其空，缚于肋下，可以渡也"。唐代白居易在《蛮子朝》中云："泛皮船兮渡绳桥，来自巂州道路遥。"《宋史》载："以羊皮为囊，吹气实之浮于水。"可见自汉唐以来，上自青海，下自山东，黄河沿岸使用皮筏已久不衰。

据史料载，公元 1675 年二月，据守在兰州的陕西提督王辅臣发动叛乱，西宁总兵官王进宝奉命讨伐时，曾在张家河湾拆民房，以木料结革囊夜渡黄河，大破新城和皋兰龙尾山；六月，王辅臣军也下令造筏百余幅，企图渡河以逃，王进宝率军沿河邀击，迫使王辅臣兵败投降。以上文献证明：在古代黄河两岸各少数民族已将皮筏运用于生产、生活，而在黄河上游使用皮筏已屡见不鲜、司空见惯。记载表明，在牛皮筏子广泛使用的同时，羊皮筏子也交替使用。

皮筏在古代主要用于长途水上贩运。皮筏有大有小，最大的由 600 多只羊皮袋扎成，长 22 米，宽 7 米，前后备置 3 把桨，每桨由 2 人操纵，载重量可达 20~30 吨，晓行夜宿，日行 200 多公里，在黄河上运输气势庞大、蔚为壮观，成为一道流动的风景。兰州旧称金城，是丝绸之路的必经之地，古时商人从西安出发，无论走南线、中线或是北线，都要借助马匹或骆驼途经兰州或张掖、武威，沿河西走廊到新疆，最后到中亚西亚，最远到达欧洲。在这条线路上，留下了"富八站、穷八站，不穷不富二十八站，过了嘉峪关，鼻涕眼泪擦不干"之说。

沿河西走廊西行，大多要经过戈壁、沙漠，可借助马匹或骆驼，沿途的危险性极大，也很费时费力。回来时经过兰州，可以借皮筏一路顺流而下，既快捷又方便，还相对安全。所以从兰州至包头的黄河贩运，是古丝路主要的安全便捷通道，商货顺流而下，十一二天可到包头。如果货少，一般使用小皮筏，该筏由十多只羊皮袋扎成，便于短途运输。假如货物多，则使用牛皮大筏，该筏由90个牛皮袋扎成，可载货4万斤。因筏子大如巨舟，在滔滔黄河上漂行，气势壮观，成为黄河上流动的风景。因此，民间就有"羊皮筏子赛军舰"之说。

据考证，20世纪50年代前，皮筏一直是水上运输工具。民间的"吹牛皮，渡黄河"，就是对皮筏新奇刺激的妙用。将渡河者装入牛皮袋，充气扎口后，艄公趴在牛皮袋上一手抓袋，一手划水，十几分钟可将渡客送至黄河对岸。这种摆渡方式，很多人闻所未闻。羊皮筏子则不同，因体积小而轻，吃水浅，且所有部件都能拆开，重量轻，便于携带，适宜在黄河航行。不过，皮筏只能顺流而下，可谓"下水人乘筏，上水筏乘人"。另据考证，黄河上游的青海、甘肃部分地区的畜牧业繁荣，是中下游地区制革和纺织业的原料供应地，但因陆路不畅，黄河水运便应运而兴。据史料记载，兰州皮筏长途运输始于清光绪年间，所运皮毛、油料、木材、粮食到兰州，或经兰州至宁夏、包头等地，兰州的瓜果、水烟、药材、大豆、调料也是运输的主要货物。

1931年，借助皮筏在黄河上承担商业运输已达鼎盛期。抗日战争爆发后，皮筏运输的重点转到军用品。抗战胜利后，再次转到商品运输。中华人民共和国成立后，皮筏运输一度得到蓬勃发展，兰州至包头拥有大型皮筏35个，多次承担大型机件的运输任务。1954年至1956年，因包兰铁路修建及宁夏石嘴山煤矿建设，由天兰铁路运至兰州中转的采矿选矿机械、推土机及部分钢轨、钢材，均由皮筏承担运输。1958年8月，中国第一条沙漠铁路——包兰铁路通车，皮筏的大规模长途运输，已由铁路和公路取代。但在宁夏，尤其中卫黄河两岸的运输，还是用羊皮筏子。

中卫自有史记载以来，羊皮筏子多出现在战争时期，也在民间生活、生产中使用。而今中卫黄河沿岸的许多村落，还有将羊皮筏作为水上运输的交通工具。沿黄河东去，宁夏的青铜峡市、银川市、吴忠市、平罗县等地也有羊皮筏子使用。在甘肃与宁夏接壤的黄河沿岸地区及兰州都有羊皮筏子，主要用于民间运输、旅游项目和摆渡等。

字谜的来历

　　谜语是我国民间文学的一种特殊形式，古时称为廋辞或隐语。它起源于春秋战国，那时各国大臣常用暗示、比喻的手法映射事物，以劝谏君主采纳自己的主张，逐渐形成了谜语。汉朝时一些文人常用诗词、典故来制谜，出现了妙喻事物特征的事物谜和文字形音义的文字谜。南北朝时文人常以制谜、猜谜来斗智，制谜技巧逐渐成熟。隋唐时谜语由民间进入宫廷，许多皇帝都喜欢猜谜。

　　北宋是中国历史上非常富有的一个时期，随着城市经济的蓬勃发展，市民文化娱乐生活进一步得到丰富，猜谜就成为市民的一大乐趣。到了南宋，每逢元宵佳节，人们便将自己制作的谜语挂在花灯上，供人们边观灯边猜谜取乐。南宋都城临安的灯谜居全国之首，被誉为"灯谜之乡"。明清时元宵节猜灯谜更加盛行，并出现了研究谜语制作的著作。谜语就这样成了喜闻乐见的文学形式，并一直流传至今。

喜鹊报喜的来历

自古以来，喜鹊深受人们喜爱，是好运与福气的象征。

相传，喜鹊原是天宫的仙鸟，叫鹊儿。每年农历七月初七，牛郎织女过天河相会，便是鹊儿们奉王母娘娘的懿旨搭的桥，俗称"鹊桥会"。有一年，牛郎与织女相会说："玉帝派金牛星下凡，给人间撒了一些草籽，大地处处绿茵，只是缺少一些花木，所以人间还不是很美。"

这话被鹊儿们听到，就把这事转告给王母娘娘。王母娘娘听了鹊儿的话想，玉帝派金牛星给人间撒草籽，落了个好名声，我何不让百花仙子给人间送些花籽，借此名垂千古呢？可王母舍不得冬梅，再三叮嘱百花仙子道："记住：百花齐撒，独留梅花！"从那时起，人间大地从春到秋，百花盛开，唯独冬天无花。

鹊儿们议论后，偷了一株梅树苗，又派一只鹊儿衔到人间。从此，大地有了梅花。因时值腊月花开，所以人们称它"冬梅"或"腊梅"。王母发现此事，下令绑了送梅树苗的鹊儿的双腿，并把它关进笼里接受处罚。从此，这只鹊儿也就练成了蹦蹦跳跳的本领。后来，专管天宫鸟类的三足鸟得知此事，很同情鹊儿，就冒着风险打开笼子放出它。

这只鹊儿飞到人间，看到梅花吐艳，就高兴地在梅枝之间跳来蹦去，还"喳喳喳"地叫个不停。这株梅花树栽在一个富人的花园，这家小姐恰逢出嫁，按当地风俗姑娘正在绣楼上哭嫁。忽然，鹊儿的阵阵叫声从窗口传入。姑娘听了不知是何声音，走到窗口向花园望去，只见梅枝上有只从未见过的鸟儿，羽毛美丽，叫声悦耳。

姑娘很高兴，立刻取来剪刀和红纸，照着鹊儿和梅花的样子剪成一幅窗花。

这时，家人催姑娘上轿。姑娘拿着刚剪好的窗花自言自语道："这是什么鸟？"

快嘴的丫环说："今日大喜，姑娘逢喜事，就叫它喜鹊吧！"

姑娘上了轿，到了婆婆家，她剪的窗花也随同嫁妆抬了过来。男家开染坊，家主见新媳妇的这幅"喜鹊登梅"的窗花剪得好，就照着画了，又加了只喜鹊，寓意成双成对，双喜临门。画好后，以镂空手法阴刻在硬板纸上，把白布放在硬板纸下，然后用豆浆面往上面一刷，把布放在染锅里一煮，将面浆洗去晾干。此后，便有了蓝底白花的"喜鹊登梅"的印花布。

据说清咸丰年间，中卫东园有个叫常福的人，门前树上有个鹊巢，他常喂食巢里的鹊。时间长了，人和鸟便有了莫名的感情。有一次，常福被小人诬陷入狱，令他倍感痛苦。有一天，他喂食的那只鸟停在狱窗前欢叫。他暗想大约有好消息来了，果然三天后他被无罪释放。

原来，这只喜鹊不同凡响，它是一只仙鸟，见到喂食给自己的人被陷害入狱，于是变成人假传圣旨。虽然这是一个传说，但人们相信。于是画鹊兆喜的风俗大为流行，种类也多样：如两只鹊儿面对面叫喜相逢，双鹊中加一枚古钱叫喜在眼前，一只獾在树下和一只鹊在树上对望叫欢天喜地。流传最广的，则是鹊登梅枝报喜图，又叫喜上眉梢。

关于喜鹊的故事源远流长，内容丰富。近年来，全国大力开展植树造林活动，森林资源为各种鸟类提供了得天独厚的生存、栖息、繁殖环境。各种鸟类的数量翻番。如今在香山公园的小岛上，可看见很多喜鹊成群结队地鸣叫，谁见了都觉得有喜事盈门，心情极好！

布谷鸟的由来

　　布谷鸟体形与鸽子相仿，但较为细长，上体暗灰色，腹部布满横斑。脚有四趾，二趾向前，二趾向后，飞行时急速无声。芒种前后，几乎昼夜都能听到它那洪亮而多少有点凄凉的叫声——"布谷布谷，布谷布谷"，所以俗称布谷鸟，也叫杜鹃。

　　春夏之际，杜鹃会彻夜不停地啼鸣，它那凄凉哀怨的悲啼，常激起人们的情思，加上杜鹃口腔上皮和舌头都是红色的，古人误以为它"啼"得满嘴流血，因而引出关于"杜鹃啼血""啼血深怨"的传说和诗篇。无论怎样，它那不断催人的提醒，让农夫知道"人误地一时，地误人一年"。

　　据说，南长滩有个青年，是家里的独苗，所以从小受父母疼爱，养成了衣来伸手、饭来张口的习惯。平时父母教他种地，他不肯；给他说什么时候播什么种，他不听。在他看来，有父母养着自己，犯不着知道那些事。有一年，父母相继去世，他十分悲痛，不明白命运为何这么糟。

　　翌年，别人播撒粮种时，他因懒惰，耽误了一些日子。这一耽误，虽然将种子播下，但没收成。由于挨饿，不久他便死了，死后化作布谷鸟。为防止人类忘了播种，到每年播谷季节，他就提醒人们播种。

员外丧子

明万历年间，中卫有个老员外叫张永寿，不仅头脑灵活，而且做事精明，善于算计，是出了名的铁公鸡。虽是这样，他却人旺财旺，丰衣足食，是中卫最富有的人。虽然他富裕，但从不帮助别人，就是乞丐上门，也会让人赶走。老两口顺风顺水，生了三个儿子，都给娶了漂亮媳妇。

这天，老员外过六十大寿，把三个儿子叫到跟前讲："孩子，你知道我们为啥能有现在的好日子？过去为父用灌了铅的秤，大秤进、小秤出，坑害过很多人。可以说，我们家住的、吃的、穿的、用的，全是我做黑心生意赚的钱，曾算计死了一个卖棉花和一个卖药材的商人，其他被坑者也不计其数。如今，想到那些被坑的商人，为父如坐针毡、寝食难安。从今天起，我决定弃恶从善，多帮助穷人。"

张员外说到做到，果然开始做善事，遇到乞丐不但叫进屋里给饭吃，还给钱；遇到谁家有困难，会主动帮忙。最关键的，他做生意是小秤进、大秤出，做的是赔钱生意。不料不幸纷至沓来。在一个月内，大儿子暴病而死，大儿媳改嫁；二儿子溺水而死，二儿媳改嫁；三儿子掉下山崖摔死，三儿媳因有孕在身，没能改嫁。

家里连遭三件丧事，娶进门的媳妇也走了，使张永寿很难过。他不明白为什么以前坑人害人、做尽坏事，不仅儿孙满堂，而且发财致富，如今痛改前非、积德行善，反倒丧门星进门，不幸一个接一个，于是怀疑世间没有公平。全县人一看，也觉得老天不公。联想到很多作恶者高官久做、骏马常骑，而行善积德者却多灾多难，甚至寿命短促，都说老天没长眼睛。

这一天，张员外的三儿媳妇要临盆，却连续三天三夜生不出来。张员外虽然有钱，可请了不少接生婆，全都束手无策。这时，高庙的和尚到门口化缘，告知有催生良药，吃下保证立生。张员外赶紧把和尚请进门，三媳妇吃了和尚给的药，果然生下男孩。张永寿听说得了孙子，很高兴，对和尚千恩万谢，摆席答谢。席间，张员外请教和尚为何弃恶从善却恶报不断。

和尚笑道："你知道吗？长子是那个被你害死的卖药材的商人，他投生你家是来找你要账的；次子是那个被你坑害死的卖棉花的商人，转生到你家给你败家来了；三子也是你欠下的业债造成的孽缘，他本来要给你闯下滔天大祸，皆因你改恶行善，上天便把败家子收去，你才逢凶化吉、遇难成祥。现今你的业报还完，你的孙子将来能给你光宗耀祖。这是你行善积德的福报。"

张永寿如梦方醒，更加明确天道公平，决定继续行善积德，造福乡亲。和尚又问："你知道秤为什么要用十六两吗？这十六两，代表的是北斗七星，南斗六星，外加福禄寿三星。所以，你少给别人一两损福，少二两损禄，少三两损寿。给别人越少，损自己福寿越多。你想想，一杆黑心秤造了多少孽？"

张永寿听后，只觉背后发冷，脑皮发麻。幸亏晚年觉悟，做了些亏本买卖弥补亏欠。尤其三子，真要闯下滔天大祸，别说家产难保，连全族都难保全。于是虔诚地感谢和尚开导指教，发自内心地深信一切都有天理，一切都是最好的安排。

窦燕山改命

五代时期的窦燕山，到了30多岁还没子嗣。有一天，他梦见去世的祖父说："你前世恶业很重，因此今生不仅无子而且短命。你应及早行善，努力多做善事，或许可以转变业力。"

窦燕山醒来，觉得千古以来天佑善人，善有善报的事多如漫天繁星，便将祖父的话铭记在心，立志行善。

窦燕山家有个仆人，盗用他二百文的钱，仆人担心被发现就写欠条系在他12岁的女儿手臂上："永卖此女，偿还欠债。"从此远逃外地。窦燕山见了欠条，将其烧了，收留下女孩，并在女孩长大后，把她风风光光地嫁出。后来，仆人听闻此事回来，哭着诉说以前的罪状。窦燕山并不追究，因此仆人父女画了窦燕山的像，傍晚供养，早起祝寿。

如是过了10年，窦燕山梦见祖父对他说："你30岁前确实是无子之命，自己也短命多灾。如今这几年，你的名字却高挂天曹和地府，因为你积有阴德，延寿三纪，赐给五个儿子，都能荣耀显达。你还能福寿俱全，死后留在洞天福地作真人。"说完，又嘱咐窦燕山说，"阴阳之理，大多相同。善恶之报，或是现世报，或是来世报。天网恢恢，疏而不漏。"

窦燕山醒来，每句话都记得清楚，于是更加注意，努力修行积德。到了82岁时，他梦见天仙告诉他，要到仙界去做真人。于是，他沐浴更衣，告别亲戚，在谈笑中安详而逝。果然，他的5个儿子和8个孙子，都尊贵显赫，被后世广为传颂。

第三篇　节日传说

火烧绵山

相传春秋时，重耳为躲避祸害流亡出走，原来跟他一道出奔的臣子大多各奔东西，只剩少数几个忠心耿耿的人追随他，其中有介子推。有一次，重耳饿晕了过去，介子推没办法，就从自己腿上割下一块肉，用火烤熟送给重耳吃了，这才救活重耳。重耳知道后，非常感动。

重耳躲避灾难19年，最后回国做了君主，他就是春秋五霸之一的晋文公。晋文公执政后，对当年与他一起同甘共苦的臣子大加封赏，唯独忘了介子推。有人在晋文公面前为介子推叫屈，晋文公猛然忆起旧事，心中有愧，马上差人去请介子推上朝受赏。可差人去了几趟，介子推就是不来。晋文公只好亲自去请，当晋文公来到介子推家时，只见大门紧闭。

其实，介子推不是抱怨没有得到封赏，而是觉得"金玉满堂，莫之能守；富贵而骄，自遗其咎；功成身退，天之道也"。当年陪伴重耳，是因他处于危难；割肉侍主，只为尽忠。现在他做了国王，使命完成，追随他的人数不胜数，歌功颂德者大有人在，曲意逢迎者比比皆是，为何非要处于热闹之地？应该找个清净之地归隐。介子推不愿见他，所以背着老母躲进绵山。

晋文公没见到介子推，心里更加不安。后来派人四处打听消息，才知他去了绵山，以为介子推因为寒心才走，决定必须找他回来好好赏赐。晋文公让军队到绵山搜索，但数日没有找到。有人出主意说，不如放火烧山，只要三面点火，留下一方，介子推为了活命肯定会走出来。

晋文公觉得主意不错，便下令放火烧山。孰料大火烧了三天三夜，把整个天空都映红了，却不见介子推出现。等大火熄灭，终究不见介子推。晋文公上山一看，只见介子推母子，抱着一棵烧焦的柳树死了。晋文公望着介子推的尸体哭昏过去，朦胧中见到介子推，可介子推并没抱怨他，还祝他江山

永固、万寿无疆。

晋文公被人救醒，无论谁劝说，他都认定是自己害死了介子推。他跪在介子推的尸体旁，忏悔了三天三夜，既算是为亡者守灵，也算是诚心哀悼。随后，他把介子推和他的母亲分别安葬在那棵烧焦的大柳树下。为了纪念介子推，晋文公下令把绵山改为介山，拨款在山上建立祠堂，并把放火烧山的这一天定为寒食节，晓谕全国。每年这天禁忌烟火，只吃寒食。

据说，后来晋文公梦见介子推，立刻向他赔礼道歉，但介子推却笑着说："陛下不必如此！当年臣子陪您左右，那是臣的本分。臣到人间，就是为了那个使命；臣拿自己的肉救您，也是忠臣护主，是职责所在。臣之所以离开您，是因使命完成，应该隐退。您没忘了过去，足见有感恩之心，臣感动至极。"

"话虽如此，我忘了任何人，也不该忘了你啊！当年不是你割下身上的肉，我就没有今天。"

"陛下！事情已经过去，不必耿耿于怀。告诉陛下一个好消息：因为臣的忠诚，已被封为绵山的山神。由于您为了纪念臣，将绵山改为介山，为了阴阳同名，坚牢地神奏请地藏王菩萨同意，将绵山改为介山，臣已是介山的山神。以后陛下到了介山，将会看到烧毁的介山变得生机旺盛！不远的将来，介山之名也会传遍阳间各个角落。"

此后，寒食、清明就成了全国的隆重节日。每逢寒食，人们不生火做饭，只吃冷食。在广大北方地区，老百姓只吃事先做好的冷食，如枣饼、麦糕等；而在南方地区，则多为青团和糯米糖藕。每年的清明节，人们还会把柳条编成圈儿戴在头上，把柳条枝插在房前屋后以示怀念。由此看来，无论南方北方，都对介子推的忠诚护主和高尚品德推崇备至、充满敬意。

清明节不仅是一个传统的祭祖节日，更是一个重要的节气，清明一到，大地呈现春和景明之象，气温升高，正是春耕春种的好时节，故有"清明前后，种瓜种豆""植树造林，莫过清明"的农谚。清明节的习俗是丰富有趣的，除了讲究禁火、扫墓，还有踏青、荡秋千、蹴鞠、打马球、插柳等风俗。当然，清明节更是植树造林的大好时节。

　　清明前后，雨量开始增多，正是万物生长的时节。春阳照临，春雨飞洒，种植树苗成活率高，成长快。因此，自古以来我国就有清明植树的习惯。有人还把清明节叫植树节。第五届全国人大常委会第六次会议于1979年2月决定，每年3月12日为我国植树节。清明祭祖大多是在野外，天干物燥，易燃物极多，祭祀祖先时也要注意安全，尽到责任，谨防火灾事故的发生。

端午祭祀

农历五月初五，俗称端午节。端是开端、初始的意思。初五可称端五。农历以地支纪月，正月建寅，二月为卯，顺次至五月为午，因此称五月为午月，五与午通，五又为阳，故端午又名端五、重五、端阳、中天等。从史籍看，端午最早见于晋人周处《风土记》："仲夏端午，烹鹜角黍。"端午节是汉族的传统节日，这个节日据说与屈原有关。

公元前340年，屈原在楚国丹阳出生。据说屈原少年多智，从小博览群书，18岁前在乐平里生活、读书、学习。在昭府求学期间，与后来的妻子相恋，两人于公元前322年在乐平里成婚。公元前321年，秦国进攻楚国，屈原组织领导乡壮抵抗秦军侵略，展现出超人的才华。

此后三年，屈原因功勋卓著出仕，前往楚国都城为官。公元前317年到公元前315年期间，屈原主张楚国变法，富国强军，触犯了传统贵族的利益，因而与他们结怨。公元前314年，屈原因变法遭到贵族势力联合排挤，很快失去了楚王的信任，从此远离权力中心。此后，屈原只能通过讲学来宣扬变法的思想。

公元前304年，屈原被流放至汉北，遥思故国写下了不朽的作品《离骚》。五年后，屈原返回国都参政，任三闾大夫，与昭雎等楚国贤臣主力抗秦。可惜，他未能如愿，楚怀王被秦国劫持囚禁。公元前296年，楚怀王亡于秦国，新王对秦国采取妥协政策，打压主张抗秦的大臣。屈原被新王罢免官位，流放到江南，长期居于流放之地。

公元前278年，楚国国都被秦军攻占，屈原预见故国将灭，回天无力，郁结难舒，遂于五月初五自投汨罗江，死后为蛟龙所困，世人哀之，以后每年此日便投五色丝粽子于水以驱蛟龙。又传，屈原投汨罗江后，百姓划船捞救，行至洞庭湖，终不见屈原尸体。那时恰逢雨天，湖面小舟汇集在岸边。当人们得知是打捞贤臣屈大夫时，再次冒雨出动，争相划进洞庭湖。为寄托哀思，人们荡舟江河之上，此后才发展成龙舟竞赛。

当然，也有人认为这个节日是纪念曹娥的。传说，曹娥是东汉上虞人，父亲溺于江中数日不见尸体，年仅14岁的曹娥昼夜沿江号哭。虽然孝行感天动地，但父亲却消失在人间。17天后，因还是找不到父亲尸体，曹娥便在五月初五投入江中。人们以为曹娥死了，没想到五日后曹娥非但没死，还抱出了父尸。消息传至官府，县令便亲自为之立碑，并让弟子邯郸淳作辞颂扬。

另外，有人认为是纪念伍子胥。春秋的伍子胥，父兄均为楚王所杀，之后子胥投奔吴国带吴伐楚，五战五胜，攻破楚都郢城。当时楚平王已死，子胥掘墓鞭尸三百，以报杀父兄之仇。吴王阖闾死后，其孙夫差继位，吴军士气高昂，百战百胜，越国大败。越王勾践请和，夫差竟然同意。伍子胥建议灭掉越国，夫差不听。吴国太守受越国贿赂，谗言陷害伍子胥。夫差赐伍子胥宝剑，伍子胥自杀身亡。

相传伍子胥本是楚国人，投奔吴国后一直忠心耿耿，乃是忠良。他视死如归，死前对邻舍人说："我死之后，请将我眼睛挖出，悬挂在吴京东门，我要看越国军队灭吴。"说完自刎而死。夫差闻言大怒，令取子胥之尸装入皮革，于五月五日投入大江。伍子胥含冤死后，因被装入皮革，所以会投胎为牛，但他忠君爱国，被封为涛神。世人哀而祭之，故有端午节。从此，五月初五就成了纪念伍子胥的日子。

上面三个传说，不管哪个为真都不重要，重要的是我们纪念什么人。三

个传说中：屈原是伟大的爱国主义诗人，因爱国而投江；孝女曹娥，她的孝行感天动地；伍子胥忠君报国，却为奸臣陷害。这三种类型的人，都值得我们纪念。作为一种纪念活动，只要我们不忘以上三种人物，那就是倡导正义。现在，端午节的祭祀活动，不仅在全国，在全世界也演变成一种习俗。

另外还有三个说法，也流传甚广。一是恶日说：先秦时普遍认为五月是毒月，五日更是恶日。相传这天邪佞当道，五毒并出。据《礼记》载：端午源于周代的蓄兰沐浴。《吕氏春秋》中《仲夏记》一章，就规定人们在五月要禁欲斋戒。《夏小正》中载："此日蓄药，以蠲除毒气。"《大戴礼》中载"五月五日蓄兰为沐浴"以浴驱邪，认为重五是死亡日的传说也越来越多。

《史记》中记载：历史上有名的孟尝君是在五月五日这天出生。其父要其母不要生下他，认为"五月子者，长于户齐，将不利其父母"。《风俗通》佚文："俗说五月五日生子，男害父，女害母。"《论衡》的作者王充也专章记述："讳举正月、五月子，以为正月、五月子杀父与母，不得举也。"东晋大将王镇恶五月初五日生，其祖父便给他取名为"镇恶"。

据说，宋徽宗赵佶也是五月初五生，所以从小便寄养在宫外，不准他进宫。由此可见，古代认为五月初五是恶日乃普遍现象。而从先秦以来，五月初五尽皆避讳，均认为是不吉之日，这一天不出远门，而且也不结婚，男女更不得同房。古人认为正确的做法是：在这天将菖蒲、艾叶插在家中以驱鬼，用薰苍术、白芷和喝雄黄酒以避疫。总之，人们避端五忌讳，所以称为端午。

第二个说法，相信很多人应该听过，那就是民间传说《白蛇传》中所讲的故事，最早有《白娘子永镇雷峰塔》的故事。电视剧《新白娘子传奇》，把蛇妖白素贞塑造成了正义可爱的妖仙。而普遍的说法是：白素贞为了报答许仙的救命之恩，与许仙结为恩爱夫妻，不料端午当天喝了雄黄酒现出蛇形。后来白蛇水淹金山寺，导致众生大量丧生，法海将白蛇压在雷峰塔下。

第三个是龙的节日说。这个说法，来自闻一多的《端午考》和《端午的历史教育》。他认为，五月初五是吴越龙部落举行图腾祭祀的日子，其理由是：端午节两个活动吃粽子和竞渡都与龙相关，粽子投入水里常被蛟龙所窃，而竞渡则用的是龙舟。竞渡与吴越的关联最为密切，况且吴越还有断发文身以像龙子的习俗；古代五月初五，就有用五彩丝系臂的风俗，这应是像龙子文身习俗的遗迹。

目前，端午节的习俗主要有：吃粽子、于门上插艾或菖蒲驱邪、系长命缕、饮雄黄酒或以之消毒、赛龙舟等。粽子又叫"角黍""筒粽"，前者是由于形状有棱角、内裹黏米而得名，后者顾名思义，大概是用竹筒盛米煮成。端午节吃粽子，在魏晋时代已很盛行。这种食品，是在每年端午和夏至两个节日里食用。至于赛龙舟，更是端午节的主要习俗。每年端午，沙坡头旅游景区，都要开展"感恩母亲河，端午放河灯"活动，为广大游客所赞赏。

嫦娥奔月

中秋节，又称为祭月节、月光诞、月夕、秋节、仲秋节、拜月节、月娘节、月亮节、团圆节等，是民间传统节日。中秋节源自天象崇拜，由上古时代秋夕祭月演变而来。最初"祭月节"是在二十四节气秋分这天，后来才调至夏历（农历）八月十五，也有些地方将中秋节定在夏历八月十六。中秋节自古便有祭月、赏月、吃月饼、玩花灯、赏桂花、饮桂花酒等民俗，代代沿续。

中秋节起源于上古，普及于汉代，定型于唐初，盛行于宋朝。中秋节是秋季时令习俗的综合，其包含的习俗大都有古老渊源。中秋节以"月之圆兆人之团圆"，寄托思念故乡、思念亲人之情，祈盼丰收幸福，成为我国内涵最为丰富多彩传统节日之一。秋分时节，是古老的祭月节，中秋节则由传统的祭月而来。月亮和太阳一样，这两个交替出现的天体成了先民崇拜的对象。因此，民间就出现了诸多传说。

嫦娥奔月的传说，是最为人们认同的神话传说。这个传说，就是源自古人对星辰的崇拜。嫦娥奔月的故事最早出现在《归藏》中，后来伟大的劳动人民，通过丰富的想象和智慧创造，把故事进一步衍化成多个版本。西汉《淮南子》中说，嫦娥登上了月宫，是因她偷吃了丈夫后羿从西王母那里要来的长生不死药，就飞进月宫变成了蟾蜍。相传，远古时天上有十个太阳，晒得大地裂缝、庄稼枯死、江河无水、民不聊生。有一个叫后羿的英雄，不但力大无穷，而且同情百姓。他登上昆仑山拜师求道学到法术，运足神力拉开神弓，一气射下九个太阳，严令最后一个太阳按时起落，为民造福。由于大地凉爽下来，百姓不但不受烈日炙烤，而且大地上风调雨顺，生机益然，年年都获丰收。所以，人们感恩后羿，就将美丽善良的嫦娥撮合成他的妻子。

后羿结婚之后，除了为人们传授狩猎的技艺，终日和妻子在一起。他们的生活充满欢乐，嫦娥没受一点委屈。不过，嫦娥觉得丈夫很辛苦，尽量多做家务，准备有了孩子，一定做好相夫教子的分内事。人们都羡慕这对郎才女貌的夫妻。由于后羿事迹传开，人们知道他是射日的英雄，不少仁人志士慕名前来投师学艺，但也有心术不正的人趁机混进其中，逢蒙就是最坏的一个。

有一天，后羿再次到昆仑山访友求道，巧遇由此经过的王母娘娘，便向王母求得一包长生不死的丹药。据说，凡人无论是谁，只要服下此药，就能即刻升天成仙。然而，后羿舍不得撇下美丽善良的妻子，只好把长生不死药交给嫦娥珍藏，说是等到机缘合适再求一颗仙丹，两人一起成仙，然后造福百姓。嫦娥知道仙丹的珍贵，就将仙丹藏进梳妆台的百宝匣里。不料，被小人逢蒙看见，他想偷吃长生不死药自己成仙。

三天后，后羿率领众徒外出狩猎，心怀鬼胎的逢蒙假装生病留了下来。待后羿率众走后不久，逢蒙手持宝剑闯入内宅后院，威逼嫦娥交出长生不死药。嫦娥知道自己不是逢蒙的对手，危急之时当机立断，转身打开百宝匣，拿出长生不死药吞下。药一入喉，身子飘离地面，她于匆忙中抱起玉兔冲出窗口，向天上飞去。说也怪，她一飞升，鸡犬也跟着升天。由于嫦娥牵挂丈夫，便飞到离人间最近的月亮上。

傍晚，后羿回到家，侍女们哭诉了白天发生的事。后羿既惊又怒，抽剑去杀恶徒，没想到逢蒙早就逃走了，后羿气得捶胸顿足，悲痛欲绝，仰望着繁星满天的夜空，不断呼唤爱妻的名字。这时，他惊奇地发现，今天的月亮格外皎洁明亮，而且有个晃动的身影酷似嫦娥。他拼命朝月亮追去，可是他追三步，月亮退三步，他退三步，月亮进三步，无论怎样追，始终追不到跟前。

后羿无可奈何，又非常思念妻子，只好派人到嫦娥喜爱的后花园里摆上香案，放上她平时最爱吃的蜜食鲜果，遥祭在月宫里眷恋着自己的嫦娥。百姓们闻知嫦娥奔月成仙的消息后知道天仙神通广大，而且嫦娥在人间时就是一个非常善良的人，纷纷在月下摆设香案，向善良的嫦娥祈求吉祥平安。后来，人们仿照月亮的形状，将供品制作成圆形，称作月饼。就这样，中秋节拜月的风俗，就在民间传开了。

至于吴刚登月折桂的故事，也是劳动人民创造出来的一段富有想象力的传说。据唐代小说《酉阳杂俎》中说：是因为吴刚在修仙的道路上，犯了一点小过错，就被玉帝贬到月中伐桂。据说，那桂树像是刁难他，随砍随长，永远也砍不断。嫦娥到了月宫，因为寂寞而且寒冷，所以把月宫称为广寒宫。他俩在月宫天天相见。李白在《赠崔司户文昆季》一诗中写道："欲折月中桂，持为寒者薪。"

还有一个传说，是兔子登月捣药的故事，最早见于屈原的《天问》："厥利维何，而顾菟在腹？"意思是说，顾菟在月亮的肚子里，对月亮有什么好处？那兔子又是如何登上月宫的？顾菟就是白兔。晋代傅玄的《拟天问》也说："月中何有，白兔捣药。"据闻一多先生考证，这"白兔捣药"是由"蟾蜍捣药"变来的。看来，劳动人民也不希望嫦娥在广寒宫长期寂寞，有了伐桂的吴刚，再多上捣药玉兔，想必还能增添一些乐趣。

不过，劳动人民为了让故事更加精彩，就说嫦娥吃了长生不死的仙丹后，由于身体变轻升空，在惶恐中抱起一只喂养的可爱白兔。不仅如此，连同几只鸡、一条犬也像白兔一样跟着升天到了月宫。这就是民间常说的："一人得道、鸡犬升天。"玉兔在月宫里有一支捣药杵，夜晚在药臼中捣制长生不老的灵药。这个神话，传到日本后就变成了玉兔捣年糕。

据说，唐明皇李隆基与申天师及道士张玉鸿共同在中秋望月，突发奇想有了游历月宫的念头，于是申请申天师和张道长作法，三人步上青云，漫游月宫。宫前守卫森严，无法进入，只能留在外俯。正在感到遗憾之际，忽闻仙乐阵阵，唐玄宗素来熟通音律，于是默记心中。这正是："此曲只应天上有，人间能得几回闻！"日后，唐玄宗忆起月宫仙娥的乐声，谱曲编舞，创作了有名的《霓裳羽衣曲》。

而中秋吃月饼，相传始于元代。据说当时中原百姓不堪忍受元朝统治者的压迫，纷纷起义抗元。朱元璋联合各路力量准备起义。但朝廷官兵搜查严密，传递消息极其困难。军师刘伯温想出一计，命令属下把藏有"八月十五夜起义"

的纸条藏入饼子里，再派人分头传送到各地起义军中，通知他们在八月十五日晚起义响应。到了起义那天，各路义军一齐响应，起义军如星火燎原。

后来徐达攻下元大都，起义成功了。消息传来，朱元璋高兴得连忙传下口谕，在即将来临的中秋节，让全体将士与民同乐，并将当年起兵时以秘密传递信息的"月饼"，作为节令糕点赏赐群臣。此后，月饼在全国各地传开，不但制作精细，品种增多，而且花样翻新，口味多样。之后，中秋节吃月饼的习俗，便在民间流传开来。月亮带给人类无尽的遐思，自然会有各种传说。

所以每年农历八月十五，不管中华儿女身在何地，即便是客居国外，都会在这个晚上观星赏月。而这时节正是秋季中期，所以被称中秋。中国的农历一年分为四季，每季又分为孟、仲、季三部分，因而中秋也称仲秋。八月十五的月亮，比其他时间的满月更圆更明亮，所以又叫作月夕、八月节。此夜，人们仰望朗朗明月，自然会期盼家人团聚。远在他乡的游子，也借此寄托对亲人的思念之情。所以，中秋又称团圆节。

重阳除魔

晋代陶渊明在《九日闲居》诗序中说:"余闲居,爱重九之名。秋菊盈园,而持醪靡由,空服九华,寄怀于言。"这里同时提到菊花和酒,大概在魏晋时重阳已有饮酒、赏菊的习俗,到了唐代便正式被定为民间节日。

传说东汉时期,中卫黄河大拐弯处有个修炼邪法的瘟魔,只要他在人类群居的地方一出现,就家家有人病倒,天天有人丧命。有一次,一场瘟疫夺走了武艺父母的性命,他也差点丧命。病愈后,武艺不畏艰险和路途遥远,四处访师寻道,在仙鹤的指引下找到有着神奇法力的太极仙翁。太极仙翁为武艺的行为所感动,不但教给他降妖的剑术,还赠他一把降妖宝剑。

过了一段时间,太极仙翁觉得武艺经过苦修勤练,已经拥有足够的灭瘟本领,便把他叫到身前说:"徒儿,你能不远千山万水求仙问道、遍访名师,你的行为天地感动。现在,你不仅有了无边的法力,而且也有斩妖宝剑,要消灭瘟魔,应该轻而易举。不过一定记着,你的本事只用来除暴安良、匡扶正义,千万不要作恶。"

"师父放心,弟子一定只做善事,不做恶事!"

"好,但也要记着不可恃才傲物,一定要虚怀若谷、平易近人。除去瘟魔后,你要回归平凡。无论别人怎样抬举你,都要把自己当成一个凡人。只要你做满三千件善事,师父一定上奏玉帝,让你位列仙班。"

"多谢师父!徒儿一定谨遵教诲!"

"明天是九月初九,瘟魔又要出来为祸人间,多处兴风作浪。你的本领既已学成,应该回去为民除害了。"

"师父放心,徒儿一定为民除害!"

太极仙翁送给武艺一包茱萸叶,一盅菊花酒,密授避邪之法,让武艺骑仙鹤回家。武艺骑仙鹤回家后，见者都惊呼起来，说是神仙来了。武艺发现暴露了行踪，为了让自己有一颗平常心，便落在山顶，步行回到家中。九月初九一早，他借助高超的本领，轻松地把瘟魔刺死。很多人得知他有本事，都来拜师学艺，他谨记师父教诲，立刻归隐到香山深处。后来，他见瘟魔修道的地方是黄河大拐弯处，黄河从西向东流经万余里，而这个地方是从东向西流。细细观察，是因为这里有座双狮山，于是脱口而出："双狮雄跨沙坡头，逼着黄河水倒流。"于是，他住在双狮山，做了三千件善事，晚年位列仙班。

后来，人们把重阳节登高的风俗，看作是免灾避祸的一项户外活动。另外，"双九"是生命长久、健康长寿之意，后来重阳节便被立为老人节。当然现在的年轻人，尤其是充满浪漫色彩的新婚夫妇，则认为重阳既然代表长久，也代表爱情地久天长！于是很多年轻人来到沙坡头景区，举行沙漠集体婚礼，选择的婚礼日期多是九月初九。另外，沙漠是海枯石烂的见证，所以选择在沙漠结婚，更成为一种时尚。

还有一个故事，也讲重阳节。东汉安帝年间，宫中身怀六甲的李娘娘受闫氏所害，逃至洛阳以西伏牛山南的重阳店，于九月初九生下一个女子，取名重阳女。李娘娘历经千难万苦，终于把重阳女养大成人。谁知一年秋天，此地发生一场瘟疫，百姓和李娘娘都未能幸免。李娘娘临终前，把自己的身世告诉重阳女，并把安帝赠送的玉佩传给女儿，让她找机会状告闫氏，为她讨回公道。

李娘娘死后，重阳女立志斩除瘟魔，并拜张天师为师。张天师精心传授她剑法，并密告她瘟魔四个弱点：一怕红色，二怕酒味，三怕刺激味，四怕高声。让重阳女来年九月九日瘟魔重现时见机行事。第二年九月九日，重阳女组织百姓登上云彩山，让女的头插茱萸，茱萸果为红色，叶子散发出怪味，男的喝菊花酒，瘟魔一出现人们就高喊："铲除瘟魔，天下太平。"瘟魔见到红色，闻到酒气和怪味，听到喊声，当下缩成一团，被重阳女一剑刺死。

鹊桥相会

七夕,原名为乞巧节。这个节日最早起源于中国汉代,在《西京杂记》有"汉彩女常以七月七日穿七孔针于开襟楼"的记载,这是我们于古代文献中所见到的最早的关于乞巧的记载。

七夕来源于人们对自然的崇拜。从历史文献看,至少在3000多年前,随着人们对天文的认识和纺织技术的产生,有关牵牛星、织女星的记载就有了。人们对星星的崇拜远不只是牵牛星、织女星,他们认为东西南北各有七颗代表方位的星星,合称二十八宿,其中以北斗七星最亮,可供夜间辨别方向。北斗七星的前四颗星叫魁星,又称魁首。后来有了科举制,中状元叫"大魁天下士"。读书人把七夕叫"魁星节",又称"晒书节",保持了最早七夕来源于星宿崇拜的痕迹。

另外,七夕也来源于对时间的崇拜。"七"与"期"同音,月和日均是"七",给人以时间感。古人把日、月与水、火、木、金、土五大行星合在一起叫"七曜",计算时间往往是以"七七"为终局,而给亡人做道场,则以做满"七七"为圆满;又以"七曜"来计算现在的"星期"。尤其"七"又与"吉"谐音,"七七"又有双吉之意,所以民间常用"七七四十九"这个概念。"喜"字在草书中的形状好似连写的"七十七",所以把七十七岁又称"喜寿"。

七夕又是对数字的崇拜,民间把正月正、三月三、五月五、七月七、九月九再加上预示成双的二月二和三的倍数六月六这"七重"均列为吉庆日。"七"又是过去生意人使用的工具算盘的每列珠数,既浪漫又严谨,给人以一种神秘的美感。而"七"还与"妻"同音,于是七夕在很大程度上成了与女人相关的节日。乞巧节作为一个古老的节日,背后有着自己的故事。

相传，牛郎父母早逝，又常受哥嫂虐待，只有一头老牛相伴。有一天，牛郎领着狗放牛，到了地里拍打着牛背说："牛哇，我想睡觉，你可不要乱跑。"老黄牛像能听懂话，低着脑袋"哞哞"叫几声，甩打着尾巴在他身边吃草。牛郎躺在草地上睡着了，错过中午，嫂嫂提着罐子来给送饭，见牛郎睡觉，就照他身上狠狠地踢了一脚。牛郎醒来见是嫂嫂，忙爬起来不知所措。

嫂嫂把饭罐子往地上一搁说："你这憨货好自在，竟然睡觉，要是牛丢了，看你怎么交代！"说完一扭屁股走了。牛郎早饿了，不管三七二十一捧起罐子要吃，不料黄牛把罐子撞了个稀巴烂。大黑狗见到地上的饭，张口就把饭舔了个一干二净。

牛郎瞅着碎罐碴子有些害怕，觉得回家肯定没好事，长叹一声道："唉，我怎么这么命苦！"唉声刚落，却见大黑狗扑通一声倒地，鼻子口里流血，一会儿就断了气。他这才明白，嫂嫂在饭里下毒，心想："看来嫂嫂已有害我的心了，要是跟这个害人精过，早晚被害。"

日头落山时，牛郎赶着牛回家。一进院子，听到身后有人，扭头见是哥哥回来，不由鼻子一酸，眼水止不住流了下来。哥哥倒是一个憨厚人，父母临终前就把弟弟交给他照管，今见弟弟哭得这样伤心，好像受了天大的委屈，于是吃惊地问："你这是怎么了？怎么这样难过？"

牛郎哭着实话实说道："我把嫂嫂送的饭罐子打了，不知道该怎么交代。不料狗看见了地上的饭，吃了，倒在地上死了。"

哥哥当然一听就明白了，可明白归明白，他又能怎样？斗又斗不过家里的母老虎，不斗又说不过去。况且这是下毒杀人，要是仅仅受气，可以劝弟弟忍耐。这要是不管，可能马上会出事，只听牛郎哭着说："哥，咱们分开过吧。"

哥哥一听犯难了：一来弟弟小，一个人在外边没人照顾；二来他外出做买卖，家里让一个女人里里外外都操持，时间长了不行。可要是凑合着，又怕弟弟有个三长两短。他搓着手，好半天没表态。

牛郎见哥哥发愁，就说："哥，家里的物件我不要，把那头牛给我就行。"

弟兄俩在院里说的话，媳妇在屋里听见很高兴，于是手扒着门框对外说："当家的，我看这样挺好。往后各过各的，我做主依了二弟！"

哥哥眼里噙着泪花，一句话也说不出。第二天，牛郎赶着老牛车走了，可走来走去，不知道该到哪里安家。到了一座山脚下，牛郎心想："老是这么走，何时是个头？干脆就住在这儿！"他把老牛车停下，砍了好多树枝子，就着山坡上搭棚。棚子搭好，就和老黄牛在这落户。

夜里，牛郎梦见老黄牛说："我是你家黄牛，跟你生活了一年多。不瞒你说，我是金牛星下界。明天午时三刻我要回天庭，你把我的皮剥下，等到七月七日把它披在身上，保你上天。王母娘娘有七个女儿，那天她们要到天河洗澡，那个穿绿衣的仙女就是你媳妇。你别让她们看见，等她们下水后，你抱了绿衣裳往回跑。只要回了家，她就不走了。"

第二天，牛郎见老黄牛死了，才知道老牛说的回天庭其实就是死。他不吃不喝，手摸着黄牛啼哭。后来，他想到黄牛在梦中说的话，就把牛皮剥下来，为怕人吃肉，就找个不易让人发现的地方把牛埋了，然后跪在牛坟上大哭一场。

转眼到了七月七日，牛郎按照黄牛的交代披上牛皮，立时两脚离地，轻飘飘地飞到天河边。他见天河很宽，汹涌澎湃，便躲在树林里等着。过了一会儿，只听一阵爽朗的笑声传来。他透过树缝一看，是七个美丽的仙女来了，只见她们一个个跳到水里。

牛郎看呆了！这些仙女真是太美了，简直无法用语言来形容。当他意识到自己来天河边还有任务时，瞅准那身绿色衣裳窜过去抓起来就跑。三仙女正在洗澡，忽见有人抱了她的衣裳，打河里出来就追。她紧追慢追，就追到人间，来到牛郎家。

三仙女问："你为什么拿我衣裳？"

牛郎说："想让你给我做媳妇。"

三仙女说："可天规不容啊！"

牛郎说："人间比天上要好。"

三仙女见牛郎长得好看，就答应了他。打这之后，三仙女天天在家弹花织布，人们就叫她织女。牛郎天天外出卖布，小两口过着舒心的日子。织女和牛郎过了五年，织女给他生了一男一女。

织女和牛郎成亲的事被玉帝和王母娘娘知道后，命令天神抓回织女。天神趁牛郎不在家时抓走织女。牛郎回家一看，见两个孩子正在啼哭，不知媳妇上哪儿了，于是急得团团转。一问孩子，儿子把手朝天一指，牛郎急忙担起两个孩子，披上牛皮去追织女。眼看就要追上织女，王母娘娘恼道："好你个牛郎，莫非你要追到灵霄宝殿？"

王母娘娘拔下头上的银簪，在牛郎和织女中间一划，立刻划成一道天河。牛郎没办法过河，急得直跺脚，筐里的两个孩子直喊娘。织女和牛郎都哭了，但啼哭没用。牛郎想给织女留个念想，于是拿出纽扣套投向织女。织女伸出手接住后，掏出织布梭扔出，织女劲小，结果把织布梭扔歪了。直到现在，天河边的织女星怀里有颗扣套星，另一边牛郎星旁有颗明亮的梭子星。

从此，牛郎、织女泪眼盈盈，隔河相望，玉皇大帝和王母娘娘也拗不过他们的真挚情感，准许他们每年七月七日相会。相传，每逢七月初七，人间的喜鹊都要飞上天在银河上搭鹊桥。此外，七夕夜深人静，人们还能在葡萄架或其他的瓜果架下听到牛郎、织女在天上的脉脉情话。

守岁过年

守岁，就是旧年最后一夜不睡觉，迎接新一年的到来，叫除夕守岁，俗名熬年。相传古时候有一种叫"年"的凶兽，散居在深山密林，形貌狰狞，生性凶残，专食飞禽走兽、鳞介虫豸，让人谈"年"色变。后来，人们掌握"年"的规律，它是每隔 365 天到人群聚居的地方尝鲜，而且出没时间都是天黑后，到鸡鸣破晓它们便返回山林。

算准"年"到人群的日期，人们把这一夜视为关口，称作年关，并想出度过年关的办法。每到这天晚上，家家户户提前做好晚饭熄火净灶，再将鸡圈牛栏拴牢，把宅院门封住，躲在屋里吃年夜饭。由于这顿晚餐具有凶吉未卜的意味，所以置办得很丰盛，除了全家老小围在一起用餐表示和睦团圆，还须在吃饭前供祭祖先，祈求平安过夜。吃过晚饭，大家坐在一起闲聊壮胆，逐渐形成除夕熬年守岁的习惯。

还有一种说法。古时有个叫万年的人，看到节令很乱，想把节令定准。有一天，他坐在树下休息，树影的移动启发了他。于是，他设计了一个测日影计天时的晷仪，用来测定一天的时间。后来，山崖上的滴泉，也启发他的灵感，他便做了一个五层漏壶来计算时间。天长日久，他发现每隔 365 天四季轮回一次，天时的长短就重复一遍。

万年带着日晷和漏壶去见皇上祖乙，对其讲清了日月运行的道理。祖乙感到有理，于是把万年留下，在天坛前修建日月阁，筑起日晷台和漏壶亭，并希望能测准日月运行的规律，推算出准确的晨夕时间，创建历法，为天下黎民百姓造福。有一次，祖乙去了解万年测试历法的进展，他登上日月坛，见天坛边的石壁上刻着一首诗：

日出日落三百六，周而复始从头来。

草木枯荣分四时，一岁月有十二圆。

祖乙知道，万年创建历法已成，便亲自登上日月阁看望万年。万年也很高兴，指着天象对祖乙说："现在正是 12 个月刚满，旧岁已经运行完毕，新春复始，祈请国君定个节日加以明确吧。"

祖乙觉得既然新春复始、万象更新，便说："春为岁之首，就叫春节吧。"

元宵节的来历

　　每年农历正月十五，既称上元节，也叫元宵节，这是新年的第一次满月，象征着和睦和团圆。元宵节是中国传统节日的一个重要组成部分，也象征着现代人们春节长假的结束。关于元宵节，民间流传的故事很多，但我要讲的，是一个与吃元宵习俗有关的传说。

　　相传，汉武帝有个宠臣东方朔，既善良风趣，还足智多谋。有一年冬天，老天飘了几天大雪，把大地装饰成一个雪白的世界。东方朔到御花园给武帝折梅，刚进园门就见有个宫女哭着准备投井自尽。东方朔忙上前救下她问："姑娘，莫非你遇到了什么难事？"

　　宫女虽然不知道他是东方朔，但明白能进入御花园的都是皇帝的近臣，于是道："我叫元宵，家里有父母和一个妹妹。可我自进宫以来，就再也无缘和家人见面。每年腊尽春来，就格外思念家人。我觉得，人生在世不能在双亲膝下尽孝，还不如一死了之。"

　　东方朔对她的遭遇深表同情，于是说："好孩子，孝敬父母和思念妹妹不仅是孝道，也是人之常情。人只有一次生命，你可以一死了之，可你想过你的父母吗？你既然想行孝道，可你死了他们有多悲痛？还有你妹妹，她希望有朝一日能见到你，难道你真不想见她？"

　　"其实我也不想死，可我的思念之苦太痛苦。"

　　"你放心，只要你放弃寻死之念，我保证你和家人团聚。"

　　东方朔想好对策走出宫，在长安街摆了一个占卜摊，不少人争着占卜求卦。不料，每个人所占所求都是"正月十六火焚身"的签语，一时长安城内起了恐慌，人们纷纷求问解灾之法。东方朔说："正月十五日傍晚，火神会派赤衣神女下凡查访，她就是奉旨火烧长安的使者，我把抄录的偈语给你们，可让当今天子想到息灾之法。"说完扔下红帖，扬长而去。

老百姓拿起红帖送到皇宫，皇差一看立刻禀报皇上。汉武帝一看，只见上面写着"长安在劫，火焚帝阙，十五天火，焰红宵夜"。他连忙请来足智多谋的东方朔。东方朔假意想了想说："听说火神最爱吃汤圆，宫中的元宵不是经常给您做汤圆吗？到了十五晚上，可让元宵做好汤圆。万岁焚香上供，传令京都家家都要做汤圆，一齐敬奉火神。再传谕臣民，一起在十五晚上挂红灯笼，满城燃烟花爆竹，好像满城起了大火。这样玉帝在南天门一看人间起火，就可以免灾了。"

汉武帝觉得这个对策虽好，但城内真像起火，城外却没有着火的迹象，玉帝不是傻子，身边的大臣也不是窝囊废，万一被识破，不但不能息灾，还会因欺瞒玉帝而带来更大灾难，于是问："还有吗？"

东方朔假意想了想说："此外，还要通知城外百姓，十五晚上进城观灯，杂在人群之中共同消灾解难。"

汉武帝听后十分高兴，传旨照东方朔的办法做。到了正月十五，长安城里张灯结彩，游人熙来攘往，热闹非常。元宵的父母带着妹妹进城观灯，当看到写有"元宵"字样的大宫灯时，惊喜地高喊："元宵！元宵！"元宵听到喊声，终于和亲人团聚了。如此热闹了一夜，长安城果然平安无事。

汉武帝大喜，便下令以后每年正月十五，都做汤圆供奉火神，正月十五照样全城挂灯放烟火。因为元宵做的汤圆最好，所以这天叫元宵节。虽然元宵节的传说很神奇，但可以确定的是元宵节的起源必定跟古代劳动人民使用火来庆祝节日、躲避灾难有关。元宵节活动包括逃避邪神，且是在晚上庆祝，所以很自然地，火就扮演了重要角色。

随着时间的流逝，元宵节逐渐增加了高跷、舞龙等一系列社火活动，渲染节日的氛围。东汉时期，佛教传入中国，皇帝下令在正月第一个满月的晚上，必须点亮灯笼敬佛，这也使元宵节更增添了一份意义。而在道教，元宵节是与掌管天界和火的元神紧密相连的，因为他们就诞生在正月十五。

饺子的来历

　　饺子是一种历史悠久的民间美食，深受各地百姓的欢迎，所以民间就有"好吃不过饺子"的俗语。每逢新春佳节，饺子更成为一种应时佳肴。三国时，已有形如月牙称为馄饨的食品，和现在的饺子类似。南北朝时，馄饨形如偃月，天下通食。据推测，那时的饺子煮熟后不是捞出来吃，而是和汤盛在碗里混着吃，所以当时的人们把饺子叫馄饨。

　　在唐代，饺子变得和现在一样，是捞出来放在盘子里吃。宋代称饺子为角儿，它是后世饺子一词的词源。元朝时，称饺子为扁食。明代沈榜的《宛署杂记》载："元旦拜年……作匾食。"刘若愚的《酌中志》载："初一日正旦节……吃水点心，即扁食也。"明朝匾食的"匾"，如今已通作"扁"。清朝时，出现了饺儿、水点心、煮饽饽等称谓，这说明其流传地域不断扩大。

　　关于饺子的传说很多。一是为了纪念盘古氏开天辟地，结束了混沌状态；二是取其与浑囤的谐音，意为"粮食满囤"。民间还流传吃饺子的习俗与女娲造人有关：女娲抟土造成人时，由于天寒地冻，黄土人的耳朵容易冻掉，女娲在人的耳朵上扎个小眼，用细线把耳朵拴住，线的另一端放在黄土人的嘴里咬着，这样才算把耳朵做好。老百姓为了纪念女娲的功绩，就包起饺子来。

　　实际上，饺子源于我国，有2600多年的历史。据说，饺子源自医圣张仲景"冬至舍药"。东汉时，南阳郡涅阳县的张仲景在长沙做太守，见白河两岸乡亲饥寒交迫，骨瘦如柴，不少人耳朵冻僵溃烂，心不能忍，辞官行医。冬天刚到，他让弟子在南阳东关搭棚支锅，把羊肉、辣椒和驱寒药材同煮，熟后捞出切碎，用面皮包成耳朵状的"娇耳"，再煮制成"祛寒娇耳汤"，每人一只"娇耳"一碗汤，服后血液上涌，两耳发热，寒气顿消，冻耳很快治好。从此，饺子世代承传，人们每年冬至包食"娇耳"以纪念张仲景。

另有一个传说。天上的财神爷每到过年，就推着一满车金银财宝到人间把财宝撒给千家万户，人们都很尊敬他，都拿出好吃的供奉他。慢慢地，财神爷见谁家给的东西多、佳肴好吃，就把财宝给谁家多分点。有个老员外没给财神爷准备好吃的，财神爷不但没给他财宝，还没收了他家过年的东西，连烧火的柴火也收走了。玉皇大帝知道后，命财神爷把没有撒财的人家全给补上。

那老员外为了安安生生过个年，就嘱咐大儿媳妇烧火，二儿媳妇做饭，大儿媳妇过来问："爹，用什么烧火啊？"

老员外说："金条。"

二儿媳妇过来问："做什么饭啊？"

老员外说："元宝。"

聪明的大儿媳妇拿来黄纸，裹成金条的样子当柴火烧；能干的二儿媳妇把白面揉好，用擀面杖擀成圆片片儿，给里面包一些菜，捏成元宝的样子后扔到锅里煮。财神爷一见，暗暗称奇，就偷偷地把真元宝、真金条扔进锅里。这事一传开，人们都照着做，把小面片包菜做成的饭叫饺子，以表示是财神爷送来的财宝。从那时起，这个习俗就传了下来。

另有一则传说。从前有个皇帝整年不理朝政，只顾寻欢作乐，闹得国家贫穷，百姓怨声载道。一天，奸臣赖升叩见皇上说："人若能吃百样饭，就可增寿延年成为神仙。皇上要想成仙，可令各地招选名厨，让他一日三餐做新样，吃到百种饭，就如愿以偿了。"

皇上随即发布告示，举国招选。没过几天，各地的名厨纷纷到京。经殿试，赵庆生被选上了。赵庆生凭着高超的技艺为皇上做了99道饭菜，皇上感到满意。这一夜，赵庆生很高兴，心想明天再做一样饭就可与亲人团聚了。但到做饭时，竟不知怎么做最后一顿饭。他想到自杀或逃跑，还想到毒死昏君。

正在悲伤，突然看到菜案上有些剩下的羊肉和菜，便举刀把羊肉和菜一起剁碎，胡乱搁上调料，用白面皮包了许多小饺子，然后放在开水锅里煮熟，当成最后一样饭给皇上端去。赵庆生回到原地坐着等死，谁知皇上吃了后，竟穿着睡衣跑进厨房说："今日这顿饭最香，叫什么名字？"

赵庆生长长叹口气，抬头看见这种扁扁的东西，信口答道："这是民间上等品——扁食。"

皇上又留赵庆生继续做饭，赵庆生第二天便溜走了。后人为纪念这位厨师，就学着包扁食。不过，扁食的叫法也就逐渐变了，因为吃饺子是表达辞旧迎新、祈福求吉的方式。按照古代计时法，晚上11时到凌晨1时为子时。交子即新年与旧年相交的时刻。饺子就意味着更岁交子，于是就改叫饺子。

过春节吃饺子被认为是大吉大利，因为饺子形状像元宝，包饺子意味着包住福运，吃饺子象征生活富裕。春节吃饺子的习俗，在明清相当盛行。饺子要在年三十晚上十一点前包好，待到子时吃，这时正是正月初一，吃饺子取"更岁交子"之意，"子"为"子时"，交与"饺"谐音，有"喜庆团圆"和"吉祥如意"的意思。

饺子成为春节不可缺少的节日食品，究其原因：一是饺子形如元宝，人们吃饺子取"招财进宝"之意；二是饺子有馅，便于人们把各种吉祥的东西包到馅里，以寄托人们对新一年的祈望。在包饺子时，人们常将糖、花生、枣和栗子等包进馅里。吃到糖的人，来年的日子更甜美，吃到花生的人会健康长寿，吃到枣和栗子的人会早生贵子。

龙抬头的来历

二月二是我国的传统节日，民间称之为龙抬头。龙抬头在民间也被人们称为春龙节，但很多人对龙抬头并不了解。那么，二月二龙抬头到底是怎样一个来历？据老人们说，龙抬头有很多说法，其中一种说法与古代天象有关。

古代天文学家根据日月五星的运行把天空划分为二十八星宿，以此表示日月五星的运行和位置。二十八星宿分为四宫。东方青龙，包括角、亢、氐、房、心、尾、箕七宿；西方白虎，包括奎、娄、胃、昴、毕、觜、参七宿；南方朱雀，包括井、鬼、柳、星、张、翼、轸七宿；北方玄武，包括斗、牛、女、虚、危、室、壁七宿。其中角宿就是龙角。在二月初二，东方地平线升起龙角星，所以称为龙抬头。民间又传说，这天龙神会从睡眠中醒来，于是人们焚香祷告，祈求来年风调雨顺、五谷丰登，这一天也称为龙头节。

另一个传说，起源于三皇之首伏羲氏。伏羲氏重农桑，务耕田，每年二月二这天，皇娘送饭，御驾亲耕，自理一亩三分地。后来，黄帝、唐尧、虞舜、夏禹纷纷效法先王。到周武王，不仅沿袭了这一传统做法，而且还当作一项重要的国策来实行。于二月初二举行重大仪式，让文武百官都亲耕一亩三分地，这便是龙头节的历史传说。

还有一个传说发生在唐朝。相传唐高宗李治驾崩后，武则天当权，先立其子李哲、李旦为中宗、睿宗，却又先后废去。于公元690年废唐改周，自立为帝，称武周皇帝。这事惹恼了玉帝，他命太白金星告诉四海龙王，三年内不得降雨，以示惩戒。当年从立夏到寒露，150多天滴雨未下，致使大地干涸，庄稼旱死，许多地方连吃水都非常困难，哀鸿遍野，民不聊生。

种种人间惨象，被掌管天河的玉龙看在眼里，心中十分不忍。他冒着违犯天条的危险张开巨口，喝足天河水，私自布雨，解救了天下黎民百姓，却招来了玉帝恼怒，将玉龙打入凡间，压在山下受苦，山前立了石碑，上刻四句话："玉龙行雨犯天规，应受人间千秋罪，若想重上凌霄殿，除非金豆开花时。"

人们看到碑文，才知玉龙为救百姓被压在这里受苦。为救玉龙重上天庭再掌天河，人们决心找到开花的金豆，但就是找不到。越找不到，越要找。为什么？受人点滴之恩，当以涌泉相报，何况行云布雨是多大的恩德，直找到第二年农历二月初一，一个老奶奶背着一布袋苞米粒赶集，因布袋口没扎紧，布袋开了，金黄的苞米粒撒了一地。

人们一看高兴极了，这苞米粒多像金豆！如果放在锅里炒，不就爆出金花了吗？于是一传十，十传百，全知道了。大家商定第二天，二月初二一齐爆米花。这情景被玉龙看见了好不欢喜，就大声喊："太白老儿，金豆开花了，还不快放我出去。"太白金星一看，果然金豆开花，便将压在玉龙身上的大山移开，玉龙顺势一跃腾空，再降甘霖。

从此，民间形成了一种习惯，每到二月二就爆米花或炒黄豆。大人小孩念"二月二，龙抬头，大仓满，小仓流"。有的则用灶灰撒成一个个大圆圈，将五谷杂粮放于中间称作"囤"或"填仓"，其意是预祝五谷丰登，仓囤盈满。龙抬头时，各地把食品名称加上"龙"的头衔，吃水饺叫吃"龙耳"，吃春饼叫吃"龙鳞"，吃面条叫吃"龙须"，吃米饭叫吃"龙子"，吃馄饨叫吃"龙眼"。

清明节的由来

清明节的起源，始于帝王将相的墓祭之礼。后来民间也相互仿效，于此日或提前10天祭祖扫墓，历代沿袭而成为一种固定的风俗。本来，寒食节与清明节是两个不同的节日，但到了唐朝，却将祭拜扫墓的日子定为寒食节。寒食节的正确日子是在冬至后105天，约在清明前后，因两者日子相近，所以便将清明节与寒食节合并为一日。

到了唐玄宗李隆基时期，下诏定寒食节扫墓为当时的"五礼"之一。因此，每逢清明节来到，扫墓便成为华夏大地一种重要的社会风俗。由于中国广大地区有在清明节举家进行祭祖、扫墓、踏青的习俗，所以逐渐演变为以扫墓、祭拜等形式纪念祖先的传统节日，在仲春与暮春之交，一般为冬至之后106天，寒食节的后一天。不过，扫墓活动并非只在节日当天，而是可在节前后延续10天左右。

清明是我国的二十四节气之一。清明如按农历算，没有具体确定的日期，即上一年的冬至过106天就是清明；按阳历计算则在4月4日或5日，太阳到黄经15度时，清明开始。这时我国大部分地区气候温暖，万木凋零的寒冬已过去，草木茂盛，到处是生机勃勃的春天景象。清明一到气温升高，正是春耕春种的大好时节，故有"清明前后，种瓜种豆"，"植树造林，莫过清明"的农谚。

"清明"二字，据《礼记正义》中记载："清明者，谓物生清净明。"清明时节，风和日丽，莺飞草长，柳绿桃红，大地一片清净明洁。汉代刘安所著《淮南子》中写："春分……加十五日指乙，则清明风至。"这里说的"清明风至"正值阳春三月，所以有"三月节"之称。《岁时百问》也作解释："万物生长此时，皆清洁明净，故谓之清明。"可见清明节是由所处的时令，在气温、光照、降雨各方面俱佳而得名。

但是，清明节作为重要的传统节日，表达的是"慎终追远，不忘恩德"的特殊感情，与纯粹的节气又有所不同。节气是我国物候变化、时令顺序的重要标志，而节日则包含着一定的风俗活动和某种纪念意义。确切地讲，清明节是我国传统节日之一，也是最重要的祭祀节日，是祭祖和扫墓的日子。直到今天，清明节祭拜祖先，悼念已逝亲人的习俗仍很盛行。所以，国家通过立法，将清明节纳入法定的节假日。

清明节，除了讲究禁火、扫墓，还有踏青、荡秋千、蹴鞠、打马球、插柳等一系列风俗活动。相传，这是因为清明节要寒食禁火，为了防止寒食冷餐伤身，所以大家参加一些体育活动，以锻炼身体。因此，在这个节日中，既有祭扫新坟生离死别的悲酸泪，又有踏青游玩的欢笑声，是一个富有特色的传统节日。

清明节扫墓，谓之对祖先的"思时之敬"。其习俗由来已久。据明代《帝京景物略》记载："三月清明日，男女扫墓，担提尊榼，轿马后挂楮锭，粲粲然满道也。拜者、酹者、哭者、为墓除草添土者，焚楮锭次，以纸钱置坟头。望中无纸钱，则孤坟矣。哭罢，不归也，趋芳树，择园圃，列坐尽醉。"其实，扫墓在秦朝以前就已有了，但不一定是在清明之际。而清明节扫墓，则是秦朝以后的事，到了唐朝才开始盛行。据《钦定大清通礼》载："岁，寒食或霜降节，拜扫圹茔"相传至今。

挂纸称为压墓纸。挂纸时，先要将生长在祖先坟墓上的野草，用锄头或镰刀整理、清除，再用小石头或者砖块将墓纸压在坟上，表示这个坟有后嗣，否则易被人误以为是无主的孤坟而受到破坏。墓纸分为白色、红色、黄色的古仔纸及五色纸（主要是红、黄、蓝、白、黑，代表五行）两类，现在则多用五色纸，其用意是盖厝瓦或表示子孙已祭过。传统的挂纸比较慎重，先用锄头挖一块绿色的草皮，并把带来一沓滴有鸡血的黄纸用草皮压在坟上，然后在坟地四周摆上 12 张银纸，除了挂墓纸的目的外，还有血祭的意思。

踏青又叫春游，古时叫探春、寻春等。三月清明，春回大地，自然界到处呈现一派万物复苏、生机勃勃的景象，正是郊游出行的大好时光。在我国民间，长期保持着清明踏青的传统习惯。著名画家张择端的《清明上河图》，描绘的就是宋代清明时节，汴京城内人民踏青郊游、市集买卖的一种热闹情景。

清明前后，春阳照临，春雨飞洒，种植树苗成活率高，成长快，也是人们舒展筋骨的大好季节。因此自古以来，我国就有在清明植树的良好习惯，有人还把清明节叫植树节，植树风俗一直流传至今。

插柳这一传统风俗，也是为了纪念"教民稼穑"的农事祖师神农氏。有的地方，人们把柳枝插在屋檐下以预报天气，古谚就有"柳条青，雨蒙蒙；柳条干，晴了天"的说法。黄巢起义时规定，以"清明为期，戴柳为号"。起义失败后，戴柳的习俗渐被淘汰，只有插柳一直盛行不衰。杨柳具有强大的生命力，俗话说有意栽花花不发，无心插柳柳成荫。柳条插土就活，插到哪里就活到哪里，年年插柳，处处成荫。

荡秋千也是我国清明节的习俗。秋千，意即揪着皮绳而迁移。它的历史非常古老，最早叫千秋，后来为了避忌讳，改为秋千。古时的秋千，多用树丫枝为架，再拴上彩带做成，很有色彩美，也增加了浪漫情趣。后来，逐步发展为用两根绳索加上踏板的秋千。荡秋千这种习俗，不仅可以增进身心健康，还可以培养勇敢精神。至今，特别为儿童、少女所喜爱。

在清明节期间还可开展蹴鞠活动。鞠是一种皮球，球皮用皮革做成，球内用毛塞紧。蹴鞠，就是用足去踢球。这是古代清明节人们喜爱的一种游戏。相传，这个活动是黄帝发明的，最初目的只是用来训练武士。我们看过《水浒传》，高俅踢的就是这种球。由于他踢得好，所以他的命运也从此改变。现在，人们感到蹴鞠非常有趣，所以很多地方还是能看到蹴鞠。

拔河出现于春秋战国时代，当时叫"牵钩"。主要使用的设备是一条粗麻绳，两头还分有许多小麻绳。古代在比赛时，以一面大旗为界，视哪一方先把另一方拔过中线（代表河流）就算胜利。拔河的目的是增强体质，最初是在军队盛行，后来才在民间流行。唐玄宗李隆基时，曾在清明节举行大规模的拔河

比赛，据说奖励很重。从此以后，清明拔河遂成一种习俗。

放风筝是大人小孩都喜欢的一种娱乐活动。每逢清明节，人们不仅在白天放风筝，也在夜间放。夜里在风筝下挂一串串彩色的灯笼，就像闪烁的明星，被称为神灯。过去，有人把风筝放上蓝天便剪断牵线，任凭清风把它们送往天涯海角。据说这样能除病消灾，给自己带来好运。还有的，把自己的美好愿望写在红纸上，粘贴在风筝上放飞，据说也能寄托美好的愿望。不过，能不能实现愿望却是未知，但人类本身就活在美好的希冀中，有愿望总比没愿望好。

第四篇　民间故事

孝母感天

　　据说明末清初，南长滩住着一对夫妻，丈夫拓跋泰为人善良，乐善好施，老婆拓氏勤劳贤惠，对公公婆婆孝顺。按说这样的好人，应该事事如愿，可他们到了40岁，膝下仍无子嗣。不孝有三，无后为大。公公婆婆年过六旬，眼见抱不到子孙，觉得没做亏心的事，为何没有后代延续，便让儿子媳妇烧香求佛。拓跋泰带老婆到高庙拜佛，和尚见他们面善，说他们是善人，只要继续多做善事，一定会有麒麟送子。

　　拓跋泰和拓氏回到家，继续多做好事，凡从金城郡（今兰州市）坐皮筏漂流下来的丝路客商，只要在经过南长滩时靠岸歇息，总是免费提供茶水，献上食物。对遭到土匪抢劫的急难者则慷慨解囊，不求回报。遇要住宿的客商，无论吃住多久，不仅热情接待，而且分文不收。如是三年，公公婆婆离开人世，不少人说他们太傻，劝他们别信和尚的话，可两口子不听，继续周济过往客商。

　　不久，这里来了一个须发全白的老和尚，在此吃住了半月有余。这对夫妻就像对待生身父母一样，非常热情。这天，老和尚要走，两口子送给他南长滩的枣子和梨，还把他送到岸边，依依不舍，就像亲人要离开。老和尚笑道："看来你们行善是真心，好人有好报。"说完脚下化出莲台，原来竟是观音菩萨。

　　两口子立刻跪倒磕头，菩萨说："你们之所以无子，不是你们做得不好，而是你们祖上实在缺德。但看你们一心向善，今赐你们一子。"说完，用杨柳枝弹洒净瓶圣水后，脚踩莲台飘然而去。

　　说也神奇，拓氏很快有孕，十月怀胎生下一子，起名拓跋孝。之所以起个"孝"字，是希望儿子长大能孝敬他们。岂料拓跋孝性格粗暴，长到15岁时不是打父亲，就是骂母亲。拓跋泰盼星星盼月亮，没想到满心的欢喜换来的竟是这种结局。人一旦伤心就易得病，不久便死了。拓氏很绝望，但觉得

拓跋家只有这根苗，只有忍气吞声。以后儿子到田间干活，她便送饭过去。但每次送去，儿子都嫌送得太迟，还拿皮鞭打她。

有一天中午，拓跋孝在梨园灌水，因闲着无事，便在左顾右盼中发现羊羔跪乳，不禁思考。想到自己气死父亲，还打母亲，太不孝了。他决定从此痛改前非孝敬母亲。这时母亲送饭过来，他高兴地去搀母亲，却忘了扔掉皮鞭。母亲因天天挨打，今见他拿着皮鞭，吓得转身就跑，却因脚下不稳撞在梨树上，当场就死了。拓跋孝抱住母亲大哭，并不断忏悔。

拓跋孝葬了母亲，过着凄风苦雨、孤单无依的日子。随着年龄增长，无论求娶谁家的女儿，都没人嫁他。想到父母在时，自己衣来伸手、饭来张口，而现在不仅事事得亲力亲为，还没人关心，不由悲从中来，放声大哭。邻居见他有所改变，便接近他，说他既然知错，就当超度父母。拓跋孝立刻去请来和尚，念了整整三天佛经。在这期间，拓跋孝跪在父母灵前忏悔。

由于三天三夜没合眼，拓跋孝在朦胧中见父亲升入天国，而母亲则在地狱受苦。夜叉说他的诚心感动上苍，所以度脱父亲，但母亲业力重，还在地狱受苦。拓跋孝醒后，想到气死父亲，鞭打母亲，将来死了不知要受多少苦，因此求和尚道："求师父收我为徒，我要超度地狱的母亲，早日离苦得乐。"

和尚道："好啊，有孝心就好，最怕孝心不真。因你母亲在世，吃了不少乌龟鱼子，计其命数，千万亿倍，已经堕入地狱，要超度很难。"

拓跋孝哭道："难道就没一点办法吗？"

"天雨虽宽，不润无根之草；佛法再广，难度不善之人。能否超度，关键在于内力与外力的有机结合，并且外力借助内力的变化而起作用。也就是说，取决于你的诚心和法力，还需借助外力。"

"具体怎么做？"

"你母堕入地狱之后，一天一夜就是万死万生，并且没有一刻稍有停止，可谓万苦无疆。如果不去超度，那是永无出期。这里有高大的梨树，大多吸收日精月华，有的已经有了足够灵气。你可用去年雷电所击的那棵梨树，截取底部粗长的部分，将你母亲刻为形神毕肖的木像供奉。只要你朝夕礼拜忏悔，把木像当作真母亲，她就能接收你的精气神而逐渐产生灵气。若能持之以恒坚持 3 年，她就有望投生善道。如果你能这样做，我便收你为徒。"

拓跋孝不解地道："这不是与二十四孝的《丁兰刻母》一样吗？"

和尚笑道："《丁兰刻母》，不仅突现丁兰对父母的孝心，而且他的'事死如事生'的行为，对形成'慎终追远、民德归厚'的民风树立了很好的榜样。孝心会感通万物，使人遇难成祥。当然，他的孝心还唤醒世人：要把握住父母在世的有限时间及时行孝。'树欲静而风不止，子欲养而亲不待'，要让我们从当下做起，从自身做起，不要留下种种遗憾，就像你一样，现在就是把肠子悔青，也换不回母亲。"

就这样，拓跋孝用梨木雕刻母亲。说也怪，一个不会雕刻的人，刻出的母亲居然和真的一样，不但个头、胖瘦、气韵一样，连面貌神态也一样，真可说形神毕肖。他又给木像穿上衣服，把木像当母亲朝夕礼拜，就连出门也要背上。每到吃饭，先将饭菜供在像前。

有时想到自己让母亲丧命，十分痛悔，越发思念母亲，在点滴之处不失恭敬。或许是拓跋孝终日磕头、礼拜、忏悔、诉苦，也许拓跋孝心里装着母亲，脑海里也常浮现母亲生前的情形，木像已有灵气，面部在不知不觉中换成人的皮肤。

一次一个伙伴来找拓跋孝，看到他母亲的木像十分惊讶：这分明就是人，莫非他母亲根本没死？不对，他母亲确实死了，而且就埋在梨园。他听说拓跋孝刻了木像，外出干活也背着木像，他也看见拓跋孝背着木像干活，这是怎么回事呢？因见木像一动不动，但表情甚是自然。也许是酒精让人失去理智，他好奇地找了一根针，摸着木像手一扎手指，奇怪，手指怎么流血了？更让他大吃一惊的，是忽然听到木像疼得叫了一声。这下不得了，吓得他夺门而出。

拓跋孝在院内听到母亲的声音，又见伙伴从屋内跑了出来，忙问："怎么了？"

伙伴道："你母亲分明没死，你却骗我。"

"你说什么？"

"我刚试着用针扎了她的手，她不但出血了，还疼得叫了起来。对不起！"

拓跋孝话不多说，扔下手里的扫帚，进屋一看，只见母亲流泪，手指也在滴血。他不禁大怒，将跟进来的伙伴一顿暴打。伙伴喝了酒，完全丧失理智，与他厮打在一起。因为打急了，注意力都在对方身上，无暇留意木像。实际，木像流泪更快，并让他们别打，小心打出人命。后来屋里来人，双方被拉开了，但拓跋孝却被告到官府。

控诉双方说了情况，县官不信木像能扎出血。不过，县官觉得拓跋孝很有孝心，能把母亲刻成木像供奉，事死如事生，其行为值得称赞。但他打坏了对方，那就得赔偿。可拓跋孝穷得叮当响，除了破屋子，哪有钱财或东西赔偿？于是将他下进大牢。拓跋孝冷静下来，觉得不该打人。如今深陷大牢，该怎么孝敬母亲？母亲饿着肚子，该怎么办呢？

县官被拓跋孝的孝心所感动，觉得已做了处置，便将他释放。拓跋孝觉得母亲好多天没吃饭，一定饿坏了，跑回家，他跪在母亲像前，见母亲很不高兴，也明显担心他的安危，心中更是不安。将近两年，他始终视木像为母亲，从未有过丝毫轻慢。当时那人用针来扎母亲，她一定疼坏了。一看母亲手指，果然还有血迹，只是不再流血。再看母亲眼睛，明显也有流过泪水的痕迹，心如刀割。

拓跋孝忏悔道："妈妈，都是孩儿不孝。不但没照顾好您，还让人扎了您的手指，让您受了委屈。尤其是还不理智地动手打人，结果受到官府惩罚，让您提心吊胆。这样一来，不仅让您为孩儿担忧，还让您老人家蒙受羞辱，实在是罪过！"忽然，他想到母亲几天没吃饭了，便去为母亲做饭。

邻居观察着拓跋孝，见他浪子回头，确实变得善良，便要将小女薄荷嫁给他。拓跋孝说什么也不答应，声称满三年后要出家为僧，超度地狱中受苦的母亲。邻居说："真正的孝道，是应该传下子孙。不孝有三，无后为大，如果你真孝父母，就当结婚生子，为他们传下后人。不然，他们在那个世界一定不会开心。"

拓跋孝觉得有理，便娶薄荷为妻。薄荷见他每天都要朝拜木像，而且出门还要背着木像，很不满意。本来，她最希望丈夫好好照顾自己，但他却把所有的爱全部给了木像。她虽听过有人拿针扎木像出血的事，但将信将疑：不就是木头刻的人像吗？如果扎她会流出血，那献给她的饭菜和茶水为何不吃不喝？为了验证真假，她于半夜好奇地拿了针，试着去扎木像手指。这一扎不要紧，手指出血了，而且她清晰地听到木像疼得叫了一声。她大吃一惊，当下尖叫起来。

拓跋孝从熟睡中惊醒问："怎么回事？"

薄荷如实一说，拓跋孝一气之下要休薄荷，并跪倒在母亲像前忏悔道："母亲，都是孩儿不孝，让您受伤了，今后绝不让任何人伤害您，如今孩儿休了她，不会再有人对您无理。"

薄荷跪在拓跋孝前，哭着说自己错了，但拓跋孝态度坚决，说啥也不要她。很多邻居也来劝他，说薄荷是由于好奇才会那样，并非真的要伤害他母亲。再说，木像无非是木头刻的，扎就扎了，何必认真？人有孝心固然令人感动，但用不着这么愚痴。拓跋孝听不进去，最终还是用一纸休书让她离开家。薄荷被休后，人们都知道她伤害婆婆的雕像，无人敢娶她。薄荷很后悔，无论怎么去求拓跋孝，拓跋孝也不要她。

就这样过了三年，有一天拓跋孝在房顶晒糜谷，忽然天空乌云密布，显然要下倾盆暴雨。果然，只片刻工夫，天上电闪雷鸣，暴雨就要倾盆而下，雨一旦落下，就不单是糜谷淋湿的问题，而是糜谷会被雨水冲走。拓跋孝并没考虑糜谷，而是怕母亲遭到雨淋，将雕像背下房供在大堂道："母亲，孩儿去看糜谷，原谅孩儿离开片刻。"

拓跋孝上房要扫糜谷，却见乌云散去，很快又是晴空万里。他高兴至极，便下房去背木像。进了屋，刚要跪倒说天已放晴，却见木像眼里流泪。他以为看花眼，定睛一看，不但木像眼里流泪，而且眼睛竟然眨了一下。他呆了！再一看，木像动了起来，他不敢相信自己的眼睛，使劲揉眼。只见木像从上面走下。他惊喜交集，叫了声"母亲"，便扑进母亲怀里。

母亲说："孩子，你用孝心感动了上苍，我们才能团聚啊！"

这时，那个和尚进来，双手合十说道："祝贺你！孝心的力量无比强大，不但感天动地，而且光芒万丈，它比阳光还要灿烂。既然你们母子团聚，你就没必要出家了。"

母亲说："是啊，师父都已说了，你就别出家了。如果你出家了，我一个孤老婆子，既不能自食其力，又孤独寂寞，谁来孝养我啊？"

拓跋孝觉得自己既然已发愿出家，怎么能失信毁愿？更何况，他在不久前遇到一个老和尚，那老和尚唱的佛歌总在耳畔回响。他觉得佛歌唱得很有道理，应该出家修行。母亲生气地说："是什么佛歌啊？你且唱出来我听。"

由于拓跋孝特别用心，曾经几次去学，所以记住了歌词，于是唱道：

> 一年又一年，渐渐改容颜。
>
> 始作孩童戏，看看白发斑。
>
> 莫结来生业，回头种福田。
>
> 莫待无常到，修行早向前。
>
> 一月又一月，光阴似消雪。
>
> 岁月无定期，幻化有生灭。
>
> 少实胜多虚，巧计不如拙。
>
> 阎君送信来，不怕尔会说。
>
> 一日又一日，朝出暮又入。
>
> 妄想不知虚，贪爱何时毕。
>
> 却似少水鱼，急急须跳出。
>
> 莫待池水干，徒劳叫冤屈。
>
> 一时又一时，步步向前移。
>
> 不思行大道，堂堂人自迷。
>
> 劝君全不省，只爱口头肥。
>
> 一日无常到，临期悔莫迟。
>
> 一刻又一刻，昼夜相催逼。

茫茫不回头，灵台真可惜。

奉劝世间人，修行须努力。

古今多少人，一去无消息！

　　"阿弥陀佛！"外面走进一个穿红色袈裟的老和尚。拓跋孝一看，正是教自己唱佛歌的老和尚，于是上前施礼。老和尚笑着说："看来你觉悟了，这就好。既然觉悟了，就没必要再出家了。"

　　拓跋孝不解地问："那是为何？"

　　老和尚说："你出家的目的，无非是超度死去的母亲。如今，你母亲不但出了地狱，而且与你团聚，还出什么家？其实，一个人在家也好，出家也罢，主要是明心见性、见性成佛。所谓修心，就是心念要善。心正了，行为才正。只要你诸恶莫作，众善奉行，这就是好的福德因缘，就是最好的修行。"

　　老和尚说完，显出真身法相，原来是观世音菩萨。从此，拓跋孝不再提出家的事，不但对母亲十分孝敬，而且实践诸恶莫作，众善奉行。当地人见他对母亲十分孝顺，无不称赞。很多人从他身上，懂得了只有孝顺老人，才能感动上苍，从而改变命运。

　　有一天，母亲对干完农活的拓跋孝说："儿呀，干脆让薄荷回来一起过日子吧。"

　　"百善孝为先，可她伤害过母亲。一个伤害老人的人，是最不孝顺的人。"

　　"可她已经知错了，何况她并不是真的要伤害母亲，而是因为不相信，想验证一下真假。如今她知错了，就不能老盯着过去的事不放。要说犯错，你不也犯错吗？如果不是你老打我骂我，我怎么会吓得撞树而死？浪子回头金不换，你的一番诚心打动了上苍，现在不是很好吗？"

　　拓跋孝觉得有理，仔细想想，薄荷只是因为一时好奇，这才伤害了母亲，于是要让薄荷回来。薄荷很高兴，回来后向拓跋孝道歉，向婆婆忏悔。从此，薄荷对婆婆很孝顺，饮食起居照顾得非常周到。一年后，薄荷生下了龙凤胎，一家人开开心心地生活，其乐融融。

拓跋孝教育子女，万恶淫为首，百善孝为先。要想立身处世有一个好的命运，就必须从孝敬长辈做起，否则不配为人。消息不胫而走，很快一传十、十传百，不久就传到了京城。皇上举孝廉时，得知他的大德孝行，不但非常赞叹，还派人请他入朝做官。他觉得官可以不做，但母亲不能不孝。

母亲说："孩子，孝身只是小孝，孝心也只是中孝。咱家能有为国效力的人，不仅光宗耀祖，老百姓也受益，这才是大孝至孝。"

拓跋孝做官后为官清廉，深受百姓爱戴。后来母亲无疾而终，他向皇上告假回家，守孝三月。同时，他建了一个拓氏宗祠，祠里供着母亲雕像。直到今天，游客到了南长滩，还能见到那尊木刻雕像。老人们经常说：万般善事孝为先。能孝敬父母的人，才是真正的人。

枣梨仙子

当人们走进南长滩时，看到的是百年梨园和数不胜数的枣树，耳边鸣奏的是黄河奔流的涛声，宛如空谷传响。在满目碧绿中，面前显出石垒土夯、古色古香的原始古朴的村落——小屋、庭院、围墙、场地，布局错落有致，像是一幅镶嵌在河边、树林、阡陌上的风景画。人们日出而作，日落而息，没有凡尘之忧，只有寡欲之静。可往南山一看，大山光秃秃的寸草不生，这是为什么呢？

据说在很久很久以前，南长滩有个叫拓跋俊的小伙子，因为父母死得早，所以从小就离家出走，在城里给有钱的员外拉长工打短工。别看他没读过一天书，也不懂太多的道理，但他生性善良，认为"人行好事、天指好路"。无论谁家有困难，都乐意去帮，至多是求顿饱饭。有一天，他帮员外家栽种枣树梨树时，见有个须发皆白的老人昏倒，便救醒老人，将饼子递给老人吃。

老人吃完饼子，感激地看着他道："小伙子！谢谢你，看来你很善良。有什么心愿尽管对我说，我一定帮你达成。"

拓跋俊无欲无求，觉得老人饿昏于此，肯定是一个无依无靠的穷人，能帮什么忙？便说："我没什么心愿，只希望每天无灾无难，能吃饱喝足就行。"

老人说："你的欲望太低了。"忽然像是琢磨了一下，又接着说，"不过要说低，倒也不低，很多人连温饱都不能解决，不少人在乞讨，有些干脆就饿死了。就像我，如果今天不是你的饼子救我，我就活不过来了。谢谢你！"

"老人家别放心上，虽然这个饼子是我的干粮，但我少吃一顿饿不死，总不能见死不救吧。记得小时候，父亲告诉我，人活世上，一定不能有坏心眼。一定要存好心、说好话，行好事，做好人。只要每天去做，本着'日日好心'，必然会'日日好事'。虽然我未必每天都有什么好事，但无灾无难就是好事。何况，我每天给员外家打工，还能勉强填饱肚子，这就是幸福！"

"是啊，小伙子，知足就是幸福，你还真是有福。你只管去做，莫问前程。好事做多了，老天不会负你。也许，你很快就有两个漂亮媳妇，她们让你不但有家，而且拥有一切幸福。"

拓跋俊道："老人家，别逗我开心了，我是一个穷人，天天都是天当被子地当床，哪有好运？不过，谢谢老人家的吉言，我走了。"

拓跋俊并没当真，他虽然只是天天混个饱肚子，但心无杂念。尽管他早已过了成婚的年龄，但从来没有想过要结婚成家。对于未来，他没想过，或者干脆就不想，因为想也白想。如今，老人说他要有两个漂亮媳妇，这纯粹就是天方夜谭。别说有两个媳妇，也别说漂亮不漂亮，就是丑的能有一个也是一种奢望。有人说他没心没肺，一人吃饱，不管全家。实际上，他根本就没有家。

拓跋俊边走边哼着小调，忽然迎面走来两个如花似玉的女子。只见一个身穿红色衣裙，一个身穿白色衣裙。红的就像正在燃烧的火焰，白的就像塞北之雪。两个女子都是婀娜多姿，长得国色天香、倾国倾城，甚至说人间根本就没有这样的美女，想必是天女下凡，自古道：男女授受不亲。他不敢看她们，忙要躲开。没想到，这两个女子拦住他，就是不让他过。

拓跋俊不解地道："你俩好没道理，路是大家修的，谁都可以走。大路朝天，各走一边，为何要挡我的路？"

红衣女子说："谁说都可以走？我不答应，没有谁可以过去。不过，你要过也行，必须娶我做老婆！"

拓跋俊惊呆了，简直不敢相信自己的耳朵，以为耳朵出了毛病，不相信地问："你说什么？"

"没听清吗？我是说要给你当老婆。"

白衣女子说："还有我！娶了她，你能走10里路。娶了我，你也能走10里路。要是把我俩娶了，你随便走。"

拓跋俊想起老人的话，觉得真是交了桃花运，简直是天上掉馅儿饼。但又觉得天上掉馅儿饼，不是谎言就是陷阱，八成我正是做梦，于是一咬舌头，感觉很疼，知道不是梦，便疑惑地说："你们这么漂亮，可我是一个穷小子。"

红衣女子道："穷怕什么？有了我们，你就不穷了，什么都会有。"

白衣女子道："是的，贫穷并不可怕，只要善良，就能创造财富。"

拓跋俊还是感觉就像做梦，疑惑地问："你们到底是什么人？为何要这样说？"

"难道我们说得不对？"红衣女子向他走近一步说，"我们是姊妹俩，我是姐姐，她是妹妹。我们与爷爷出来上坟，爷爷上了年纪，说是要上厕所，结果我们等来等去等不见。真是急死人了，你见过吗？"

拓跋俊道："我倒是见过一个老人，须发皆白，不知是不是你们的爷爷？"

"对对！"两个女子抢着问，"他在哪里？"

拓跋俊简单说了，觉得能得两个媳妇虽是好事，只是娶了她们没法养活，何况还有她们的爷爷？他不信娶了她们什么都会有，自己房无一间，地无一亩，连自己都没住所，到处给人打工，还是算了。没想到，红衣女子像是看出他的想法，看着他说："只要你娶我们，很快就有一个稳定的家。"

"对！"白衣女子也近前一步说，"以后你不用打工，我们可以织锦为生。"

拓跋俊将信将疑，便疑惑地道："那好吧。"

忽然，那个须发皆白的老人出现在面前道："哎哟，我差点找不到你们了。"

两个女子高兴地叫"爷爷"。由爷爷做主，拓跋俊与两个女子在大树下拜了天地。可接下来的事让拓跋俊犯难了，自己不仅有了两个老婆，还有一个老人，这一下多了三张口怎么生活？最不行总得有个住所，不然真要乞讨流浪。老人也像看穿了他的想法，笑着说："你放心，只要跟着我到你老家南长滩，就会有房子。"

拓跋俊将信将疑，带着老人和两个妻子到了南长滩，眼前的情景让他惊呆了：不知什么时候，这里竟有一院闲置的漂亮房屋，房前屋后都是树木花卉，院内干净整洁。拓跋俊不敢相信这是真的，进去一看，只见房里锅碗瓢盆、箱子柜子样样都有，并且还有现成的米面。拓跋俊觉得奇怪，觉得分明就是做梦。

老人说："你不要多想，这是你生性善良，神仙赐给你的屋宇。"

此后，一家人过着幸福快乐的日子。不料，这里有个蛤蟆精，他已修炼三千多年，经常幻化成男子为祸人间。他嫉妒拓跋俊拥有两个美丽的妻子，便想得到她们。蛤蟆精乘着拓跋俊一家睡熟，于半夜施用魔法，将两个女子摄到山中魔洞。拓跋俊醒来后不见了妻子们，便去问爷爷可曾看见，爷爷哭着告诉了他真相。

原来，这老人是山神，那两个女子乃是枣花仙子和梨花仙子。她们发现拓跋俊勤劳善良，便爱上他。实际，她俩之所以爱上拓跋俊，是因在无量劫前曾是拓跋俊的恋人，因为发誓生死相守，没想到拓跋俊遭横祸而死。今生相遇，因缘便成熟了。山神先是试探小伙子的心地，随后便促成了他们的婚事。

如今，枣花仙子和梨花仙子被蛤蟆精抢去，拓跋俊失魂落魄，发誓要杀死妖魔，夺回妻子。山神说："蛤蟆精神通广大，要杀是要冒险的。弄不好，非但救不出她们，连你的命也搭了进去。"

拓跋俊道："即便如此，我也要去救。就是死，我们也要死在一起。"

"好吧，蛤蟆精是妖魔，你是凡人，凡人是杀不了妖魔的。要救人，你必须到香山深处求一个高人。那里有个老君观，要是从道人那里求来一把神箭，或许还有希望杀死蛤蟆精。据说那支神箭只要射出，就能追踪目标。"

拓跋俊立刻赶到老君观，只见一个道人正打坐，于是说明来意，求道人赐神箭除妖，道人说："可惜你是一个凡人，有了神箭还不行，还必须能拉开神弓。要是你做我的徒弟，我可以帮你除去妖魔。"

为了救人，拓跋俊痛快地答应了，随着道人去找蛤蟆精。道人来到魔洞前，还未拉开神弓，蛤蟆精已口中吐火，将道人烧死，蛤蟆精得意地大笑。拓跋俊拿了神弓要射，却怎么也拉不开。蛤蟆精擒了拓跋俊，得了神弓，又当着枣、梨仙子的面将拓跋俊变成石床。又让大火燃烧起来，将大山烧得通红。由于这是妖火，树木花草被烧后再也长不出地面。这就是香山为何没有草木的原因。

　　枣、梨仙子眼见心上人变成一张石床，十分伤心，但两人每天被妖魔欺凌，却又无可奈何。枣、梨仙子知道过了81天，就是天仙降临也不能将他变回原形。两姊妹觉得，拓跋俊原本无灾无难，要不是她俩嫁给他，他也不会有此劫难。想到她们每天都被蛤蟆精欺凌，心里万分难受。可怜拓跋俊，虽看得清楚，听得明白，感受得真切，却不能反抗，也不能说话。

　　两姐妹觉得只有依靠自己消灭妖精，两人趁蛤蟆精出去，悄悄商量了一会儿，觉得现在最好的办法，就是麻痹蛤蟆精，如果能恢复自由一定有办法。刚商量完，蛤蟆精进来了，枣花仙子对蛤蟆精说："夫君，我们既然已经做了夫妻，为何还要捆着我们？"

　　蛤蟆精道："若是不捆，你们跑了怎么办？"

　　梨花仙子道："怎么会？"

　　蛤蟆精道："要是你们跑了，我上哪里找？"

　　枣花仙子道："不会！方圆数百公里的山神土地、孤魂野鬼、山精树怪、魑魅魍魉，都知道我们成了你的妻子，谁还会要我们？"

　　梨花仙子道："是啊，你不是说我们长得漂亮吗？要是老被捆着，气血不通，必然折损容颜。要不了多久，你看到的就是丑八怪了。"

　　蛤蟆精觉得有理，心疼地放了两个仙子，然后向她俩道歉。但她俩知道蛤蟆精神通广大，不是人家对手。为了麻痹蛤蟆精，还得选择时间对付。就这样，她们对蛤蟆精非常殷勤，蛤蟆精很得意，不过，蛤蟆精并没放松警惕，为防她俩偷着将石床变回拓跋俊，干脆在床上贴上三道神符。就这样，日子流失得很快，转眼过了80天。

　　到了第81天的下午，蛇精来请蛤蟆精赴宴。蛤蟆精为了炫耀两个老婆的漂亮，便带两姐妹同去。蛤蟆精走后，山神念动咒语，将香山各处的山神、土地、城隍、庙神请来，揭去贴在石床上的三道神符，共同合力施展法力，将石床变回拓跋俊。山神说："还好，要是过了今晚，你就只能是石床。也是你心地善良，做过无数好事，才有这个机会救你。"

　　坚牢地神说："是啊，我是奉地藏王菩萨的法令赶来救你。要是过了今晚，

任谁也不能将你变回原形。"

拓跋俊感激涕零，称谢后说："既然众神来救我，想必一定知道怎样才能拉开神弓？"

坚牢地神看着拓跋俊道，"这样吧，我们共同给你传功。"

坚牢地神与诸神一起将功力传给拓跋俊，他忽然觉得浑身有了从来没有的力量，这是一种洪荒之力，能移山填海、担山赶月。坚牢地神告诉拓跋俊，拉开神弓只要心存蛤蟆精的形象，目标就很明确。然后念动咒语，将神箭射出后，神箭会找到蛤蟆精将他一箭穿心。拓跋俊摘下山洞的神弓，想出蛤蟆精的形象，然后念动咒语一箭射出。

此刻，蛤蟆精正带着枣、梨仙子赴宴。蛇精见枣、梨仙子十分漂亮，寻思分明就是天仙下凡，也想得到。他正想怎么杀蛤蟆精，忽然飞来一支神箭，直穿蛤蟆精前心。蛤蟆精还没搞清是怎么回事，当下倒地而亡。蛇精要霸占枣、梨仙子，枣、梨仙子与之较量，不料蛇精法力高深，打伤了她俩。枣、梨仙子不敢再战，便向南长滩逃去。拓跋俊正寻妻子，忽见她俩被蛇精追赶，便弯弓搭箭射死蛇精。

枣、梨仙子与丈夫相见后，说自己不但身体受伤，而且已经伤了元神。元神受伤，很快就会失去法力。一旦法力全部失去，马上就会变成枣树、梨树。拓跋俊哭着问："请告诉我，用什么办法可以让你们保住法力，或者由枣树梨树恢复成人？"

枣花仙子哭道："要想我俩恢复人形，还需修炼。"

梨花仙子哭道："几千年后，我们有可能再成人形。"

枣、梨仙子感到马上失去法力，不能再多说话。她们不愿恢复原形长在山上，因为这里已被大火所烧，不仅土壤条件不好，而且气候极其恶劣。尤其山上没水，还要遭受风吹日晒雨打的蹂躏。她们抓紧时间跑下山去，当跑到靠近黄河的一个山湾时，已经变成了枣树和梨树。拓跋俊追去，抱住树木大哭。哭着哭着，忽然想到坚牢地神是大地之主，既然草木沙石、稻麻竹苇等皆是他的力量变化而成，肯定有办法让她们恢复人形。

可是，怎么找到坚牢地神呢？他想到了山神。既然山神促成他和两位仙子的婚姻，肯定有办法请到坚牢地神，于是去找山神。奇怪，原来的房子不见了，那个地方不过是一个土堆。忽想到他既然是山神，那么这个土堆想必是他管辖，于是向土堆求助。其实，这土堆不是山神，而是土神，他听到拓跋俊的求助，觉得理应帮助拓跋俊，于是找到山神，将拓跋俊的请求说了。

山神为拓跋俊的痴情和真诚所感动，立刻去求坚牢地神，坚牢地神叹着气说："不行，我虽为山河大地之主，但凡事都有因缘，也有定数，不能违背自然法则。枣、梨仙子之所以甘愿毁掉千年道行嫁他，是因前缘。现在尘缘已了，缘分已尽，自然要散。再说，枣、梨仙子说是仙，其实是妖。人妖殊途，怎能相配为婚？正因为人妖结合，这才导致劫难。不过，只要她们修得好，千年后还能恢复人形。"

山神不敢违背自然法则，如实告诉拓跋俊。从此，拓跋俊日夜守在枣树梨树旁。

千年过去了，枣树和梨树越来越多，整个南长滩到处是枣树和梨树。老人们说，也许枣、梨仙子正在另一时空与拓跋俊团聚。在南长滩，枣园、梨园里似乎还能感受到枣、梨仙子的气息。这里枣大，皮薄肉厚，味道甜美；软梨也酸甜可口，味道鲜美，感冒醉酒之人都喜欢喝梨汁。因枣梨沾着仙气，这里的枣梨名气很大，到这里的游客都要品尝。后人为纪念枣、梨仙子，便在这里塑了枣、梨仙子像。据说游人有什么心愿，枣、梨仙子都能帮人实现。

春天一到，这里田野村头，院里墙间，石缝角落，到处是杏花、梨花，趁着春风争奇斗艳，仿若一处人间仙境。

痴心不死

沙坡头的沙子真的会唱歌，它从遥远的过去唱起，一直唱到现在，而且还将唱到遥远的未来。它为何会唱歌？这里有个凄美的传说。

在久远的过去，沙坡头是一个美丽的地方，因这里的国王在桂树下出生，人们称为桂王。桂王励精图治，文治武功，很快朝纲大振，国泰民安，偌大的城池夜不闭户、路不拾遗。如是数载，声名鹊起，遂成西陲重邦，邻国为之侧目。

桂王城里，有个叫沙海的小伙子一直打光棍。有一天，他在林中救了一个女人，一问才知她叫花棒。她的丈夫柠条爱上了别的女人，将她休了。她觉得失了依靠，想到以后的日子比树叶子还多，便想上吊自杀。沙海救回花棒，不但每日劝她想开，还好好照顾她。渐渐地，花棒爱上了沙海，于是与沙海做了夫妻。

两人结婚后，多年没生一个孩子。沙海觉得从不亏人，为何老天不赐给自己儿女？眼看自己和花棒不能再下地干活，以后怎么办？两人商量了一下，干脆到当地的土地庙里求助神灵。说也怪，不久花棒便身怀有孕，后来生下一个儿子，长得很是端正。老两口老来得子，欢喜异常，起名沙漠。

沙漠长大后，对老两口非常孝顺，只要打来野味，便亲自做好端给他们，老两口乐呵呵的。渐渐地，沙漠到了成亲的年龄，可没有哪家闺女愿意嫁他。沙漠好像不太注重娶亲，每天只是下地种田，多打野味，日子只能勉强维持。很多有姑娘的人家，虽觉得沙漠倒是很可靠，但就是不愿让女儿嫁过去受穷。

有一天，沙漠上了桂王街，发现从路上轿子里出来一个比天仙还美的姑娘，当下看得发痴。姑娘从身边走过时，见他痴呆的样子笑了。这一笑，沙漠觉得灵魂依附在了她身上，竟跟着她去了。站在街上的沙漠，忽然昏倒。他虽被人救回，却昏迷不醒。经打听，沙海、花棒知道了原委。那姑娘叫黄河，是员外黄风的女儿。

老两口听说有个神婆灵验，便去求她，神婆说："沙漠的魂魄已依附在黄河身上，只有求黄河看他。只要她来，必然能活。"

老两口虽然很高兴，但又犯起愁来。人家是黄员外之女，想见她一面都难，怎么能让人家来这破烂不堪的贫寒之家？但为救儿子，他们还是来到黄员外家，苦苦向管家哀求。管家也很感动，不料进去一说，员外认为是无稽之谈，不让黄河过去。黄河倒觉得很稀奇，便背着父母带着丫鬟去了沙漠家。

当她踏进沙漠家的门槛，那沙漠竟然奇迹般的活了过来，并走出家门迎接。黄河一看，这正是那天看着自己发痴发呆的小伙子，以为他们是联合骗自己，便生气地走了。这一走，沙漠感到魂魄又随她走了。沙海、花棒明明见儿子活了，可又见他倒在地上昏迷不醒。没办法，便又去求黄河。但再怎么求，黄河也不信。七天后，沙漠浑身冰凉，一命呜呼。

沙海、花棒悲痛欲绝，想到儿子对自己特别孝顺，觉得随便埋了对不起他，就求了一具棺材，埋在大路旁边。奇怪的是，无论谁经过这里，都能听到坟墓里传出的歌声。大家感到奇怪，坟墓怎么会唱歌呢？而且唱得非常感人。柠条正好从此经过，因心存好奇，便掘开了坟墓。

柠条发现尸体已腐，只有心完好无损。而唱歌的，正是这颗心。柠条觉得如果拿心找个场地卖票，人们一定会争相来看。果然，他搭个棚子将消息散布出去，不少人觉得稀奇，都抢着来看。柠条很快暴富，来看唱歌的络绎不绝。这消息传到黄河耳里，她感到奇怪，便想知道情况。稍一打听，才知道是那个小伙子死后，是他的心在唱歌，便问唱的是什么内容，丫鬟说了大意，原来歌词是：

黄河啊！

你可知道我爱上了你？

自从那天见到你，

我的灵魂就依附在你身上。

我知道跟你不可能在一起，

但我却无法把你忘记。

爱你原本没有过错，

可你却认为我骗了你。

我期盼着能够再见你一面，

那时心儿才能死。

　　桂王听到觉得稀奇，便亲自来看。柠条见国王来了，不敢怠慢，忙迎进去。桂王听完沙漠的歌，便问那心："你是要见黄河吗？"

　　那心说道："是的，不见黄河心不死。"

　　桂王立刻下旨，令人找来黄河。奇怪的是，那心本来在对很多人唱歌，却在见到黄河后突然不唱了。看来，这心见到了黄河，真的死了。黄河对沙漠的痴爱很感动，便要跟柠条买这颗心。柠条是依靠这颗心致富的，本来不愿意，但他已经暴富，想到这颗心既然已死，心便没有用了，便犹豫着到底怎么办。

　　没想到，桂王对柠条下令道："那就卖给她！"

　　柠条道："不，我也为沙漠的爱情所感动，就把这颗心送给黄河。"

　　黄河很感动，带回沙漠的心。从此以后，黄河每天都守着心，对着心不断忏悔、诉说衷肠。员外黄风见上门求婚的人很多，可女儿无动于衷，想到根源是与沙漠的心有关，就乘女儿不注意，拿走那颗心，使劲扔向远处。

　　这时沙海、花棒赶来，大叫一声"慢着"，扑了过来。几乎是在同时，黄河也追了出来。只见那颗心落地后，大地变成了细小的沙粒。沙海叫了声"沙漠"，便抓起细小的沙粒哭泣，哭着哭着倒在地上，大地变成了一望无际的沙漠。

花棒也倒在地上，变成开着小花的树，后来人们叫它花棒。黄河的眼泪落下，随后倒地，变成奔腾汹涌的黄河。

黄员外一看，当下昏死过去，沙漠中便出现了一阵黄风。这黄风席卷过去后，员外则消失了。后来，柠条知道沙漠是花棒之子，来到沙漠看到花棒，也倒在地上变成一种随风摇曳的树，守护在花棒旁，人们视它们为情侣树，叫不开花的树为柠条。

令人奇怪的是，从此人们从沙坡头的百米沙山滑下时，就能听到沙子鸣响，当地人说，那是沙漠在唱歌。这就是沙漠、黄河、花棒、柠条、黄风的来历。"不见黄河心不死"，也就从此传开了。

摇钱树

很久以前，南长滩住着不少拓姓人家，其中一户叫拓万全。说是叫万全，其实做啥都不顺。种田收成不好，做买卖赔本。就连求人办事，不是对方不在，就是对方推辞。还有些事，总是踏不上点。他觉得，冥冥中有一种力量控制着一切。要说，他能说会道，想什么事都很周全，多少人都说他说话天花乱坠，谋事天衣无缝，但就是事与愿违。有些事明明即将成功，结果却是功亏一篑。人生短暂，哪经得起无数次折腾？

其实，他不明白：所求不得，反求诸己。意思是求别人没用，世界上没有救世主，事情不顺全在自身。到底咋了？诸事不顺孝道亏。他不仅不敬父母，还顶撞长辈。他有两个兄弟，由于他在分家上霸道，不仅气死父母，也将两个弟弟赶走。妻子劝他多存善心，可他非但听不进去，还把妻子打了一顿。

妻子气倒了，不久病情加重。拓万全觉得她没几天活头，没等咽气就娶了新媳妇。结婚这天，妻子生下女儿咽气了。拓万全将她葬了，女儿是自己的骨血，因见她长得白，就起名白牡丹。不过，新媳妇可不像前妻那样贤惠，不仅不照顾他的生活，稍有不满便摔碟子砸碗。仅仅半月，就把屋里砸得没剩几样东西。人家让他往东，他绝对不敢往西，还经常没饭吃。邻居说，这是他的报应。

一年后，新媳妇生下一个女儿，不仅奇丑无比，而且长得很黑。拓万全也不喜欢，便起名黑牡丹。新媳妇很是不悦，认为这是莫大的讽刺，但冷静一想，又觉得这事不能怪他，牡丹是他喜欢的花卉，女儿本来长得就黑，不叫黑牡丹叫什么？思来想去，觉得问题出在白牡丹身上，谁叫她长得白？因此，她天天用手掐白牡丹。不久，白牡丹浑身都是伤疤，还不给她喂奶。拓万全疼在心上，偷偷给女儿喂牛奶。

后来，白牡丹长到能吃饭时，后娘却不给她饭吃。偶尔给她一点食物充饥，黑牡丹吃的是白面条，而她只能喝面汤。等白牡丹长到 8 岁，就逼她干家务活，可黑牡丹却什么都不干。有时，白牡丹不小心摔了碗，便遭一顿鞭打。时间长了，浑身都是鞭痕。一次，白牡丹饿得实在难受，就偷了半个花卷，后娘将她毒打一顿，又将她绑在树上让蚊子叮咬。总之，白牡丹受尽了折磨，而黑牡丹却过着衣来伸手、饭来张口的日子。

白牡丹长到 12 岁时，个子不高，人饿得极瘦。有时刮不大的风，她也站不住。要是风大点，她就被吹走了。拓万全看着女儿偷哭，想到过去父母对自己那么好，竟然那样对父母。又想到不该霸占家产，赶走兄弟。他带着白牡丹到前妻坟上大哭。媳妇知道后，拿了木棒打他，因拓万全见了跑开，便抓住白牡丹打。他不忍心，便跑来跪倒，任由媳妇鞭打。

媳妇将他打了一顿，要他发誓再不到坟上哭。他不肯发誓，媳妇又打他时，忽然坟旁起了旋风，迷了她的眼睛。她以为是丈夫的前妻作祟，忙跪倒求饶。拓万全很吃惊，认定前妻保护自己。后来他偷偷来到坟上，向前妻忏悔。又想到父母生养自己不易，特别是想到小时父母的疼爱，而自己竟然不孝，于是又去父母坟前忏悔。奇怪，这一忏悔，天空忽然下起雨。

打白牡丹记事开始，就没吃过一顿饱饭，她多么希望能吃上雪白的馒头啊！不久，家里的老牛产下一个牛犊，她高兴地去照料，这牛犊竟然亲热地咬住她的衣服，用舌头舔着她的脸。不知为啥，她觉得这牛犊好可爱，便抱住它的头，牛犊流下泪来说："我的好女儿，你受苦了。"

白牡丹惊奇地说："你怎么说话了？我是人，怎么能是你女儿？"

"我就是你母亲！因为我见你常遭受折磨，所以投生为牛来保护你。"

白牡丹惊喜地道："是真的？"

"是真的。从今天起，你每天都可吃到雪白的馒头。"

"在哪儿？"

牛犊当下拉下牛粪，奇怪的是这牛粪一落地，竟然变成了雪白的大馒头。

白牡丹谢了牛犊，然后吃起大馒头。她感到这馒头有麦香的滋味，还特别有嚼头。最后竟然吃得肚子都鼓起来。以后，她就天天来吃馒头，身体逐渐健壮，人也变得越来越美，不但身材婀娜多姿，而且眉如弯月，眼若水晶，牙似白玉，气质高雅，就像是大家闺秀，甚至还显得华贵脱俗。

黑牡丹看了很嫉妒，觉得自己不但奇丑无比，还长得黝黑。这且不说，自己比她吃得要好不知多少，她不但吃不饱肚子，还全喝面汤，清汤寡水，按说应该很丑，可为什么会这样？想想自己，不管咋吃都骨瘦如柴，尤其一说话，嘴里还喷臭气。黑牡丹想搞清其中的原因，她的母亲也觉得纳闷，便对黑牡丹说："你去跟着她，看究竟是谁给她好吃的。"

黑牡丹见白牡丹去干活，便悄悄跟踪过去，见白牡丹进了牛棚，便藏在墙后的缝隙处偷看，发现牛犊拉出雪白的馒头，白牡丹拿起馒头就吃。她觉得太不可思议，牛犊拉下的应是牛粪，怎么会是馒头？她不信这是真的，但又是亲眼看见，便对母亲说了。母亲以为女儿说谎，亲自去看，发现白牡丹正吃馒头，便冲了进去，将她的馒头夺过扔在地上踩扁，又让牛犊给自己拉馒头。

可是奇怪，牛犊拉下的不是馒头，而是牛粪。她勃然大怒，拿起皮鞭乱打。白牡丹认定牛犊就是母亲，挡在前头保护牛犊，身上挨了不少皮鞭。从此，后娘让牛犊干最苦最累的重活，还让黑牡丹在一旁监督。白牡丹很不忍心，每次都乘黑牡丹打瞌睡，偷偷让牛犊歇息。有几次，白牡丹让牛歇息，黑牡丹拿了皮鞭没命地毒打白牡丹。牛犊看在眼里，泪水流个不停。

有一次，黑牡丹又要打白牡丹时，牛犊忍无可忍，一头将黑牡丹顶倒在地，要用牛蹄去踩，用牛角去顶。显然，牛犊已经豁出去了。黑牡丹惊恐万状，爬了起来，见牛眼里喷射出愤怒的目光，也很害怕，跑回家对母亲说了。后娘大怒，立刻拿了绳子、刀子，又骂着让丈夫同去，要他杀了牛犊吃肉。拓万全不敢不同意，要杀牛犊时，白牡丹跪倒说："爹爹，要杀就杀我，不要杀我母亲。"

拓万全以为女儿吓糊涂了，愤愤地说："它是牛，你胡说什么？它是畜生，差点要了你妹妹的命，应该杀了。"

"不，她就是我母亲。"

拓万全见牛犊用哀求的眼神看自己，眼里有泪，觉得这牛犊跟自己很亲切，便扔下刀不杀。后妻骂骂咧咧地拿起木棍，乘牛犊不注意打在牛犊腿上，牛的一条腿当即断了。牛犊虽然倒地，但却挣扎着要站起来，她又连续几棍打去，将牛腿全部打断，然后与黑牡丹一起杀了牛。白牡丹抱住牛犊大哭，后娘却很得意，竟然剥了牛皮当褥子，又将牛肉炖烂要全家吃。

拓万全倒是吃得很香，但白牡丹认定牛就是母亲，说什么也不吃。后娘相信这牛犊就是白牡丹的母亲，不然为何给她拉馒头，而给别人拉牛粪，于是将白牡丹绑了，强行给她嘴里喂肉。白牡丹不张嘴，她就用火钳撬开她的嘴强塞进去，但她却不嚼，并吐了出来。后娘大怒，拿皮鞭打她，用针刺她，用烙铁烫她，用辣椒水呛她。无论怎么折磨，她就是不吃。拓万全虽然万分不忍，但一点办法也没有。

黑牡丹说："妈妈，既然她认定牛犊是她母亲，干脆给她灌汤？"

"对啊！"后娘像是醍醐灌顶，立刻说，"她可以不吃她母亲的肉，但可以喝她母亲的汤。"

后娘给白牡丹强行灌了肉汤，得意地说："喝汤跟吃肉一样，你已吃了你母亲。"因牛肉多，就是吃好多顿也未必能吃完，后娘又说："反正你已喝了肉汤，何不吃上一块肉？你若吃了，我就放你，不然我就将你吊在树下，任由蚊子咬你！"

后娘见白牡丹闭上眼睛流泪，便和黑牡丹将白牡丹的衣服用剪子剪为碎条，然后将她吊在院内的树下，任由蚊子叮咬。拓万全多次哀求，但不起作用。他见女儿身上落得全是蚊子，便为她驱蚊。媳妇大怒，将他吊起来，没有半点仁慈之心。到了半夜，黑牡丹觉得不忍，出来要放父亲，却被母亲呵斥进去。拓万全后悔到极点，决定将她休了！

白牡丹被数也数不清的蚊虫叮昏过去，朦胧中见一个女人走来说："好女儿，你受苦了。"

白牡丹疑惑地问："你是谁？"

"我就是你母亲啊！"

"妈妈，女儿对不起您。"

"别说了！这悍妇心狠手辣，虽然杀得了牛身，但杀不了我的真性。人在屋檐下，不能不低头。你不低头，照这样折磨，八成连命也没了。这样吧，你干脆答应吃肉，她们就会放你。"

"不行，您是我的母亲，女儿怎么能吃您的肉？"

"好女儿，做过牛的母亲已经死了，但我的真性没死。你吃的只是肉，不是我。即便你不吃，她们也会吃，何必受这种折磨？"

"女儿不忍心，那样是大不孝，会遭天谴。"

"放心。你答应吃肉，只吃一块就行。不过你记着：吃了肉就回到房间，只要把肉吐出来，那里就会结出一树红杏，以后你就吃红杏。"

白牡丹醒来，见夜已很深，星星在头顶闪烁，想想梦中的话，便答应吃肉。后娘听到她答应吃肉，解恨似的端来肉，将她放下让她吃肉。她吃了一块，就感到恶心。后娘笑着，而她却捂着嘴跑回房间，"哇"的一下将肉吐出。奇怪，地上长出一棵矮小的杏树，上面结着十个熟果。她摘下吃了，不一会树上又结出十个果子。

神奇的是，每天她吃掉果子，树上不多不少就又挂上十个果子。从此，她每天靠杏子充饥，如是过了一年，黑牡丹见姐姐比以前气色还好，更加嫉妒。想到每天还是让她只喝面汤，偶尔给她窝窝头吃，怎么还是很漂亮？莫不是又有什么稀奇古怪的事？她想解开其中的谜底，就偷偷来到白牡丹窗外，用指头蘸了吐沫，把窗户纸捅开一个小洞去看，只见姐姐正摘杏子吃，便回去对母亲说了。

此时，后妻已经因为丈夫要休她有些害怕，便背着丈夫拿了斧头，冲进白牡丹的房间将杏树砍倒。白牡丹一看，伤心地大哭起来。拓万全进来一看，愤怒地打了后妻一个耳光道："坏女人，老子不要你了，你滚！"

后妻不敢再像以前那样放肆，忙道："为妻错了，以后再不敢了。"

拓万全看了一眼黑牡丹，黑牡丹忙跪倒说："您饶了母亲吧，以后我和母亲都会对姐姐好。"

拓万全饶过后妻，后来只要拓万全在，后妻就对白牡丹好。白牡丹到了16岁，王员外有个儿子王沁荣，打听到南长滩的拓万全有两个女儿，其中一个长得很漂亮，便请人说媒。男大当婚，女大当嫁，拓万全觉得女儿能嫁有钱人，是好事，忙不迭地答应了。后妻知道王员外家财万贯，怎么能让白牡丹去享福？

迎亲这天，后妻偷偷在白牡丹饭里下药，让她昏睡过去，却让黑牡丹坐轿子出嫁。到了王员外家，黑牡丹顶着盖头与王沁荣拜天地。白牡丹醒来，见娶亲的人已走，知道必是后娘让妹妹顶替自己，便跑到县城找到王员外家。王沁荣进了新房，将红盖头掀开，一看面前的女人不仅黑，而且丑陋不堪，吃惊地问："你是谁？"

"我是白牡丹啊！"

"胡说！你是黑牡丹。"

"不错，我是黑牡丹。我们拜了天地，就是夫妻了。"

王沁荣怒道："谁和你是夫妻？你以为你和你娘折磨白牡丹的事我不知道？像你这样恶毒的女人，怎么能做我的妻子？"

黑牡丹自小养成娇纵的脾气，一怒之下将灯盏打倒。新房里全是易燃的布料，当即被点燃。王沁荣连忙灭火，但火势很大，怎么也灭不了，很快大火就向四周蔓延起来。这时吹来西北风，风助火势，火借风威，所有的房子都烧着了。王沁荣忙逃出新房，见院内的亲友都在逃难，便逃到了街上。

白牡丹跑进县城，在街上见有一处火光冲天，便向这边跑来，却与刚刚跑出的王沁荣碰在一起。双方道歉时，白牡丹见他穿着新郎服，已有预感。王沁荣见她长得漂亮，便问她是谁？双方一说，才知道彼此是对方要找的人。这时，王员外也跑上街，见儿子正跟一个女人说话，便跑来问："好端端的，怎么会燃起大火？"

王沁荣将情况一说，王员外觉得黑牡丹实在可恶，必须休掉。这时，不少人也已跑上大街，王员外看着家产被火烧毁，心都碎了。黑牡丹从大火中

跑了出来，见白牡丹正跟新郎站着说话，吃惊地道："你们？"

白牡丹说："这就叫机关算尽，枉作聪明。"

黑牡丹想想的确如此，而王沁荣也说已将她休了，便羞愧地说："是啊，这都是我的错。"转身撞在墙的一个拐角。她的母亲远远看见，撕心裂肺地大叫一声"女儿"，扑了过来抱住女儿，见她已经死了，便站起身来指着白牡丹说："是你害了我女儿，我杀了你！"说着扑了上来。

拓万全赶来喝道："住手！你想干什么？"

后妻看着拓万全道："女儿死了，是死在她手，难道你无动于衷？"

"这叫多行不义必自毙，与任何人无关！"

后妻当下呆了，见丈夫再度硬气起来，不再像以前那样忍气吞声，听任自己摆布，尤其见女儿死了，所有的希望没了，于是退后两步，忽然转过身去，也撞墙而死。王沁荣觉得恶人自食其果，看着白牡丹说："对不起，我现在已经变成了穷人，没法娶你了。"

白牡丹说："不，我嫁的是人不是钱。有钱虽能带来快乐，但未必能幸福。那些有钱人，没见都是幸福的。当时媒婆上门，我就说嫁的是你，而不是你的家产。既然这里家产没了，就跟我到南长滩吧？"

王员外一家来到南长滩，在白牡丹家里举办了婚礼。有一天，白牡丹做了一梦，梦见后娘和黑牡丹说，她们生前作恶多，无以为报，愿意化作摇钱树报答，要她天亮去梨园东南角，就可看到一棵树上挂满金钱。不过，每年所结的钱是 100 个金元宝，16 年后便不再结金元宝。白牡丹醒来，将梦境如实说了，王沁荣说："不知是不是真的？"

"我相信一定是真的，过去母亲以牛犊之身保护我，还给我馒头吃。虽然为保护我而被杀了，但她却变成杏树，每天都能让我吃饱。"

"既然这样，咱们看看去。"

两人到了梨园，果然找到那棵摇钱树，只见上面结着 100 个金元宝。夫妻两人特别高兴，一摇树，树上的金元宝便落下来。金元宝一落下，树便消失了。第二年，摇钱树又出现了，当地人发现它，无论怎么摇，金元宝也不落。

有人去摘，不仅摘不下来，还摔得腰断腿折。当白牡丹一摇，这金元宝落下后，树便又消失了。

看来金元宝是他们的，别人拿不去。王沁荣想起白牡丹的那个梦，疑惑地说："为什么摇钱树只结16年，而不是永远结金元宝？"

白牡丹说："也许是她们折磨了我16年。"

有一天，拓万全的两个弟弟从外地回来，非常落魄，拓万全觉得很对不起弟弟，就向他们做了深深的忏悔。过了几天拓万全梦见前妻出现在面前说："如果你在拓氏宗祠放置我的画像，满100天我们就可团聚。"

拓万全马上找个画师，叙述了前妻的相貌，画师画出前妻像，他将前妻的画像供奉在拓氏宗祠里，每天上香。也许是诚心感动上苍，100天后妻子果然活了，而摇钱树在结了16年金元宝后，再也不见了。

王沁荣感悟到很多，把金元宝分给身边的穷人。这样做，自己非但没穷，反倒做什么事都顺风顺水。尤其在生意上，真可说是一本万利。没多久，他们就成了当地最有钱的人。后来，走丝路的商人经过这里，只要有困难，他总是慷慨解囊。在他临终时，给儿子留下八个字：诚实守信、公平正义。

花蛇仙子

传说很早以前,南长滩的大山里有很多蛇,这些蛇历经千年的修炼成精。有的兴风作浪,祸害世人;有的却很善良,帮助世人。作恶的,不是遭雷击,就是被除去;善良的,就期望与人相处。其中一条花蛇成精,经 800 年修炼幻化成人。她发现南长滩是世外桃源,人们过着无忧无虑的生活,决定在南长滩继续修炼。

这里有个年轻人叫拓英迪,幼年失父,童年丧母,是奶奶将他抚养成人,只因家境贫穷,一直没上学。他每天上山牧羊,回家喂猪。有一处山洼,草木非常丰盛,他经常赶着羊群到那里吃草。也怪,这些羊都跟他有了感情,似乎只要出去,总是顺着他的意思吃草,并不乱走。

拓英迪到了 20 岁,还没娶上媳妇。南长滩有个不成文的规矩,男子到了 16 岁是理想的婚龄,当然也有提前的,但像他这么大的实属少数。不过,他为人憨厚老实,倒也深得老人的喜欢。附近有个姑娘叫菊花,到了 20 岁尚未嫁人。菊花是因性格刁钻,凡事都要顺她心意,否则张口就骂,动手就打,因此没人敢娶。

菊花的父母为女儿的婚事操碎了心,但没人上门提亲总不能硬把女儿送上门去。因见拓英迪 20 岁没娶,自己的女儿 20 岁没嫁,便托人去见拓英迪的奶奶。奶奶一听人家的女儿愿嫁过来,并且不要彩礼,便叫来孙子说:"英迪啊,你也不小了,别人都已成家生子,可你还没有。菊花家来人说,菊花愿意嫁你。"

拓英迪说:"奶奶,我不要!"

"为啥?"

"人们说她脾气坏，我怕娶了对奶奶不好。"

"只要你们两个好，奶奶受点气也没啥。奶奶是有今天没明天的人，也许哪天一口气上不来，就回老家了。只要奶奶还睁着眼睛，就不能看着你打光棍。"

"要是气死奶奶，就是孙儿的罪过。既这样，孙儿即便是打光棍，也不能让奶奶受气。"

"你有这颗善良的心，相信会有好报。不孝有三，无后为大。列祖列宗在九泉之下看着呢，你不结婚就是最大的不孝。"

在奶奶的劝说下，拓英迪觉得最大的孝就是顺从老人的心愿，便答应了。菊花虽没人要，但她不愿嫁拓英迪，她说他太老实，三棍子打不出一个屁，没出息。老人说，正因为他老实，嫁过去才不受气。要是嫁个厉害人，两人都要占上风，还会有好日子吗？

菊花一想有理，双方择良辰吉日，把婚事办了。结婚这天，花蛇仙子隐身，看着拓英迪拜天地，觉得很是有趣。忽然发现拓英迪熟悉，用法力追踪，才知道他在 500 年前救过自己，决定报恩，于是在他家打个洞安家。菊花养成了骂人打人的毛病，不久把奶奶气死了。花蛇仙子很愤怒，觉得这女人可恶，就让她莫名其妙地走路跌跤，吃饭打嗝。不料这么一来，她把火气全撒在拓英迪身上。

自拓英迪娶来菊花，天天受气，没一天好日子过。但兔子急了也咬人。5 年后，拓英迪见菊花还没怀孕，想到她不仅气死了奶奶，还骂人打人，要是继续凑合着过，还有啥活头？便将她休了。花蛇仙子便在拓英迪外出后帮着他照料家务，他回来就能吃到可口的热饭。

时间长了，拓英迪觉得纳闷，是谁给我照料家务，并给我天天做饭呢？思来想去，觉得别人没来由这么做，有可能是菊花。寻思我休了你，你才知道后悔，想用这种方法来讨好我。对不起，我受够了你的气，不会领情。俗话说，江山易改，本性难移。如果我心软了，你还天天欺负我，我不是让你戏弄了？就这样，花蛇仙子每天帮他做饭洗衣，目的只是报恩，并不现身。

这天，拓英迪上山放羊，见猎人打了一只九尾狐狸，特别漂亮，又见九尾狐狸泪眼汪汪地看着自己，便求猎人放生。猎人不肯，说是除非拿三千贯钱给他，不然他就拿到菜市场去卖。拓英迪知道卖到菜市场，九尾狐狸必死无疑。可自己除了有 50 只羊，哪有三千贯钱？于是跟猎人软磨硬泡，猎人说："这样吧，看你也是个善良人，我也不跟你多要。你用 10 只羊来换如何？"

"10 只就 10 只，只要能救它。"

拓英迪拿 10 只羊换回狐狸，当即放了。狐狸跑开了一段路，又回头看了他一眼，这才跑得无影无踪，猎人说："小伙子，你太善良了。"

拓英迪见猎人是中年人，便说："大叔，既然您这么说，我想求您不要杀这 10 只羊。"

猎人不解地道："羊是我的，我想怎样就怎样，为何不能杀？"

"我知道您打了九尾狐狸，卖给菜市场肯定要杀。我想救它，但我没钱，只好用你提出的 10 只羊来换。如果您杀这 10 只羊，等于我杀它们。您一杀，不仅您造杀业，连我也造杀业，那可是活生生的 10 条命啊！"

猎人感动地说："好吧，既然你这样说，我就把羊还给你。如果在我手上，我不但不能杀它吃肉，还要天天浪费饲料喂养，有什么意思？"说至此，忽然不解地说，"哎，我不明白，既然你不杀生，卖了又怕别人杀，那你养它们干什么？"

拓英迪道："陪伴我啊！你不知道它们很可爱，虽然不会像人一样说话交流，但它们通人性。尤其是，它们不是也叫'妈'吗？听到这种叫声，你还能忍心杀它？"

猎人摇着头笑道："傻得可爱。好啦，既然你不杀生，我成全你好了，祝你好运。"

"大叔能放生，也必有好运。"拓英迪回家一进屋，见有个漂亮姑娘在家做饭。这姑娘很陌生，看样子还是大家闺秀。不，不是大家闺秀，大家闺秀也没这么漂亮，分明就是仙女下凡，可仙体不踏凡地，仙女怎么会到我家？其实，这就是花蛇仙子，她幻化成美女模样，目的是给恩人做饭。花蛇仙子没想到他会这么早回来，慌乱地要离开，拓英迪拦住她问："你是谁？"

此刻，花蛇仙子红了脸，只见她低着头说："我是香山深处一户人家的女儿，叫佘静。那日我跟家人来到这里，见你可怜，就跟家人分手，说明我的意思，便住下来照顾你。"

"这——"拓英迪不自然地说，"男女授受不亲，要是别人知道，很不好。"

"没关系！"花蛇仙子看着他说，"别人是不会知道的。我每天住在隔壁，只要能照顾你，我就很开心。"

拓英迪本来老实，当下道："这么说，这些日子都是你给我做饭？"见她微微点头，又大着胆子说，"我们素不相识，你为啥照顾我？如果喜欢我，咱们结为夫妇？"

佘静说："只要你愿意，我很高兴。"

就这样，拓英迪与佘静生活在一起，村里人见拓英迪忽然有了新媳妇，便纷纷过来打听。这消息传到菊花耳里，菊花冷笑道："像他那样的人，居然还有人爱？我看，八成是看上了他的那群羊。"

三个月后，拓英迪忽然昏迷不醒，佘静不知他得了什么病，吓得不知所措，忙请郎中号脉，郎中吃惊地说："他这是得了邪病，八成是有妖精近身了。看样子，他活不过三天了，如今只是维持着一口气。这口气上不来，就完了，早点准备后事吧。"

佘静这才知道人妖有别，当时她只想报恩，没想到会跟他生活。三个月来，她认为有800年道行，不会伤害他，没想到是自己害了他。一日夫妻百日恩，百日夫妻比海深。她跟他已有感情，怎能看着他死？何况自己并没报答完他的大恩，相反倒要了他的命，怎么可以？

佘静立刻找到母亲求助，母亲虽说比她道行高深，但也强不了多少。不过，母亲告诉她：这大山深处有一只修行300多年的九尾狐狸，每晚幻化成人形，不仅白天采日精，晚上采月华，而且还到附近的道观听道人讲经说法，打坐炼丹，如果能得到她的内丹，一定可以救他。佘静未等母亲说完，便要去求，母亲叫住她说："别急，这事得想对策，那狐狸未必答应。"

"为什么？救人一命，胜造七级浮屠。"

"可是，内丹只有一颗，如同生命。失去了内丹，也就失去了生命。"

佘静大惊道："要是这样，她肯定不给。"

"这是肯定的。但要救他，必须得有这颗内丹。我看要不这样，我们先去求她。如果她愿献身，那是最好不过。要是她不答应，我们只有抢夺。"

"有把握吗？"

"几乎为零。"

母女见到狐狸精说明来意，狐狸精说："真是可笑！你们也是修行的，如果我要你们的命，你们愿意给吗？"

佘静道："我当然愿意！"说至此，泪水"刷"地流了下来道，"在500年前，他曾救过我一命。我一直想报恩，但不知他的下落。这一世，本来我是去报恩的，没想到与他做了夫妻。哪知我道行不深，妖气太重，使他得病，要因我而死。如果我能救她，就是要我死，我也毫无怨言！"

狐狸精大受感动，看着佘静说："是啊！有恩不报，还修什么行？我也曾被一个牧羊人救过，一直想着怎么去报答他。"

佘静问："什么牧羊人？他叫什么？"

"他住在南长滩，是个老实的牧羊人，叫拓英迪。"

"哎呀，他正是我丈夫啊！"

狐狸精猛地一愣，来回走了几步说："我去看看，也许还有别的办法！"

狐狸精与花蛇仙子母女来到南长滩，进屋一看，只见拓英迪躺在炕上一动不动，气若游丝，随时会死。狐狸精想起他救自己的一幕，觉得他能用10只羊来救自己，自己怎能看着他死？于是从口里吐出内丹要给他喂下，佘静阻止住她说："好姐姐，你说过这内丹是你的生命，失去了它，就等于失去了生命，可你为何还要这样做？"

狐狸精说："那我问你：如果他死了，你会怎么办？"

"立刻自杀！"

"这就对了！"狐狸精看了一眼内丹说："难道只许你为他献身，就不许我为他献身？如果他死了，我也会死。"说完将内丹喂进拓英迪口中。

佘静跪倒在地说："谢谢你，好姐姐。看来，我们只有来世再见了。"

狐狸精说："表面上看，我确实死了，但我的生命是融进内丹的。内丹即是我，我即是内丹。我进入他的身体，就和他合二为一了。以后，他既是你丈夫，也是你姐姐。他不仅保持了他原有的憨厚诚实，还又多了我的应变智慧。"

过了一会，拓英迪醒了过来，只见身边站着妻子和另外两人，感到纳闷。佘静流着泪将真相如实告诉他，他一听，立刻跪倒在狐狸精面前说："多谢你救我。只是你救活了我，而你？"

"别说了，失去内丹我已没了法力支撑，过一会儿就会死。不过你别悲哀，这边死那边生，随后我就与你合二为一，成为一体。"

拓英迪道："可是，你却失去了本有的自我与我同体，岂不委屈了你？"

"别这样想，为你献身我心甘情愿。我们合为一体，看似我已不存在，但你中有我，我中有你。你会比原来更强大了，也更富有智慧、富有灵性。"

有一天，拓英迪见几个官差给所有的无妻男子正在分发花种。原来，国王要为三公主招赘驸马，说谁拿发给的花种培育出全世界最美的鲜花，就把三公主嫁他。拓英迪得了花种，不敢不遵，便种进花盆。一个月过去了，花种连芽都没发。三个月后，人人捧着最美的花交给官差，只有拓英迪捧着一个带土的花盆。

官差认定拓英迪戏弄皇上，便将他抓了起来，要送到皇宫由皇上发落，并挑选出捧着鲜花的 3 个人一并带到京城。皇上见全国各地有不少男子捧着鲜花，独有拓英迪被差官捆绑，便问："他是怎么回事？"

差官道："别人都培育出最美的鲜花，他非但没有鲜花，还捧着一个没有花苗的花盆。分明就是抗旨不遵，无视皇权，故而抓来问罪。"说完，将拓英迪的花盆拿来说，"皇上请看，这种人就该推出午门斩首。"

皇上看了看花盆，刨开土见种子还在，便笑道："放开他，他就是朕的驸马！"

文武大臣都一愣，不明白皇上为何这么说，官差不解地问："陛下，您不是说谁培育出全世界最美的鲜花，谁就是驸马吗？他纯粹就没用心培育，带着有土的花盆来不是戏弄皇上吗？"

皇上说："朕是这么说了，但谁说说朕为什么这样做？"

官差说："皇上之意，是看谁重视皇上的旨意。"

有一个大臣说："臣也知道。其实，皇上的意思是看谁用的心思多，肯定花就娇艳。"

另一个大臣说："是的，连花都培育不好的人，怎么能当公主的护花使者。"

大臣们争先恐后，纷纷发表意见，虽然各有不同，但意思大致相近。在大臣抢着发表意见时，皇上什么也不说，只是认真听着，并且还微笑着，最后见没人说了，便问："谁还有不同意见？"

大臣们以为没有说对，又揣摩着皇上的用意，改变原来的说法。不管怎么改变，都认为这是皇上在考验育花人究竟是不是与花有缘。凡有缘者，花必旺；无缘者，花必衰。如果连花都培育不出，那肯定是花的克星。花代表公主，只能嫁给与花有缘者。至于花的克星，必须杀掉。

皇上还是没说自己的看法，再问一遍，大臣们又改变一种说法。连续多次，大臣都能说出新的花样。皇上看了一眼那个花盆，让差官将花盆举起来说："你们说这盆花为何没出苗？"

众臣说："他没用心培育。"

"胡说！"皇上恼了，看着众臣说，"你们整天就知道揣摩朕的心思，难道朕说什么都对？也许朕放了屁，你们都会说香。是不是香，你们全都清楚，为什么不说实话呢？告诉你们，朕发的花种都用大锅煮熟了。煮熟了的花种，还能长出苗吗？"

众臣和无妻男子一听，谁也没想到这一点，全都看着皇帝。皇帝看着拓英迪说："你是这世上最诚实的人。"又看着众臣说，"朕明白了，怪不得朕每到一个地方，看到的都是丰收景象，可实际呢？朕看到的是假象！这样下去，朕还能看到多少真的？听到多少真的？长期下去，国家还怎么治理？"

众臣这才明白，原来皇上是检验谁诚实。其实，不少官员早就知道，皇上给的花籽是煮熟的，根本不能出苗。但每个官员都在琢磨皇上的用意，觉得皇上既然要看全世界最美的花，肯定是看谁的应变能力强。花籽煮熟不能出苗，难道不能换个花种？有的官员的公子，甚至种了数千盆花。

皇帝便招拓英迪为驸马。公主觉得他是善良人，也很爱他。他们虽不是形影不离，但却心心相印。那佘静自离开拓英迪，总是惦记他，于是来到京城，不料正赶上京城周边染上罕见的瘟疫，几个大臣治理疫情非但没有控制住，反倒蔓延到京城。皇上大急，便令拓英迪治理瘟疫。

佘静不能现身，只能暗中帮忙。她用神通法力，很快消灭了瘟疫。皇上觉得驸马很有本事，更加看重。有几起无头大案，一年多了未破，皇上便让拓英迪接手。佘静又在暗中帮忙，将大案在短时间内破获，一干人犯全部押入金殿。皇上觉得这个女婿很有能力，封他为王爷。菊花得知拓英迪做了大官，便去见拓英迪，说自己错了，只要收她为妾，就很满足了。

拓英迪冷笑一声，令人端来一碗水，又给菊花一个空碗说："念你曾是我妻，我就给你机会。我把这碗水泼出去，如果你能将水接到碗里，我就答应。"说完将水泼出。菊花哪能错过机会，奋不顾身地扑过去接水。哪知那碗水泼出后迅速落地，当下就渗入土中，连一滴水也没接到。菊花明白了，覆水难收，便转身离开。

天赐财富

明朝末年，北长滩住着一个叫童蕾的年轻人，因家境清贫，为改善家境便去走丝路，不料出门后几年没有回来。老婆童氏倒是善良人，对婆婆孝顺，每当做好饭先端给婆婆吃。出门干活，就给婆婆打招呼，回到家也要问候婆婆。到了冬天，总是把婆婆照顾得不让受冷。有了病，则跑到大山之外求医问药，从不怠慢。邻居说，她对婆婆比生母还孝。

一天晚上，童蕾忽然回到家，显得很狼狈。童氏知道丈夫遭遇不幸，并不责怪。童蕾告诉他，他是带货物去西域，结果路上遇到土匪。土匪逼他为匪，他只好答应。不过虽然为匪，但没抢过人，只在监视下做饭。几年后，土匪抢了一个富商，是他求情保下富商的性命。富商逃走后报告给官府，官府带兵杀了土匪，富商又向官府求情，救下了童蕾。

童蕾见母亲被照顾得很好，便打算再走丝路，童氏怕他再遇风险，便说："别走了！咱家的日子虽穷，但还能度日。要是你丢了命，你让我们咋活？"

孩子也哭着不让他走，他想到走丝路确实危险，便每天与老婆耕种家里的几亩荒地。没想到，等庄稼收成时，忽然从西边来了无数遮天蔽日的蝗虫，将庄稼吃得所剩无几。等给员外交掉租子，就没多少了。一家人省吃俭用，每年都盼来年，但连续几年都出现蝗虫，人人都饿得皮包骨头。

童蕾见老婆对母亲依然孝顺，但考虑到负担太重，如果不想办法，全家都得饿死。他见孩子饿得发晕，连走路也跌跌，觉得母亲年岁大了，迟早会死，要将母亲扔掉，这样少掉一张口，就能减轻负担。于是找来笺筐，用扁担一头挑上母亲，一头挑上孩子出门。母亲知道儿子的用意，觉得只要儿孙能活，自己早死早好。但她发现儿子将她挑得很远，生怕他回家时迷路，就在经过每棵柳树时折下柳条扔掉。

童蕾将母亲挑进深山，扔下母亲带上孩子要回，没想到母亲说："孩子，如果迷路就找柳树。柳树下扔着柳条，顺着柳条走，就能回去了。"

童蕾当下心软，觉得母亲临死还想着自己，可自己非但不报母恩，还要杀母，世上有比这更残忍的事吗？他的儿子见奶奶坐在箩筐里，便说："爹爹，把箩筐带回吧。"

童蕾道："为啥？"

儿子道："等我长大，也用它把你挑到这里扔掉！"

童蕾恍然大悟，这等于是自己在教儿子以后扔掉自己！再说母亲生养自己，应该孝敬，而自己却干缺德事。他跪在母亲前忏悔罪过，然后将母亲挑回家。因为惭愧，便和老婆一起孝母，哪怕只有一口吃的也给母亲。邻居都说："真是好人！可惜老天为啥要让好人受穷？到底上苍有没有眼睛啊！"

这天，亲戚家娶媳妇，童氏把家务事交给丈夫，一个人前去祝贺。说是祝贺，其实并没带贺礼。吃饭时，别人都在吃，她却不吃，只用筷子拣出肉来装进衣兜。都是亲戚，大家不好说什么，到最后不得已问她原因，她说："婆婆已几年没闻到肉味了，我带些回去孝敬她。"

主人很感动，给了一只熟鸡让她带回去给婆婆。童氏到了半路，忽然觉得内急，便找个地方拉屎。可是，手里拿着鸡，怕放在地上弄脏，便叼在嘴里。解手后一起身，赶巧有人经过，她一惊叫，嘴一松鸡掉屎上。她觉得犯了大错，将鸡拿到河边反复洗，不知洗了多少遍。带回鸡后，她将鸡再次烧热，撕给婆婆吃了。

忽然，天上雷声大作。她立刻出去，见天边卷来厚重的黑云，那震耳的雷声仿佛就在头顶。她大吃一惊，认定是上天要雷击她。她抱着忏悔的心理对苍天说："老天，我不是有意的。如果真要雷击我，请让我离家远点，不

然婆婆看见会伤心。"

童氏祷告着一路向西，到了榆树台时，忽然一声巨响，电光向她身边劈来，她当即昏倒在地。不知过了多久，她醒来时，见身旁的榆树被雷电连根拔起，在榆树被拔起的坑里有三坛金子、三坛银子。此时她才知道，是老天被她的孝心感动，特意给她赐财富。人们知道这事后，懂得孝敬老人能感天。这一带的人，从此变得更加善良，后来出了不少大人物。

忘恩负义

　　中卫自古就是文化大县，有"秀才、美女、酸辣汤"三绝。在过去，秀才就指读书人；美女指的是长相俊俏的女人；酸辣汤呢，不是人们理解的一盆酸辣汤，而是指美食。因中卫是北丝路的驿站，好吃好喝的在中卫都可以吃到，所以有"金张掖、银武威、想吃特色到中卫"的说法。但现在，中卫三绝发生了变化，乃是"秀才的好文章、美女的花衣裳，饭后的酸辣汤"。

　　不管是怎么一种说法，从古到今中卫肯定出过很多文化人。据说，清朝时中卫有个陈秀才，不光写得一手好字，也能写出锦绣文章。但他觉得要改命运不能光靠自身的本事，还得让冥冥之中的神秘力量助力才行。于是，他就请一个当地的高人来，高人说："中卫这个地方，确实有块宝地，但我不能对你说。"

　　陈秀才不解地问："为什么？"

　　"因为好风水都是有德者居之。福人居福地，福地福人居，惟有德者才配拥有。如果我说了，因泄露天机老天会让我瞎眼，而如果被你占据，假如你的德行不够，我的罪过更大，不光瞎眼，还会受尽种种折磨。"

　　"你放心，我家祖上有德，我也经常积德行善。你把最好的地方告诉我，不就是替天行道吗？上天留下宝地，就是要借助你们这类高人，让我们这些有德者居之，从而顺应天道，为民服务。这不是很好吗？"

　　"可是，有德无德，不是你说了算。德有阳德、阴德之分，阳德再多再大，通过享受就报销了。阴德，虽然人们看不见，但很长久。一个人一旦积下阴德，生生世世都享用不尽。冲着你自吹自擂，我就不敢相信你。也许你家真的积过德，但却是阳德。"

"那你怎样才能相信我？"

"信与不信，我都不能说。要知道只要我说了，很快就会眼瞎。"

陈秀才道："您尽管放心！您要是给我点了宝地，假如真的眼睛瞎了，我一定把您当生身父亲一样伺候。将来您百年之后，我以孝子的身份给您披麻戴孝，为您送终。总之一句话，绝对不会亏待您。"

高人见陈秀才信誓旦旦，觉得自己拥有本事，明明知道大地玄机，却又不能帮人。由于感动，便相信了秀才的话，拿着罗盘来到香山，很快给他找了一块凤凰地。这块宝地找到后，没过几年高人的眼睛就瞎了，但陈秀才还没显达起来。陈秀才觉得既然他的眼睛已瞎，想必发迹的日子已经不远，就把高人接到家里伺候。

开始时，陈秀才认定他能眼瞎，说明自己发达起来非同小可，所以对高人很好，不但好吃好喝地伺候着，还经常陪他说话解闷。天长日久，陈秀才果然发达了，就把高人赶到磨坊推磨。这高人过去吃香的喝辣的，到哪都是笑脸相迎，于是一边推一边流泪道："哪想到是这种结局，找块好地却给了狼心狗肺、忘恩负义的人！"

赶巧，高人的徒弟从这家磨坊经过，一听声音像师父，进磨坊一看果真是师父，吃惊地问："师父，您咋落到这个田地了？"

高人知道徒弟来了，一把鼻涕一把泪地讲了陈秀才请他看地的经过。徒弟一听，觉得陈秀才都通过点地发达了，还居然如此害师傅，于是问："那他们那个凤凰地，有没有办法破解？"

"当然有解。"

"那您就教我吧！"

"你带一副黄杨弓，下半夜到凤凰地。五更头上凤凰会出来，你射死一只凤凰，我的眼就会好一只。射死两只，我的眼就会好一双。"

徒弟听了师父的话，当天夜里就带黄杨弓去了。他静静地守到五更时分，果然从凤凰地里飞出两只凤凰。说时迟那时快，他连发两箭，把两只漂亮的凤凰射落在地，化为清风什么都没了。徒弟射死凤凰，觉得自己完成了任务，立刻来见师父。此时，他的师父已在路口等他。

翌日，高人带着徒弟来到陈秀才家。陈秀才正在招呼客人，忽然发现高人的眼睛复明了，十分吃惊。高人指着陈秀才的鼻子骂道："狼心狗肺、忘恩负义的东西，你答应要赡养我一辈子，为何失信？不但失信，还让瞎子为你干活？幸亏我遇到徒弟，我让他把凤凰地的凤凰射死，不然还不知道怎么被你折磨呢？"

陈秀才闻听地脉里的凤凰已被射死，知道自己马上就会遭遇破败，忙跪下来道："我错了，请您原谅。都是我太忙，慢待了您。至于让您干重活，根本不是我的本意。只要您让凤凰复活，我一定好好伺候您。"

高人不搭理陈秀才，与徒弟扬长而去。高人走后不到一个月时间，陈秀才就把田产卖完，房屋卖净，连媳妇也跟着一个富人跑了。他迫不得已掂着讨饭棍乞讨，一年冬天冻死在街头。这个故事，虽然与风水有关，但在民间脍炙人口。很多人说，我们可以不信风水，但能得到一个有益的启示：凡是忘恩负义的人，都不会有好下场！

刘洋称霸

相传清代的中卫,文风鼎盛。有一年,西园村来了一对父子,父亲叫廉政清,儿子叫廉洁,一听名字应该从政才对,但遗憾的是父子俩却是农民。为何这样?当然与父辈的期望有关,谁不希望后代功成名就、光宗耀祖?要说能把田种好不缺吃喝,也对得起列祖列宗。但父子俩性格不同,追求也就不同。当爹的比较精明,想事比较注重长远。而儿子注重现实,觉得把眼前的事做好就行。

廉政清是从香山脚下的永康村搬迁过来的,年龄已近 60 岁,而廉洁才20 岁。后来才知道,廉洁是廉政清从人贩子手里救来的,因为抚养他长大,所以廉洁对父亲特别孝顺。他家的光阴,在村子里算中上等,大家都觉得他会选一个大院子建房,结果廉政清看了好几家宅基地,却选了一个相当破旧的院落。这个院子里的房子,据知情人说已建成 30 年了。

不过,廉政清却显得满不在乎,他只是与儿子做了简单的打扫,就搬了进去住。过了几年,爷俩虽然只靠几亩薄田为生,但日子还算过得不错。后来,村民中有人打听到,说廉政清是永康村挺厉害的风水先生,据说看龙脉、点龙穴从没输过,而且善于把不好的环境借助风水调整过来。

有人感到困惑,既然他如此厉害,为何搬到这里却选择一处破旧的院落。不过有人猜想,或许人家发现了什么奥妙。高人往往都是如此,你不能琢磨他们,越琢磨里面的文章越多。而且,高人有不同于常人的地方,那就是逆向思维。因为正向思维,大多人看事做事基本相同,唯独逆向思维往往有出人意料的成功。你看廉政清有本事不张扬,就知道他必不简单。

有一个年轻后生,想借助风水改变命运,但从内心深处还是将信将疑。既然风水这么灵验,为何廉政清也没见有多富裕,家里也没出什么大官,还起个与官场有关的名字，岂不可笑？可见，他也希望能在官场叱咤风云，但鸿运却不惠顾。要这么看，兴许他看风水是糊弄人，充其量是骗钱过日子。不过又听老人说，看风水是泄露天机，给别人看好风水对自己命运不好。

假如真是这样，还是请他看看风水，万一风水这玩意儿真的管用，放着眼前的厉害人不用，岂不是傻子？宁可信其有，不可信其无。年轻后生不管心里咋想，表面上装得倒很心诚，请他到家里看风水。酬金嘛，不会少。没想到，廉政清只是笑着道："我已多年不看风水了。人生的最后一算，是要留给廉洁的。"

年轻后生听他如此说，也没再打扰他。不过，有些上了年纪的老人，倒是理解他。当然也有一些不信的人，偶尔会打趣问："看你家境也可以，怎么不在身体硬朗时把老房子给孩子翻盖一下？"

廉政清只是淡然地道："儿孙自有儿孙福，何必越俎代庖呢？该是他的谁也拿不走，不该是他的争也没用。"这话没有谁明白是什么意思，但他也不解释。

在这个村里，有个叫刘洋的是全村最不招人待见的。为啥？因为他和老婆都是有名的无赖，大家虽讨厌他们，但谁也不想得罪，但凡不碍自己事的，也都睁一只眼闭一只眼。而刘洋的房子正好在廉政清的房子的前院。他几次透露想盖自家的房子，找过廉政清多次，说如果自家盖房的话，按照尺寸应该得往廉政清的院子里占上几十公分。谁一听这种话，都说是欺负人！

不过，这刘洋说得似乎也有理，因为他说廉政清住的旧院是自己家以前的地方。廉政清毕竟是从永康村搬来的，所以只说如果有证据证明，自己可以让出地方，但如果空口白牙，他是一点儿也不让占。几次下来，廉政清总是不温不火，反倒让无赖没了脾气，加之他听说廉政清做风水很厉害，也怕惹怒了他会给自己施暗算，盖房的事情也就搁置了。

过了几年，村里发生了一件大事，也是怪事。刘洋的 5 个孩子，原本不该发生什么意外，但天下的事就那么怪，你说应该平安无事，可偏偏就在人掉以轻心的时候出事。他的 4 个孩子跟邻居家的几个孩子打架，结果意外死去。靠着4个孩子得来的高额赔偿，他成了村里数一数二的富人，可他不甘心，总琢磨怎么多占廉政清的地方。此时，廉政清已近70岁了。

这天，廉政清从早到晚，一直围着自家的老房子转悠来转悠去，还时不时地看下手里的罗盘，口中不知道念些什么。刘洋看在眼里，心里很是纳闷：他究竟想干什么？莫非他要对我施暗算？可是，我对他并没过分行为。如果他是想改变自家的风水，为何刚来时不改变？他试图解开这个谜，近前套近乎了好几次，都没能套出什么。廉政清做完这件事，不到一个月便死了。

廉政清走的时候，据说很安详。临终时，他把廉洁叫到床边说："以后的日子就只能靠你了，你是一个好孩子，一定会有好报。但福气的事也要看造化，如果三年后还是现在这样，你就带上家当往南走，自会找到你的去处，无论何时，在走之前一定记得去院子的西南角，找到我埋下的镇物。还要记得有时吃亏是福，无论怎样，不要与人争辩。"

廉政清死后约半年，刘洋觉得没了廉政清这个所谓的高人，就不怕有人暗算。别看他有儿子廉洁，但他一副傻傻的憨样，三棍子都打不出一个屁，欺负也就欺负了。于是，他开始大兴土木盖房子。此时，后院的老房子里只有廉洁住，那憨憨的样子总让刘洋不时嘲讽，连盖房子的地基也明目张胆地向廉洁家占了不少。廉洁始终记住父亲临终时的话，任凭刘洋欺负。

就这样，刘洋家的大瓦房顺利盖了起来，院落比以前大了许多，显得十分宽敞。为了收到更多份子钱，他把多少沾点边的亲友邻居全请来，甚至八竿子打不到的人也找理由请来祝贺乔迁。搬进新房，一家人乐呵呵的。而被挤得几乎没了院子的廉洁家显得凄清矮小，但廉洁好像一点儿也不介意，还是每天辛勤地干活。刘洋见廉洁连个大气也不敢出，甚是得意。

有不少人看不惯，但知道惹不起刘洋，也没办法，只是在私底下对廉洁说："你真是傻子！人家都欺负到你家门口了，你却连一句话都没有。"

廉洁牢记父亲临终说的话，只是憨憨地说："占就占吧，不碍事。"

　　大约又过了两年，接下来发生的事，让全村人大跌眼镜。由于刘洋作恶太多，不但成为村里的一霸，而且挖坟掘墓，踹寡妇门。有道是"多行不义必自毙"，两年里他诸事不顺，仅剩的儿子竟然赌输了他所有的家产，导致债台高筑，自己却躲起来不敢见人。最关键的，不时有人堵着他家要账，让刘洋夫妻疲于奔命，最后决定把新盖的房子卖了还债。

　　可是，就在办理卖房契约时，有人向官府举报，说刘洋家的房子超出了官府给他划定的面积，应该按面积征收税款。如果不交，就没收房子。就这样，房子没卖成，还得给官府一大笔钱。

　　问题是，他根本没钱给官府上税。如果让官府将房子没收，自己不但没地方住，这口气也咽不下。再说这座新房子用的全是好木头，怎么能随便便宜官府？最后他把超出的违建拆了，那房子就成了破败不堪的废墟。说也怪，拆就拆了，起码原有位置还留着一间房，可一家人却莫名其妙地没了踪影，谁也不知道他们到哪儿躲债去了。

　　刘洋一家倒霉了，廉洁的情况却发生了变化。没过一个月，几个衙役从县城来，说廉洁是知县大人的亲生儿子，当年他被人贩子拐走，最后下落不明。要不是这次衙役下去核实刘洋的房产，真还没法找到他。世上的事往往就是这样，总在你落魄到极点的时候出现变化，也许这就是物极必反。现在，衙役要接他去县城，他感觉像是做梦。他本来就是有孝心的人，想到此生能见到生身父母，也很高兴。

　　廉洁进城一看，发现父亲就是那天带衙役去核实刘洋家房产的人。父亲虽激动，但还是想验证清楚，就让廉洁脱去衣服，果见脊背上有青痕。又看廉洁的右膝盖，发现他的右膝盖确有红胎，完全与他儿子的特征吻合。毕竟他们是父子，面貌长相也特别像。加上父亲抓住人贩子，人贩子说拐走他家的孩子，到了永康就被一个风水先生救走了，所有这些皆说明廉洁就是他丢失的孩子。

廉洁与父母相认，成为中卫最大的新闻。而县老爷接廉洁的隆重场面，也让全村人羡慕。只是在廉洁临走时，廉洁去原本刘洋家拆了的那片废墟里，挖出一个小包袱，没人知道那里面装的是什么，而挖出东西的地方正是廉洁院子的西南角，也是刘洋盖房强占的地方。人们不禁奇怪：廉洁没几下就能挖到的东西，刘洋打了那么深的地基，竟然什么也没有。

廉洁走后，每年清明节还是会回村里给过世的廉政清扫墓上坟，只是他已不是当初的那个憨样，俨然是一个青年才俊。也许环境成就人，不到 5 年廉洁就考上了状元，一时传为佳话。据说他为官清廉，从不贪污受贿，与他的名字吻合。人们感叹：廉洁虽是知县之子，但如果他不孝顺，恐怕未必有这样的福报。这个故事，也警示那些爱占便宜的人，不是什么便宜都可以占！

害人如害己

　　传说有一位民间高人，从龙脊领了一支龙脉，很是兴奋。在他看来，这是最有灵气的一支龙脉，也是一条真龙。为了掌握此龙的来龙去脉，便顺着龙脉察看了7个月。有一天，他下到山脚在村子口歇息。刚坐下不久，对面来了一位土财主。土财主见有生人，虽是上前询问，但非常盛气凌人。当知道这是一位有本事的风水先生时，肃然起敬。又得知风水先生从远路而来，便邀他到家里作客。

　　风水先生确实走累了。7个月来，他一直在不停地翻山越岭，不停地使用罗盘和用脚步丈量，有时一连三天都吃不到饭，最多摘点野果子，喝点山泉水。如今，有人邀请他到家里作客，他也很高兴，于是跟着土财主走了。到了土财主家里，土财主的妻子有点不高兴。土财主使个眼色，将妻子叫到一边，悄悄说这是一个高人。要改命运，必须有高人指点迷津。

　　妻子听了这话觉得有理，于是做了美味佳肴款待风水先生。风水先生很感动，在这里好吃好喝住了几天，说的全是风水上玄之又玄的事。土财主不懂风水，尤其是什么青龙、白虎、朱雀、玄武，还有寻龙、点穴、立向、做砂、用水，都是很难懂的词汇，越发认定这是一个高人。他本来就信风水，所以觉得要转机，必须牢牢抓住这个高人，好好做个风水，于是天天陪吃陪喝。

　　不料过了5天，风水先生突然病了。依着一般俗人的想法，肯定要嫌弃，但土财主非但不厌烦，反倒觉得这是天赐良机，所以照顾得更加周到体贴。风水先生非常感动，觉得不但遇到了知音，也遇到了一个可以将理论转化成果的人。不过，圣贤说"福人居福地、福地福人居"，关键要看他的德行如何。他不露声色试探了两天，发现这土财主不但对自己佩服得五体投地，还对下人态度温和，因此断定他是一个有福报的人。

　　风水先生试探完了，便对土财主说："我领龙脉至此，说明此地是灵气汇聚之地。这几日我认真看了，你家正在龙穴之上，但就是方位不对。我可以给你指点一二，保证你家一门五进士，叔侄三翰林。"土财主听了很激动，更是将风水先生尊为座上宾，但风水先生却叹着气说："只是此脉一点，如同画龙点睛，我必会因泄露天机而瞎眼，你们得照顾我一辈子。"

　　土财主一听家里要出五进士、三翰林，兴奋地说："师父尽管放心！只要您点了龙脉穴位，能让我家多出贵人，我们一家一定好好侍奉您，并为您养老送终。"

　　风水先生见土财主说的真诚，不但点了龙脉穴位，而且觉得要帮他就把风水做到极致。于是，他调整了土财主家的门楼高度、宽度和方位，又巧妙地做砂、用水增强场能。尤其是在聚气、蓄能、造势和借灵方面，将一生的本事全部运用到实践之中。刚开始，家里并没有什么稀奇事，一切如旧。但越往后，土财主家的儿子一个比一个有出息。不几年，一家果然成为当地名士，官拜翰林，风光无限。自然，土财主也是大富大贵，声名显赫。土财主觉得，这一切都是风水先生给的，非常厚待风水先生，于是给他修了一栋房屋。风水先生习惯奔波，闲来无事，每天就坐在家门口捣米。他因为眼睛已经瞎了，米和麸皮沾满了脸和衣服。风水先生一边捣米，一边唱歌谣道："一命二运三风水，千方百计想更美。因果善恶不离分，吉凶祸福常随人。人要积德常行善，做事有德自有威。行污德损人常论，乞丐见之也愤恨。"

　　傍晚时分，风水先生的一位徒弟也领龙脉至此，听到师父的声音找到师父，发现师父的眼睛不但瞎了，而且还满身麸皮，非常生气，以为师父受了骗，便出声询问，师父一听是徒弟来了，便将事情的原委全部讲给他听。徒弟以为隔墙有耳，那家人一定没有好好照顾自己的师父，不然师父怎么会做农活？徒弟提出要带师父离开这里，没想到师父断然拒绝。

　　徒弟想了想说："既这样，那徒儿先走了。过几日，徒儿再来看师父。"

　　其实，徒弟并没离开，而是到土财主家拜访，他告诉土财主说："我也是一位风水先生，之前的那位便是我师父。"

土财主一听，不敢怠慢，便连忙邀之进屋。徒弟看了家主的八字，神秘兮兮地说："你家的这块地确实不错，但是地气明显不足。我师父为了让你家尽快辉煌发达，使出了浑身解数，所以把地气的威力全都催发出来。目前你这代倒是富贵显达了，但到了你的后代子孙，可就没有现在这么有福气了。"

土财主一听忙说："请大师指点。"

徒弟道："百米为气，千米为势，我认真察看了你家的龙脉气势，发现可以借助外力增强龙脉的地气，依靠案山增强子孙的气势。假如你在你家门前的河上修建一座大桥，再于案山修一座佛塔，就能不但兼顾今天，还能造福后人。不过，一定要在三个月内修好。"

土财主已经对风水深信不疑，高兴地说："没问题！无论是修建大桥，还是建造佛塔，都是利益大众的事，功德无量，我马上建！"

"好，到时候我和师父一起做法，催动生气，增加灵能。"

土财主立刻照办，亲自监督修建大桥，建造佛塔。三个月后徒弟又来这里，背上师父念动咒语道："桥是弯弓塔是箭，箭箭射入翰林院。"

师父在徒弟背上吼道："误会，误会！"徒弟认为师父定是让土财主家的权势给吓住了，执着地继续念咒做法，无论师父怎么解释，他就是充耳不闻。不仅念动师傅传授的咒语，还借助数年来自修的符咒，在土财主家的门口施法。就这样，一个大好的风水格局就这样破了。两年后，由于皇帝驾崩，新皇登基，这位翰林家被下狱治罪，家产全数充公，整个家族没落了。这个徒弟好心办坏事，不久也瘫痪了。由于无人照料，活活饿死了。

后人听到这个故事，感慨颇多，不管信不信风水，这都不是主旨。作为民间故事，它告诉我们几个启示：一是要想借助别人的能力改变自身的命运，就必须待人诚恳，对人真心；二是相信一个人，要分辨真实意图，假如土财主事先征求风水先生的意见，也许不会因盲从而修桥建塔，毁掉风水格局；三是凡事不可过于固执，徒弟想帮师父出气，但好心办坏事，结果毁了别人，也害了自己！

喜鹊与毒蛇

很久以前，沙坡头一带住着一户姓童的人家，一向孝敬长辈、乐善好施。因建了丝路驿馆，专门接待丝路商人，很快就财富具足，成为当地首富。父母去世后，两口子守孝三年，一时传为佳话。可美中不足的是年近四十，居然膝下无子。后来，他们到寺庙烧香后，妻子便有了身孕，十月怀胎祈愿，生下龙凤胎。

两口子高兴地给儿子起名为童明义，给女儿起名为童爱莲。子女长大后，童明义娶了媳妇，童爱莲也快结婚时，老两口无疾而终。童明义就一个妹妹，给她物色了县城刘员外的儿子刘大海。可童爱莲听说刘大海游手好闲，是出了名的浪荡子，在调戏堂嫂时被砍掉三根手指，因此无论哥哥咋说，她也不嫁。

童明义说："人家是咱们全县最富有的人，嫁给这样的人家，一生不愁吃不愁穿，我们需要钱时，你还能帮我们，有啥不好？"

嫂嫂童氏也说："你哥说得对。女人嫁人就是看家道，嫁了他，进门就可享福。要是嫁上家道不好的，等于是跳进火坑！"

童爱莲说："未必。嫁汉嫁汉，穿衣吃饭。嫁男人就是找靠山，不是看家道。有本事的男人，即便家徒四壁、一贫如洗，也能把穷家变成富家；没本事的男人，就是有座金山银山，也会把富家折腾成穷家。刘大海是花花公子，到处吃喝嫖赌，迟早会把家败了。"

童明义说："不会的，人家是全县的首富，即便是败家子，也不可能把家给败完。至于说他调戏堂嫂，未必是真。即便是真的，也没什么。男人嘛，谁见到漂亮女人不动心？既然他已接受教训，以后就不会再犯。"

"不，要嫁人只能我自己选。"

童明义吃惊道："你足不出户，怎么选？"

"生死有命，富贵在天。我相信老天爷会安排一切，不用你们操心。"

童氏怒道："那你嫁给乞丐，也能改变命运？"

童爱莲说："只要不是嫁无赖，乞丐又怎样？我就不信富人永远是富人，穷人永远是穷人。"

童明义也愤愤地说："那好，这些天如果来乞丐，就把你嫁给他！"

童爱莲叹着气说："如果天意如此，这些天肯定会来乞丐。如果老天另有安排，根本不来乞丐。"

童氏忙说："那咱们一言为定，如果来了乞丐，你就跟上他走！"

当天下午，门口来了一个乞丐。这乞丐头发蓬乱，手脚肮脏，尤其是眼角藏屎，鼻涕下流，让人看了就想呕。童氏一看想："看来这是姑子的命啊！她不愿嫁员外之子，那就让她尝尝苦头。"于是对童爱莲说，"瞧瞧，他来了，说话该算数吧？"

童爱莲也不看乞丐，闭上眼睛心想："看来，这就是我的命啊！天意如此，我又何必违背？"于是站起身说，"人不能扭天，我跟他走就是。不过，你们得送他一身衣服，起码得让他把乞丐服换了。"

童明义答应了，并且觉得妹妹嫁给乞丐确实可怜，应该送她一点家产，以便她及早改变命运。可童氏说："你不是说'生死有命，富贵在天'吗？如果你是富贵命，不仅可以迅速致富，他也可以马上升官，何必在乎一身衣服？要说，给他一身衣服也没啥，但他是乞丐，换了衣服就不是乞丐了？既然是乞丐，就不该靠着我家改变形象。"

童爱莲愤愤地说："不换就不换！他是乞丐，给他一碗饭不过分吧？"

童明义要乞丐进去吃饭，童氏口气坚决地说："不行！你甘心嫁乞丐，我们本身就脸面无光，还想让他吃饭？做梦吧！从今往后，你不再是我们的亲人！"

"好狠心！"童爱莲流着泪道，"难道别的乞丐来讨，你也不能给碗饭吃？"

"不错，这就是现实！如果你同意嫁给刘大海，你就可以不嫁乞丐。可

你执意要嫁身无分文的乞丐，我们只能逼你回心转意。要知道，嫁了乞丐，这辈子别说帮我们，连你能不能活都难说。最关键的，你嫁刘大海我们还能收彩礼，可嫁给乞丐我们不但丢人，啥也得不到，只有羞耻！如果再让我倒贴一碗饭，岂不意味着我是傻子？"

"好！"童爱莲一把抹去泪水，跪倒在哥哥嫂子面前说，"既这样我走了！感谢哥哥嫂嫂多年来对我的照顾。我这一去，以后不管是生是死，是好是坏，都与你们无关。不过我希望，哥哥嫂嫂还是不要把事做得太绝，祝你们相亲相爱、一生幸福！"

童明义有些不忍，忙说："好妹妹，不是哥哥嫂子非要这样，而是你太固执。如果到了外边实在活不下去，就回来找我。"

"胡说什么？"童氏冷冷地道，"她甘心嫁乞丐，你还觉得有脸？"又对姑子说，"快走吧，一个嫁乞丐的人，浑身上下都是晦气，别脏了我家的院落！"

童爱莲拉着乞丐跪倒在地，向着哥哥嫂嫂磕了三个响头要离开，童氏一眼看见姑子的头饰、耳环、项链，忙叫住她，快步上前将头饰、耳环、项链夺在手中说："这些都是童家的，你不能带走！"

童明义说："你怎么这样？太过分了！"

童氏凶巴巴地说："啥过分？带着童家的贵重东西等于是帮他们，还算什么乞丐？要说我还善良，没扒光她的衣服就不错了。"

童爱莲拉着乞丐走到无人处，乞丐说了自己的遭遇。原来，这乞丐不简单，是一个丝路商人。他不仅会经商，还文武双全。他带着香料、珠宝、皮毛，在经过沙坡头时被土匪杀了伙计，抢走货物，他也被砍昏在地。当他醒来，连身上的衣服也被扒走。他从黄河边的死尸身上扒了身破衣烂衫，因无法回到家里，便做乞丐乞讨。

童爱莲不解地问："那你怎么会流着鼻涕？既然你是做生意的，不讲卫生多脏？"

"不是我不爱干净，而是有些着凉，浑身发热，鼻涕根本噙不住。"

"你叫什么名字？"

"彭德成！"

童爱莲大喜，觉得这就是老天给自己安排的命，相信很快会好起来。她让彭德成把手脸洗净，先找个安身立命之所，便带着他找到在北长滩居住的舅舅，将情况如实告诉舅舅，但没说彭德成是商人。舅妈觉得她嫁乞丐，不但鄙视而且不待见。舅舅倒是通情达理，让他们吃饭之后住在隔壁。

童明义自妹妹童爱莲离开，家里的金子每天都会莫名其妙地少许多。童氏以为是被贼偷了，可童明义却说："不可能，如果是贼来偷，一他怎么进来？二贼并不知道我们的金子藏在灶台之下。三是如果贼偷，肯定会把金子全部拿走。"

童氏觉得有理，两人想晕了脑袋，无论咋想就是想不出是怎么回事。到了晚上，夫妻俩假装睡着，却用耳朵听着动静。到了半夜，只听屋内出现沧桑的声音说："看来他们睡着了，我们该走了。"

童氏连忙点亮灯，与丈夫一看并没有人。天亮后，两人一看灶台之下的金子又少了许多，不禁惊奇地道："这是什么人干的？"

第二天夜里，两人各准备了一把菜刀假装睡熟。半夜时分，又听那沧桑的声音说："看来他们睡熟了，我们快走！"

童明义忙问："你们要到哪里去？"

那沧桑声音说："到客来生家。"

两人立刻起来，点亮油灯后，见不少长蛇从门槛上爬了出去。两人抢上前，各冲一条蛇砍去。蛇不见了，却留下两锭金子。看来金子会跑，刚才跑走的蛇都是金子。夫妻俩哭了，要是这样下去，就是有万贯家产也会变穷。童氏坐卧不宁，对丈夫说："你说咋办？"

"要不我们去茶房庙问问，那里的一僧一道很厉害，什么事都知道。"

两人来到茶房庙，和尚入定一观，什么都知道了，但为了给他们留面子，只是说："看来你们做了缺德事，所以钱财往外跑。"因见他们面面相觑，相互对望，便接着说，"要说这还是好事，起码舍财免灾。看来，还是你们祖上积了大德。要不然，不仅钱财全部走掉，而且还会丢掉性命。"

两人明白是怎么回事，自知理亏，却又不好说出话，只好告别和尚回家。确实，童明义的父母乐善好施，是当地有名的善人。说起缺德事，那肯定是对待妹妹太过分，于是跟童氏商量，去高庙求菩萨忏悔。出了高庙，忽然碰到一个乞丐，两人觉得对不起童爱莲，以为是那个乞丐，上前一看乞丐是刘大海，不由惊道："你怎么落魄到这般地步？"

原来，刘大海认定家里富足，以为天天胡吃海喝，八辈子也不会穷，所以结交了一帮狐朋狗友，整日吃喝嫖赌。这些狐朋狗友联合算计他。开始，他虽输钱，但不以为然，后来越输越多，就把父母气死了。他发誓要赢回本钱，结果越赌越大。虽然有时狐朋狗友也让他赢，但目的是从他那里赢更多。最后他将所有家产押上，结果输了个精光。当他一无所有时，去找这些狐朋狗友，他们都不理他了。

童明义叹了口气，觉得妹妹没嫁他是一大幸事，但又觉得让她嫁乞丐确实缺德。童氏也感叹怎么会这样？在她看来，刘大海的家产就是子孙随便花也花不完，怎么没多久就一无所有？想到自己家天天失财，这样下去挣多少失多少，到最后也将一无所有。一念及此，不由恐慌起来。

童明义说："这样吧，我外出打听一下，到底谁家是客来生？"

童氏说："好吧，你去打听，我回家照顾生意。"

童明义在县城打听完，没有谁叫客来生。后来，想到舅舅住在北长滩，何不到北长滩找舅舅打听，便赶到北长滩住在舅舅家。舅舅很生气，谴责他不该将妹妹童爱莲赶出，童明义觉得纳闷，觉得舅舅怎么会知道这事？便忏悔着试探道："舅舅，我也知道错了，所以到处找她，可就是不知她在哪儿？"

舅舅说："她就住在我家附近。原来，她嫁的是丝路商人，因遭到土匪抢劫，所以做了乞丐。几个月前，北长滩有个乌龟精吃人，是你妹夫杀了乌龟精，当地人感激他，视他为大英雄，大家凑钱让他回到老家。前不久，他专程来接你妹妹到老家，可你妹妹喜欢这个地方，不肯去。他觉得在哪里生活都一样，就干脆留在这里。"

童明义来到妹妹家，见这是一个豪门大院，想到当时对她很刻薄，于是忏悔着说："妹妹、妹夫，都是我错了，我给你们道歉。"

童爱莲、彭德成是大心肠人，只说过去的已经过去，何必再提？他们留他住了下来。到了晚上，忽然童爱莲尖叫一声，抱着肚子喊疼，彭德成忙问："你怎么了？"

"我要生了。"

彭德成大喜，自己要当爹了，忙请来当地有名的接生婆。接生婆确实有经验，不但让大人少受痛苦，也让孩子顺利出生。彭德成抱起孩子，童爱莲看着丈夫说："你给孩子起个名字。"

彭德成想了想，见大舅哥来到家里，就是客人来后生的，便说："就叫客来生吧。"

童爱莲高兴地说："好，就叫客来生！"

童明义猛地一愣："天哪，这就是命！连金子都找命好的人。"他感慨地说："妹妹、妹夫，我对不起你们。"又看着妹妹说，"看来你说得对，生死有命，富贵在天。命里有五分，强如起五更。一个人再努力，如果不做善事，命运会急转直下。一个人积下大德，就会迅速转运。"

童爱莲说："哥哥咋这样说？"

"不瞒妹妹，我家的金子全跑到你家了。唉，看来我们做的缺德事太多了。"

童爱莲不解地说："哥哥，你家的金子怎么能跑到我家？金子不长腿，怎么能跑？"

"唉，你别误会啊！这些跑来的金子，你们根本不知道。如果不信，就看看灶台下。"

彭德成一看灶台下，果然里面埋着无数金锭，纳闷地道："这是怎么回事？"

童明义说明缘由，彭德成拿出金子说："大哥，既然金子是你家的，你带走吧。"

"不，"童明义摇着头说，"这金子是我外甥的。如果我拿走，它还会跑回来。命里有九分，走遍天下不满升。该是自己的，谁也拿不走。不是自己的，

得到了也会失去，甚至会失去更多。"

天亮后，童明义要回家，忽然两个官差进来，对彭德成宣读圣旨。原来几个月前，彭德成在回家时，赶上皇上微服私访遇到刺客，是他救了皇上。皇上感念他，便下旨让他进京做官。童明义越发觉得惭愧。回到家，将情况对童氏说了，童氏觉得既然姑子有命享福，何不沾沾福气，于是软磨硬泡，与丈夫来到姑子家。

童爱莲非常大度，不但接纳了他们，还腾出宅院供他们居住。童氏发现彭德成每次从京城来，都要给童爱莲和客来生带很多东西，虽然他没忘给他们带礼物，但待遇不同，于是心存歹念，觉得要是能成为彭德成之妻，以后就有享不尽的荣华、受不尽的富贵。她觉得只有杀掉姑子和丈夫，彭德成才会收她为妻。

童氏心机很重，做了一番周密计划，找个理由带童爱莲来到河边，随便与她说话，却趁其不备将她推进波涛汹涌的黄河。随后，便仍像以前一样做饭，却在饭里下了剧毒。丈夫中毒后，这才看清这个毒妇的心，愤怒地道："你是一个蛇蝎女人，不得好死！"

童氏恶狠狠地说："我会不会好死你看不到，可我却能看到你死。告诉你，你妹妹已经死了，此刻一定被黄河水冲到了下游，连尸体也找不到了。也许过不了多久，她就成了鱼儿的食物。"

童明义道："毒妇！天下再也找不到你这样恶毒的人。你别得意，我死之后，一定变为毒蛇要你的命。"

说也怪，童明义死后，家里便出现一条毒蛇，每天在童氏疏于防范时出现。童氏认定这是丈夫变的，想到他死前说的话，也很恐慌，便拿着菜刀乱劈。毒蛇数次攻击，都奈何不了她，只好寻找新的机会。童氏觉得老是这样防范，能防到什么时候？就是再能防，难免有睡觉打盹的时候，忽然想起老人们说蛇怕大蒜，只要闻到蒜味就会离开。于是，她不但在睡觉的地方放满了大蒜，还始终把菜刀拿在手中。

童氏幻想着成为彭德成的妻子，而要赢得他的心，必须对客来生好，只要孩子离不开自己，彭德成就会爱上自己。此后，她对客来生很好，并哄着让他叫妈妈。客来生幼小，果然叫她妈妈。到了来年，彭德成从京城回来，得知妻子死了，很悲痛。他从客来生口中知道，是童氏照顾着，很是感动。

童氏哭着说："如今你舅子哥也不幸离去，叫我怎么活啊？"

彭德成又是一惊："他是怎么死的？"

童氏早就编好了谎言，说他得急病而死，彭德成见儿子叫童氏为妈妈，便问："你怎么叫她妈妈？"

客来生说："她本来就是妈妈。"

忽然，童爱莲一掀门帘进来道："她不是你妈妈，我才是你妈妈！"

彭德成见是妻子，上前抱住她说："这是怎么回事？不是说你落水死了吗？"

童爱莲说："是啊，我确实差点死了。不过我不是失足落水，而是被这毒妇推下水的。我被河水冲到下游一个地方，被龙王接到水晶宫。龙王说这是我的劫难，现在还不能回去，回去还会遭暗算，索性就让我住在水晶宫。后来，龙王听说你回来，才把我送了回来。龙王说，我哥哥也是这毒妇害死的。"

彭德成愤怒地看着童氏说："为何这样做？"

童氏发誓道："这是谎话，我没有害人。如果害人，让我变为喜鹊。"话一出口，忽然身子一小，变成一只喜鹊。客来生见屋里忽然多了一只鸟，很是高兴，便去捉。喜鹊知道孩子的习性，如果被他抓住，很快就会被玩死，于是振翅飞到树上。

彭德成一家劫后团聚，后来全家迁到京城，他家的宅子虽已随时代变迁不在了，却还能找到遗迹。据说童明义变为毒蛇后，总乘喜鹊不在，爬到鹊窝里吃掉它的鹊蛋，让喜鹊断子绝孙。但每吃掉一个蛋，喜鹊就回来了，便追着用嘴啄它。到了七月初七，喜鹊到天河为牛郎织女架天桥，牛郎告诉喜鹊，如果她不化解与毒蛇的怨结，将世代为仇。

喜鹊回想自己做的事，确实是自己不对。自己是他的妻子，却把他狠心毒死。以前还把他妹妹赶出家，夺来头饰、项链和耳环之类，让丈夫背上绝

情的名声。后来家道败落，钱财自走，还不是因为缺德。如此一想，便心生悔意，决定找机会化解。有一天，她见有人将毒蛇斩为两截，便飞落下去将蛇结好。从此，蛇和喜鹊的仇怨化解了。

喜鹊觉得过去做的坏事太多，尤其是嘴不饶人，不但骂人打人，还说坏话，从今往后不说坏话，只说好话，于是她就到处捕捉人间信息，只要谁家有喜，就提前飞到谁家门前报喜。人们逐渐总结出来，只要喜鹊门前叫，肯定有喜事。从此，人们便叫喜鹊为报喜鸟。

狐狸报恩

从前，孟家湾住着一个穷秀才叫孟连魁，虽然叫连魁，却连年落第，便跟着叔叔孟迁打猎。有一天，孟迁见一只狐狸探头，弯弓搭箭射中狐狸。狐狸受伤逃走，但还是被他们擒住。孟迁将狐狸带回家，孟连魁见狐狸看着自己流泪，动了恻隐之心，便将它放了。孟迁拿刀来杀狐狸，见狐狸不在笼内，便问："狐狸呢？"

孟连魁说："放了。"

孟迁吃惊地道："我们打它不易，为何要放？"

"我见它实在可怜，就将它放了。"

孟迁怒道："像你这个样子，科考无望，打猎善良，种田不会，能干什么？"想了想又说，"要不给你些钱，去做生意吧。"

就这样，孟迁给孟连魁一笔钱，让他做生意。可他看到穷人，不是拿钱施舍，就是拿物给人。没过多久，他的钱就全部散尽。因没吃没喝，便又来见叔叔。孟迁生气道："像你这样，让叔叔咋说？做生意不行，那就干脆在家养鸡吧。不过你记住，鸡最怕狐狸吃，一定要格外留意。"

孟迁买来鸡苗，孟连魁便在家养鸡。可奇怪的是，鸡每过一晚就少一只。孟连魁觉得奇怪，怎么每晚都少？这天夜里，他守在鸡舍旁观察，半夜见一只狐狸抓了一只鸡吃。他出其不意抓住狐狸，见这狐狸有伤，显然就是上次放了的那只狐狸。

狐狸泪眼汪汪地看着孟连魁，孟连魁又动了恻隐之心，便将狐狸放了。狐狸跑出几步后，又转过身来向他作揖。他惊呆了，看来动物也有感情啊！狐狸要走，他忽然说："不过，你别指望我每次都放你，如果你再来，就没好运了。"

狐狸走后，果然再也没来。孟连魁家再没少鸡，反倒孵出小鸡，越养越多，每天都能收不少蛋。几年后，因养鸡，在孟家湾还算富有。孟迁见他年岁不小，便张罗着为他娶媳妇，可他却说没看上一个姑娘。后来他每次从田间回来，家里就有人做好了饭，还冒着热气。他以为是叔叔，一切照旧。

有一天，孟迁从大山深处回来问："连魁，最近你对婚事怎么考虑？"

"没合适的。"

"你到底要啥样的？"

"人长得好，心好。哎，叔叔，您每天很忙，不要再来给我做饭了。"

孟迁纳闷道："胡说什么？我一天到晚忙得不可开交，哪有时间给你做饭？"

孟连魁觉得太过蹊跷，不再多说。送走叔叔后，他决定一定要搞清真相，到底是谁在给自己天天做饭。他出了门，到了半路又折转回来。此刻，他已闻到饭香味，也听到了炒菜声，便轻手轻脚地到窗边一看，只见一个漂亮姑娘正在做饭。他愣了一下，堵在门口。

姑娘转身一看，慌乱地道："怎么回来了？"

孟连魁没有回答，而是问："你是谁？"

姑娘低下头偷看着他说："我是商人胡贵之女，在经过腾格里沙漠时，父亲和伙计被土匪杀了。土匪见我长得漂亮，就将我抢到贼沟子做夫人。我趁他们不注意，就跑了出来。"

"那你为何天天给我做饭？"

"我已无家可归，给你做饭，我也能在这里吃饭。"

"你住哪里？"

"就在你家柴棚。"

孟连魁大喜，要她给自己当老婆。姑娘倒是很痛快地答应，不过却说："这事千万千万不可对外人说，尤其不要跟你叔叔说。"

孟连魁不解地说："我家也算富有，应该明媒正娶，怎么能不让外人知道？叔叔是我的亲人，要娶你进门，必须得由他张罗。"

"不，"姑娘慌乱地后退着道，"我见过他，他好凶。如果让他知道，肯定会赶我走。"

"不会，"孟连魁自信地道，"叔叔就我一个亲人，这几年他早希望我成家。如果他看到你漂亮，饭又做得好，不知有多高兴。"

姑娘犹豫着说："这——也好，"想了想又道，"你怎么也不问我姓甚名谁？"

孟连魁这才道："你叫什么？"

"我姓胡，叫胡莉。"

不久，孟迁打猎回来，一见胡莉觉得她好熟悉，但又想不起来在哪里见过。孟连魁说这就是自己喜欢的人，孟迁问了胡莉的情况，总觉得哪儿不对，可见侄儿对她含情脉脉，也不好反对，便张罗着将胡莉娶进门。村里人见胡莉长得俊，可说是百里挑一，纷纷赞美。这话让打探消息的土匪听到，便去对贼沟子的马林说了。

马林喜道："我正缺夫人，待我抢来！"

孟连魁与胡莉结婚后，男耕女织，夫妻恩爱。村里人都说，看来孟连魁的祖先积了大德，竟然天降好媳妇，而且还是个心灵手巧的俊媳妇。不少人羡慕孟连魁，也有人提醒道："连魁，你媳妇长得这么美，可要管好啊！像她那样美，打她主意的贼很多。"

孟连魁对胡莉很有信心，淡淡地说："不会的，我媳妇决不会红杏出墙。"

这天，胡莉对孟连魁说："今天我去集市回来得晚，你先做饭吃吧。"

孟连魁说："放心，饿不死，不就一顿饭嘛。没有你以前，我不是在自己做饭吗？"

胡莉看着孟连魁，忽然抱住他说："如果我不在了，你一定要照顾好自己。"

孟连魁道："胡说啥呀？什么不在了，我们还要白头到老呢。"

"对，是我说错了，我们必须白头到老。"

　　胡莉走出村子，在没人的地方驾起云彩走了。在她离开后，马林带着一群土匪冲进孟连魁家，见胡莉不在，便凶巴巴地说："你老婆呢？"

　　"出去了。"

　　马林见孟连魁家里很富，便令众匪抢走全部财物，又将孟连魁一并抓走。孟迁听说土匪袭击了侄儿家，便求官府剿匪，不料官府不肯出面，他急得没办法，便去贼沟子对马林哀告道："求你放了我侄儿。"

　　马林说："放他可以，但让胡莉来换。以三日为限，如果她不来，我就杀了他！"

　　孟连魁道："叔叔千万不可，宁可我死，也不让她落入匪手。"

　　"住嘴！"马林打了孟连魁一个耳光，又对孟迁说，"怎么样？愿不愿意叫她来？如果不愿意，我不但杀他，你也别走了！"

　　孟迁没办法，只好答应马林。可是他在侄儿家里等了几天，就是不见胡莉的身影，寻思这个来历不明的女人，一定不是什么好人。有可能，她也是土匪的人，所以马林才会点名要她。忽想到胡莉曾说，她父亲和一群伙计死于匪首，她被抓去做夫人偷偷跑出，便觉得只有献出她，才能把侄儿救了出来。

　　三天过去了，马林不见孟迁带胡莉过去，很恼火，便带土匪明火执仗地过来，不仅将孟迁家的房子一把火烧了，也将孟连魁家的房屋一并点燃。马林看着房屋完全烧完，发现孟连魁家里只剩了一尊泥塑像，笑道："看来不愧是佛，其他都烧个精光，你却还好好的。"

　　孟迁失去全部家产，侄儿的死活又不知道，觉得真没用，便要自杀，忽然胡莉出现在他的面前道："叔叔为何自杀？"

　　孟迁简单讲了情况，胡莉一急，竟然驾起彩云向贼沟子赶去。孟迁惊呆了，当意识到她是去救侄儿，立刻赶去。此时，县官也关注贼沟子的事，他不能不剿匪，但又不能明着剿。没有土匪，他就没有钱赚。但如果有百姓上告，又很麻烦。所以他派了差役，化装成百姓来看情形。

　　胡莉见孟连魁被绑在一根木桩上，便对马林说："如果你放了我相公，我就做你夫人。"

孟连魁知道她这么说，完全是为了救出自己，便道："不可！我就是死，也不能让你作恶魔夫人。"

马林不搭理孟连魁，只是笑着对胡莉说："你说的是真的？"

"当然是真的。"

马林令人放开孟连魁要他走，可孟连魁就是不走。胡莉很着急，于是走到他的身边低声道："你快走，我自有办法脱身。"

孟连魁道："不行，我是一个男人尚且无法脱身，你手无缚鸡之力怎么脱身？"

当着众匪的面，胡莉不能说自己是狐仙。没办法，只好对马林说："我之所以答应你，就是为了救他。毕竟，他做过我的丈夫，一日夫妻百日恩，我不能对不起他。如果你信我，就让我先将他送回家。"

"那怎么行？要是你跑了咋办？"

"可在这里，我怎么肯定你能保证他的安全？要不，你派人跟着我去如何？"

马林觉得这个办法倒行，便派5个得力兄弟跟着他们出了洞。此时，那官府派来的人正在暗中看着，忽见胡莉出其不意地杀了5个土匪，不由大惊！孟连魁不明白她怎么会有这个本事，刚要发问，却听她说："我去铲除恶魔。"说完赶到洞口喷出三昧真火，将土匪都烧死在洞中。

胡莉与孟连魁回家，在路上碰到骑马赶来的孟迁。孟迁见胡莉已经救回侄儿，高兴地道："真没想到你是神仙。"

孟连魁吃惊地道："神仙？"

胡莉想到自己已暴露，便坦诚地说了一切。孟迁这才知道，侄儿放走狐狸是对的，他发誓以后再也不杀狐狸了。胡莉摇着头说："其实，不光不能杀狐狸，这世界上的灵性动物都不能杀，它们都有生命。你对它们好，它们也会对你好。虽然它们不会说话，但心里记着一切！"

孟迁说："好，以后我不打猎了。不过，现在家产已毁，该怎么度日啊！"

孟连魁也犯愁了，胡莉看着孟连魁说："你还记得，你的父亲临终前说了什么？"

孟连魁摇着头说："没说什么呀？"

"你怎么能把最要紧的话忘记？他在临终前说：有钱不要讨，没钱就将泥佛捣。"

"对对，是有这么一句话，但捣泥佛有啥用？他又不会说话？"

"跟我回去，很快就知道答案了。"

孟迁和孟连魁跟着胡莉回去，只见房屋已烧得精光，就只剩那尊泥像完好，胡莉对孟连魁说："相公，你快去捣泥像。"

孟连魁纳闷地一捣泥像，只见泥土脱落后，里面显出金身。这一喜，便将全身的泥土剥落，乃是一尊高大金佛。孟迁看呆了，这是佛像，总不能破开卖吧？孟连魁说："既然是金佛，就将他送到高庙，让佛永远接受香火。"

孟迁道："对！我们可以生活贫穷，但绝不可以将佛身破碎。"

话一说完，那佛像忽然说道："人存善心，天指好路。你们不用送我去高庙，任何塑像都只是外像。别看我平时是一尊泥像，可实际上你们的一言一行我都知道。去吧，你们到胜金关去，那里会有惊喜。"说完不见了。

大家又惊又喜，刚要走，忽然县官带着人来，县官色眯眯地看着胡莉说："听说贼沟子的土匪，都是你铲除的？不简单啊！"

胡莉冷冷地说："你这父母官不剿匪，我们老百姓只能自己动手。"

"这样吧，你给本老爷做妾，我让你一生幸福。"

胡莉怒道："你这狗官，平时不作为，还与土匪勾结，滥杀丝路商人，你盘剥百姓，搜刮民脂民膏，还有良心吗？像你这样的人，根本就不配为人！"

"大胆！"县官怒了，对着胡莉道，"本官不配做人，你说配做什么？"

"配做狗！"

"来人，将她抓起来！"

胡莉大怒，将扑上来的差役变成石头，县官吓得要逃，她念动咒语，将县官变为狗。这狗大怒，狂吠起来，胡莉怒道："看来你是瞎狗，就只能是挨打的命。"她要打狗时，狗很害怕，便对她摇尾巴。后来，当地的人就拿差役变成的石头做房屋的墙基，倒也牢靠。这种用石头做墙基的习惯，从此就沿用下来。

胡莉与孟迁、孟连魁才到了胜金关，忽见山上闪着金光，便朝金光赶去，可到了金光处，没见什么发光。大家倒也冷静，随便摘了野果子充饥。夜晚，孟连魁在月下站着，忽见不远处有一群鸡叫，便悄悄跟去。奇怪的是，那群鸡不见了。他立刻回来将情况一说，胡莉喜道："那就是天赐的金子啊！"

孟迁、孟连魁和胡莉赶到那群鸡消失的地方，挖到了十几只金鸡。大家很高兴，第二天回到孟家湾，就用这些金子建了大院。孟连魁把孟迁当亲爹一样孝顺，孟迁也不打猎，一家人过着快乐的日子。一天，胡莉哭着对孟连魁说："相公，这次我真该走了。上次我走，因放心不下你才又回来。可这次我母亲来了，说我再不离开，她就要杀你。"

"啊！"孟连魁大惊道，"她既然是你母亲，我就是她的女婿，为何这么心狠？"

"不瞒你说，我虽被称作狐仙，但说到底还是妖。如果贪恋凡尘，必然遭到天谴，不是遭到雷击，就是被打回原形。"

"不，那尊佛曾说：人行好事，天指好路。你铲除了那么多土匪，可让多少人不再遭殃，怎么会这样？你放心，明天我去中卫高庙求菩萨，他们一定有办法，不会让你我分开。"

胡莉感动地说："其实，我也不忍离开你，但我毕竟是狐狸，人妖殊途。我是专门来报恩的，没想到却与你做了夫妻。既然缘分已尽，早散早好。世上的事都有定数，何必强求？"

"我不信会这样，你说你是报恩的，可你并没给我生下一儿半女，怎么能走？不孝有三，无后为大。我没子女，对不起先人啊！"

"没关系！我给你物色了一个姑娘，她比我好。"

孟连魁哭道："不，我不放你走，除了你，谁都不要。"

胡莉的母亲隐身在跟前听得非常清楚，忽然显身道："好女婿，我就是胡莉的母亲。看到你对她这么好，我也不忍心拆散。可是人妖殊途，如果她

跟你在一起，不仅会毁了千年道行，而且生下子女也长尾巴。到那时，世人都会嘲笑你，孩子也终身抬不起头。"

忽然那尊佛出现在面前说："你们别犯难了，看到你们如此痴情，我也感动，"又看着胡莉说，"我只问你，如果我毁掉你千年道行，将你变成人，你后悔吗？"

胡莉跪倒说："如果您能成全，我将珍惜人的身子，好好修行。"

胡莉的母亲大惊道："女儿不可！自古道：神仙只有神仙做，哪有凡人修神仙？一个人要修成金身正果，不知要经历多少大劫？你做了人，就像昙花一现，很快就老了。到了来世，你还记得今生吗？别傻了，跟为娘进山修行吧。"

胡莉跪在母亲前说："妈妈，恕女儿不孝，女儿情愿从人修起。以后女儿不能在您面前尽孝，求您谅解。"

胡莉的母亲感动了，只好道："那就遂你心愿。"

那佛散去胡莉身上的妖气说："好啦，以后你们生的孩子就是人了。"

胡莉的母亲忽然动了凡心，跪倒道："求您，索性将我也变为人，以后我要陪着女儿。"

佛叹着气说："看来人妖都脱不了情。一个情字，就破了千年道行，可惜！"他又散去胡莉母亲身上的妖气，将她变成人。

这家人从此快乐地生活在孟家湾，从不伤害一个生灵，也不做丧尽天良的事。时间长了，孟迁因妻子死得早没有子女，便爱上了胡莉的母亲。胡莉的母亲自从成为人后，情愫更浓，也爱上了孟迁。两人成婚后，孟连魁和胡莉孝敬着他们，百年后都是无疾而终。如今到孟家湾的人，都能听到流传在民间的这个故事。

蜘蛛精

在中卫农村，见到屋檐下的蜘蛛会听老人说："早见有喜，晚见打死！"这是怎么回事呢？

相传，最早在沙坡头园区住的都是童姓人家。一天晚上，月明星稀，园区静谧，童兴旺刚与妻子睡下，就听到屋里有人走动，他警觉地起来，见地上站着妻子，不禁一惊，不相信地看看身边问："怎么地上是你？"

妻子起来见地上果然有一个自己，便问："你是谁？"

"我是童兴旺的妻子。"

"我才是童兴旺的妻子。"

两个女人争吵起来，争着争着扭打在一起。这一扭打不要紧，两个女人混在一起，使童兴旺真假难辨，不知该帮谁，便分别去问自己的私密。奇怪的是，这两个女人都能说出秘密。折腾了一晚，到天快亮时，一个女人听到鸡鸣，当下脸色大变，慌慌张张地离开。童兴旺立刻追出，她却不见了。原来她已恢复原形，变成蜘蛛爬进墙缝了。

妻子追了出来说："看来，这一定是附近的妖精。"她将他拉进屋后悄悄说，"要不这样，以后我把左边的耳环摘掉，你就可以分辨了。"

到了晚上，屋里又出现两个妻子。童兴旺按照约定，要从左边有无耳环分辨。奇怪的是，两人都是左边都没有耳环。童兴旺不知道该咋办，见两个妻子又扭打在一起，忽然施出计策道："你们别打，我方便一下再来分辨。"

童兴旺出去后，偷偷把家里的狗杀了，将狗血带来，一进门就出其不意地冲着两个妻子同时泼去。这一泼，当下有个妻子倒地，很快变为硕大的蜘蛛。童兴旺立刻上前，一脚将那蜘蛛踩死。从此，只要他见到蜘蛛，就将它打死。

有一天，家里来了一个和尚说："小伙子，蜘蛛也是众生，不可滥杀。"

"可我不杀蜘蛛，它会成精作怪。"

"蜘蛛是在晚上才出来成精作怪，它们能修到人身很不容易，不可轻易就将它打死。在白天，它们捕捉害虫，对庄稼人畜有利。不过，有时在晚上与自己同床的，有可能就是蜘蛛精。一次两次问题不大，但时间长了等于是把妖气注入男人体内。所以，有的男人只一次就得病，有的糊里糊涂经历上几次，连命都没了。"

童兴旺惊道："既这样，为何还不让打死？"

和尚说："蜘蛛之所以幻化人身与人同床，是因累世累劫有缘，故而前来了结尘缘，但毕竟人妖殊途，它们虽然没有害人之心，但因妖气太盛对人构成伤害。你杀了它，就与它结下了仇恨。假如你心存善意，也可防范。我给你一道万字符，只要挂在门后，蜘蛛就无法幻化为人形。"

童兴旺得了万字符，尽管宅子里老有蜘蛛出现，却再也没在家里出现过一次怪事。也许他心存善意，诸事皆顺。后来，他在外面出现劫难，莫名其妙地出现几个女子相救。有一天他见到那和尚后，和尚笑着说："你知道她们是谁吗？就是蜘蛛精！因你只是防范，它们感恩，所以才会救你。"

老人们讲完这个故事，往往会说：其实动物大多是你有害它意，它无伤你心。只要"存好心，说好话，行好事，做好人"，往往事情就顺。你善待动物，它绝对感恩，它们虽不说话，但并非没有感情。万物有灵，还是要善待大自然的一切生命。

第五篇　神话传说

大麦地岩画

很久以前，一支游牧部落打仗时见北山一带山清水秀，便在此住下以种大麦为生，并叫这个地方为大麦地。有一对夫妻是部落英雄，男的叫娜塔，女的叫奈娃，生了两个儿子，两口子视若珍宝。两儿子很聪明，常逗得两口子合不拢嘴。娜塔善于把感情通过岩画展示，别人一看就理解他的感情。大家也觉得有意思，纷纷在岩石上表达感情，于是娜塔倡议来个大赛，谁刻画得好，按等级奖励牛羊。

牧民纷纷报名参与，很多人在地上构思好，然后刻在岩石上。娜塔、奈娃合作了一幅岩画，长9米，高1.2米，刻画的动物、符号达100多种，描绘了游牧、狩猎、舞蹈各种场景，表现的是牧民多姿多彩的生活。经评比，娜塔夫妇成为冠军。以后大麦地每年举办岩画大赛，牧民生活充实幸福。可好景不长，有一年来了两条巨蟒，专门吃人。娜塔夫妇侥幸逃脱，带着两个儿子逃到县城。

两条巨蟒经千年修炼，起初以蟒的外形吃人，后来变成人将别人愚弄后吃掉。巨蟒觉得大麦地山清水秀，还有大麦充饥，便长久住了下来。大概半年之后，这里就被吃得路断人稀。巨蟒吃人后继续修炼，道行越来越高。后来，巨蟒从城中掳来男女伺候，并变成人在此长住。国王知道大麦地出了妖蟒，派重兵来杀，结果无一生还。从此，这里无人敢过。

娜塔夫妇以为巨蟒吃人后会离开大麦地，不料巨蟒非但不走，反以大麦地为家，于是祈求上天灭掉巨蟒。终有一日，玉帝命雷公电母前去灭妖。可妖蟒很狡猾，一见雷公电母现身，就立刻藏进山洞。雷火烧干了湖水，烧光了大山，却未将妖蟒除掉。

玉帝大惊，看着众臣问："你们有何良策除妖？"

金童玉女因为相爱，"扑哧"一笑，被玉帝发现，认为他俩亵渎天规，一怒之下将他们打入凡间。武士将金童玉女押到南天门，剥去仙籍，贬入凡尘。众臣纷纷叹息，觉得不就是有点不严肃，惩罚一下便也罢了，为何要打入凡间？一个人从初发心到修行，要遭受无数磨难，接受无数考验，最后才能位列仙班。这一下凡，再也无望回来。独有太白金星，捋着洁白的胡须笑了。

这天晚上，奈娃梦见天上掉下一个童子，要躲却没躲开。她大叫一声，醒来才知道是做梦。同时，她突然觉得腹疼起来，不一会便生下一子，起名梦童。说也怪，梦童落地即会说话、走路，非常调皮。梦童到了10岁时，哥哥麦基和拉斯听说大麦地的妖蟒很猖狂，便决定外出学法术，以便除妖。娜塔、奈娃觉得他俩有志向，同意他们出去。麦基和拉斯听说崂山、蓬莱均有仙人，便向崂山、蓬莱而去。

梦童长到18岁，经常跟周围的伙伴打架斗殴、惹是生非。娜塔、奈娃经常教训，但他口上答应得好，一出去就惹大祸。娜塔、奈娃决定给他娶个媳妇，以便有个管他的人。说行动就行动，娜塔、奈娃给梦童物色了好多漂亮女人，他却一个也看不上。其实，他是没遇到天定的姻缘。

这天，他出门救了一只被人踏昏的青蛙，青蛙感激地说："好孩子，谢谢你救我！我是在路上打盹，让人一脚踩昏的。你知道我是谁吗？我是得道的蛙婆婆，已有八百年道行了。如果不是太困而睡着，不会被人踩。不过，也是我该有此劫。这个劫难过去，我就很少有灾了。倒是你啊，很快就会有难。不过，不管你有什么难，我都会救你。"

"那我怎么找你呢？"

"不用你找我，你是无法找到我的。只要你有难，我就会主动找你。"

梦童告别蛙婆婆，不经意走到了大麦地，见这里刻着不少图案。因为好奇，便一幅幅地欣赏。可他哪里知道，这里的岩画大多是父母的杰作，只因巨蟒占了大麦地，才很不甘心地走了。忽然，有个漂亮姑娘向他款款走来。他一看，这姑娘风华绝代，美艳不可方物，简直就像仙女下凡。梦童呆了，以为自己在做梦。他试着一咬舌头，感到疼痛，认定不是做梦。

姑娘走到他的面前，见他发痴发呆，便问："你怎么这样看我？"

梦童憨憨地说："你长得真好看。"

姑娘害羞地说："那我嫁你可好？"

梦童高兴地说："婚姻是父母之命、媒妁之言，我回去告诉父母，随后娶你。你叫什么？"

姑娘说："佘女。"

梦童在回家的路上，遇到蛙婆婆。蛙婆婆见梦童满脸妖气，便问："你碰到什么了？"

梦童如实一说，蛙婆婆大惊失色道："不好！你有危险。你知道吗？那个姑娘根本不是人，她是妖蟒的女儿。她不是要嫁你，而是要吸尽你的精血和阳气，是要害你！"

梦童大惊道："太可怕了！想想刚才，我真害怕。这样吧，我不去找她了。"

"不行！"蛙婆婆摇着头说，"被妖女看上的人，是根本跑不掉的。即便你跑到天涯海角，她已熟悉了你的气味，还是能找到你。"

梦童认定自己死定了，急得哭道："那我该怎么办啊？"

蛙婆婆说："你放心，你遇上我，既是我们的缘分，又是你的福气。你记住，在与她入洞房时，情景必定恐怖。但无论发生什么事，只要你不怕就会没事。不过，天亮之后，你要将发生的一切告诉我。"

梦童回到家，对父母说自己爱上了一个姑娘，其他没说，生怕父母害怕。见过父母后，他来到大麦地，见佘女等着自己，于是说："我父母同意了，我们今晚就结婚。"

晚上，佘女见梦童坐在门口看书，却不说话，很着急。到了半夜，佘女叫他上床。梦童放下书，向着佘女走去。可是他刚走两步，灯却灭了，屋里一片漆黑。同时，他感到地下忽然升起水，像是周围都是惊涛骇浪。他觉得水位已至腹部，且水速极快，就像湍急的风浪，几乎将他冲走。他努力挺住身子，也看不见佘女是否还在，是什么表情。

天亮后，水退了，佘女却望着梦童笑道："你先忙吧，晚上再来。"

　　梦童出门不远，见蛙婆婆正等自己，于是将晚上发生的情形一五一十地告诉蛙婆婆。蛙婆婆说："这还不算最恐怖，真正恐怖的还在后头。今晚你继续看书。她让你过去你就过去，但无论有多大洪流急水，你都不要害怕，尽管走了过去。"

　　晚上，梦童坐在门口看书。到了半夜，佘女又叫他上床。他放下书刚一迈步，灯忽然灭了，立刻又像昨晚一样从地下涌起洪水。这次洪水，简直就是排山倒海，不但水位到了胸部，而且还能听到大海的啸声，好像还有不少夜叉罗刹正在巡海。他不敢睁眼，只管向前挺进。尽管浪高风大，他寸步难行，但他还是努力向前挺进。

　　天亮后，洪流退了，佘女看着梦童微笑道："你去忙吧，晚上再来。"

　　梦童出门不远，见蛙婆婆已等很久，便将晚上发生的情形完完整整告诉她，蛙婆婆认真地说："这次比昨晚恐怖，但还不是最危险的。她试探了你两晚，发现你胆量不错，今晚必定吃你。"

　　梦童大惊道："那我怎么办？"

　　"放心，"蛙婆婆笑着说，"你附耳过来，我教你一个应对之策。"

　　天黑后，梦童还像前两晚那样坐在门口看书。到了半夜，佘女叫他上床。他放下书还未等迈出半步，灯"刷"的一下灭了，同时从地上喷起比昨晚更高的海浪，水位差不多到了脖子附近。想到蛙婆婆教的话，他"扑哧"一笑。说也怪，洪涛居然于瞬间退去，他摸黑过去，一把抱住佘女。灯忽然亮了，佘女笑道："你成功了，我是你的人。"

　　天亮后，佘女的父亲进来，看了佘女与梦童一眼就出去了。接着，下人进来说："梦童，你岳父要你过去。"

　　梦童知道岳父必是老蟒，虽然心中恐惧，但想起蛙婆婆的话，便问佘女："老婆，岳父要我过去拜见，我该怎么做？"

　　佘女道："他让你去，你尽管去好了，不会有事。不过，以后无论他说什么，你都不得隐瞒，一定要告诉我。"

　　梦童见到岳父，岳父道："你已是我女婿，应该去见见你岳母才对。"

梦童回来，将岳父的话告诉佘女，佘女忧愁地道："看来，他是要让我母亲吃你。"

梦童惊恐地道："那怎么办？"

佘女想了想道："你不是认识蛙婆婆吗？可以跟她借十根针、十个蛋。"

梦童跟蛙婆婆借了十根针、十个蛋，忙来见佘女。佘女道："你出门后每走一段路，就埋下一个蛋，插下一根针，等把蛋埋完、针插完，也就到了门口。不过，母亲要你吃饭，你无论如何都不能吃。"

梦童出门后，按老婆教的方法把蛋埋完、针插完，眼前果然出现了一户高门大院。他见门口无人，便推门进去，只见里面出来一个老妇，知道这是妖蟒的老婆，忙作礼道："岳母好，我是佘女的丈夫，岳父大人让我来看您。"

老妇很高兴，吩咐下人去做饭。在做饭期间，老妇见这女婿很憨，寻思这倒是美餐。片刻老妇要梦童吃饭，梦童推辞着不吃，可老妇不准。梦童推辞不过，便拿起筷子假意吃饭，却将饭倒掉。饭一落地，却是数条毒蛇向他扑来。他吓得尖叫一声，跳起来就跑。这时，高门大院的房子居然瞬间消失，脚下仍是大麦地。老妇变成一条巨蟒，张开血盆大口就要吞他。

忽然，埋在地上的一根针长高长粗，变成神针将她定住。埋在土里的蛋也变成巨石一上一下地砸她。梦童拼命往回跑，老妇挣开神针追去。眼看就要追上，第二根针又将她定住，蛋同样变成巨石一上一下地砸她。就这样，老妇先后被十根神针定住，又先后被十个神蛋砸过，已追到女儿的绣楼前。佘女正在绣楼看着，因见梦童疲劳不堪，而追来的母亲遍体鳞伤，但还是张开大口要吃梦童。

梦童大喊道："佘女救我！"

佘女不慌不忙，从墙上摘下弓箭，一箭从巨蟒口中射了进去。巨蟒挣扎了一会儿，倒地而亡。梦童当下腿脚酸软，倒在了地上。佘女将梦童救回家里，等他醒来便说："让你受惊了。"

"吓死我了，"梦童惊魂未定，好一会儿才说，"谢谢你救我。"

佘女道："傻子！谢什么？我是你妻子！"

梦童不解地说："奇怪，可那是你母亲，你怎么忍心杀她？"

佘女说："这是我的使命，不能告诉你。"

这时，下人进来说："姑爷，大王叫你过去。"

梦童害怕地说："看来，你父亲要吃我了，怎么办？"

佘女让下人出去，看着梦童道："放心，他暂时还不吃你。"

梦童见到岳父，岳父哭着说："你岳母死了，我很悲痛，也不知她是怎么死的。今晚，我要祭奠她，你过来陪我一起祭祀。"

梦童回到绣楼，将情况如实告诉佘女。佘女当下紧张起来，抓来那十个蛋和十根针说："你去把这十根针和十个蛋还给蛙婆婆，向她表示感谢，然后向她借三块金砖。"

"没问题，一定能借来。"

佘女摇着头说："不，我担心你借不来。"

"不会的，她曾经答应过我，只要是为了应对灾难，什么忙都可以帮，一定能借来。"

"不，"佘女忧愁地道，"这次不同于上次，你借的不是针，也不是蛋，而是金砖。你知道吗？那金砖是她的命！若是没了金砖，她会死的。"

梦童果断地道："既然这样，那就不要借了。还有别的办法吗？"

"办法虽然还有，但不是上上之策。有了那三块金砖，你才能有惊无险。要是没有那三块金砖，今晚你就得死。"

梦童也没主意了，既这样那就先将蛋和针还给蛙婆婆，听天由命。他找到蛙婆婆，向她表达了感谢，蛙婆婆道："别客气！你是我的救命恩人，我不救你，还有什么资格活在世上？"

梦童跪倒在地道："婆婆，救人救到底，求您救救我吧，不然我得死。"

蛙婆婆道："你是我的救命恩人，救你是应该的。你说，要借什么，尽管开口。"

梦童说："佘女告诉我，要救我，除非借来您的三块金砖。但她说金砖是您的命，没有金砖您就没命，我也不知道咋办？您是有道行的人，想必还有别的办法。"

蛙婆婆大惊道："不错，这三块金砖是我的命，是我生命的凝结。我修行多年，将三魂凝炼为金砖，要是金砖丧失了，我就没命了。"

"那就算了，人的命只有一次，我不能干缺德事。"梦童说完就走。

蛙婆婆叫住他道："那你打算咋办？"

梦童说："婆婆帮了我这么多忙，我怎能要婆婆的性命？我逃走便是。"

蛙婆婆道："不行，无论你走到任何地方，他都能找到你。"

梦童说："听天由命，晚上我陪他就是。"

蛙婆婆说："不行，你去只能死。"

梦童说："命当如此。"

蛙婆婆犹豫着说："那你拿去吧。"

梦童道："不行，我不能太自私。"

蛙婆婆说："放心吧，我暂时死不了，你最迟在明天黎明前将三块金砖还回，不然我就真死了。"

梦童高兴地带上三块金砖去见佘女，佘女道："今晚睡觉很恐怖，是你人生中最危险的一次经历。但有了这三块金砖，你不会丢命。不过，睡觉只是装睡，一定不要真睡，最好是睁一眼闭一眼。在我父亲睡下后，你要偷偷将三块金砖分别放在他的头顶、腹部和脚下，千万不要让他知道。"

夜晚，梦童去见岳父，他按照吩咐摆好金砖。到了半夜，他听到身旁有声，只见一条巨蟒张开血盆大口。说时迟，那时快，巨蟒头顶的金砖忽然变成硕大的金块，朝着巨蟒头上使劲砸去。巨蟒意外受疼，尤其是两眼突然受伤，便在吼叫的同时，将身体席卷过来。忽然，那腹部的金砖也飞起来，变成硕大的金块使劲砸在巨蟒身上。巨蟒又意外受疼，卷起蟒尾扫来。不料，脚下的金砖也飞起来，变成硕大的金块使劲砸在蟒尾。

巨蟒全身受伤，惊恐地吼叫一声，声若巨雷，惊天动地。他忍受着剧烈的疼痛，向梦童发起第二轮进攻。梦童觉得三魂七魄已到九天云外，不顾一切地逃出门去。巨蟒吼声更大，卷起飓风追出。由于眼睛看不清目标，便到

处喷火，火苗乱窜疯烧，把北山烧着了，许多动物拼命逃生。后来北山奇黑无比，加上常年积雪，成为中卫古八景之一的"黑山晴雪"。

黑山，俗称北山，在今中卫市以东约 30 里，自沙岭蜿蜒绵亘，起伏至东界为石山，山石皆为黑色。不仅冬天积雪累累，看去银装素裹，盛夏也常积雪，加上石峰横峙，与泉眼山隔河相对，成为一处绝佳的旅游景观。近年来，随着文化旅游的发展，特别是自媒体发展速度甚猛，很多人知道了这个地方，常有不少自驾游客和摄影爱好者在此取景拍照。有清人，用诗赞美黑山晴雪的景象。诗云：

> 翠壁丹崖指顾间，随时风物自阑珊。
>
> 六花凝素寒侵眼，徒倚危楼看玉山。

再说佘女，她在绣楼里遥见远处火光一片，又见梦童拼命逃生，再一看那三块金砖仍不停地在巨蟒全身猛砸。但巨蟒不仅用尾巴将沿途的树木全部打折，也将沿途的房屋卷倒，更有它喷出的怒火，把所有的一切都烧红了。佘女不慌不忙，摘下弓箭一箭射进巨蟒口中。巨蟒窜出数里，最后倒在地上。饶是如此，他还是愤怒地吼叫，其声无比恐怖。只见他身体蜷缩，拼命挣扎，可那 3 块硕大的金砖，还是使劲地猛砸。巨蟒拼尽力气，渐渐一动不动。3 块金砖见巨蟒死去，落地恢复原样。

佘女见即将黎明，忙喊："快还金砖。"

梦童拾起 3 块金砖，不顾大火的熏烤，拼命向着蛙婆婆那里赶去。此时，蛙婆婆已经气息奄奄。黎明一到，蛙婆婆便死了。梦童冲了过来哭道："蛙婆婆，都是我害了您啊！"

梦童抱着蛙婆婆哭着，只见她变成了一只青蛙。梦童哭啊哭，不知哭了多久，忽然青蛙动了一下，接着便恢复成蛙婆婆的样子。梦童不敢相信这是真的，仔细一看果然是蛙婆婆活了，忙问："婆婆，这是怎么回事？"

蛙婆婆说："你的真情感动了上苍，婆婆已成仙了。不瞒你说，婆婆修行千年都没成仙，没想到这次就成了。"

"原来如此。恭喜婆婆！"

"其实，我是跟着你们沾光！我虽是为了报恩，但其实也有使命。巨蟒为祸人间多年，残害了无数生灵，连雷公电母都奈何不得，却让你们除去。你们才是有功德的人，连玉帝都知道了。快回去，与你家人团聚。以后大麦地可以继续生活，让逃走的人都回来吧。"

"好的，"梦童高兴地说，"我马上带妻子回家，以后有空会来看您。"

蛙婆婆说："不用看我，你根本见不到我。我已成仙，马上要到天庭受封。不过，我这里有一支信香，如果你遇到不能解决的事，就点燃信香，你一点我就能收到。"

梦童拿着信香离开，却又恋恋不舍，便想回头告别，不料回头之后，哪里还有什么房子，面前乃是一片荒凉的原野。梦童回到绣楼，向佘女说了蛙婆婆死而复生、上天受封的事，佘女像是早就知道，只是笑笑不说。梦童要带佘女回家报喜，佘女道："你先回，等你到家，我也就到了。"

梦童疑惑地道："你没去过我家，怎知道我家住在哪儿？"

佘女随手一抓，凭空出现一把雨伞说："到家后打开伞，我就到了。"

梦童带上雨伞离开，走进县城大街，忽然天上下雨，梦童打开雨伞。不料雨伞一开，佘女忽然出现在他的面前。人们猛见眼前出现一女，而且长得极美，以为遇到妖精，转瞬跑得不知去向。

佘女问："到家了吗？"

梦童摇摇头说："没有。"

佘女生气地说："没有到家你打开伞干吗？"

梦童说："别人都在躲雨，独我拿着雨伞不用。人们都骂我是傻子，我气不过，就打开了。"

佘女抱怨道："我正在休息，你却搅了我的好梦。我们不能空着手回去，一定要给老人家一个惊喜。"遂取出 30 文钱交给梦童说，"你马上去店铺里，买回一张白纸、一把剪刀。"

梦童买来一张白纸、一把剪刀，佘女用剪子将白纸剪成一匹高头大马，然后吹了一口气，这马便活了起来，完全是一匹真马。梦童一看惊喜地说："老婆，你真不简单！"

佘女说："你去牵着马到集市上，只卖30贯。多一贯，少一贯都不卖。"

梦童牵着马来到集市，人们见白马长得高大，眼睛有神，很有精神，纷纷围来问他卖多少钱。梦童一说30贯，都说太贵了。这时，有个有钱的商人过来，见这马长得不凡，忙说："你不是卖30贯吗？我给你40贯，把马卖给我！"

梦童说："不，我就只卖30贯！多一贯，少一贯都不卖。"

众人纷纷说他是傻子，是30贯多还是40贯多。梦童也不争辩，坚持卖30贯。于是，大家觉得稀奇，致使围了不少人看热闹。到后来，人越来越多，没有谁不说他是傻子。梦童被说急了，便说："既然你愿多出，说明你是傻子。好，那就卖给你，你可别反悔！"

商人给了梦童40贯钱，将马拉回家后，自言自语地说："这是个绝色美女，只要将她关上7天，她就会显出原形，变成活生生的大美女。"遂对白马笑着说，"美人啊，过了7天你就属于我了。"于是将门窗封闭，连缝隙也用五色纸全部贴住，不仅如此，还在各处贴满了黄符。

梦童拿到钱去找妻子佘女，却不见她的踪影。他问了很多人，都说没见她，心想："她是一个有法术的人，肯定能找到我。"

第七天，商人按捺不住内心的激动，用指头蘸上唾沫在窗户纸上捅开小洞要看，忽然从窗洞飞出一只蜜蜂，将他眼睛蜇了一下飞走了。商人知道蜜蜂是那匹马所变，忍着疼痛疯狂追去。确实，蜜蜂乃佘女所变。佘女忽见梦童在路上，便变成铜钱落在他的脚背。商人也已赶到。

梦童见脚背上落下钱，忙喊："谁的钱掉了？"

商人道："是我的。"他带回钱，得意地说，"今晚一过，你就是我的人。"遂把钱封闭在箱子里，又在外面贴上黄符。

梦童一直没找到妻子，忽想到蛙婆婆的话，便点燃信香，蛙婆婆突然现身问："你有何事？"

"佘女不见了，怎么才能找到？"

蛙婆婆掐指一算说："真是危险！若是过了今天，你就再也见不到她了。"于是给他教了一个办法。

晚上，商人忽见外面火光冲天，立刻跑了出去，只见偏房着了大火，忙喊救火。梦童趁机进去打开箱子，带上钱找到蛙婆婆。蛙婆婆念念有词，佘女由钱变回原身。蛙婆婆走后，梦童带佘女回到家。谈话中，父母说到麦基和拉斯学法术，多年过去却没音信。佘女将梦童叫出门，要他买张纸来。梦童买回纸，佘女将白纸剪成驴头和狗头，对梦童耳语一番。

原来麦基和拉斯分别去了崂山、蓬莱学法术，学成后两人在回家路上相遇，都说自己学到了真本事，可以把头割下来放在一边睡觉，第二天还能把头安回来。两人都想表现，便住在客栈把头割掉，放在一旁睡觉。半夜，梦童悄悄进来，将两个哥哥的头取走，却放下佘女用纸变的驴头和狗头。

天亮后，麦基和拉斯睡醒安头，却发现对方的头变成了动物头，因羞愧便躲到牲畜棚不敢回家，忽然梦童进来将头还给他们说："就这点本事还能杀蟒？快回家吧，我已将巨蟒杀了。"

麦基和拉斯安上自己的头，回到家与父母团聚。梦童提议到大麦地居住，但父母认为房屋已毁，没有钱建。佘女说："不要紧，很快会有钱的。"

佘女带着麦基、拉斯和梦童到了当地的贪官家，用口一吹，库房开了。佘女说："我们拿去救济乡亲，但拿一点就行，不要贪心。"

麦基和拉斯拿了些宝贝就走，佘女带了几件宝贝走了，但梦童见到处都是宝贝，拿起这个又看见那个，哪个都舍不得放弃。只这么一耽误，他便被抓走了。官府要杀梦童，忽然刮起一阵狂风。等狂风过去，梦童不见了。佘女救走梦童说："这就是贪心惹的祸。"

梦童纳闷地说："我不明白，贪官的宝贝都是搜刮来的民脂民膏，多拿一些怎么算贪？"

佘女说："贪官的贪，是因他贪的民脂民膏；而你的贪，是不该占有更

多的东西。该是自己的,不会跑掉。不是自己的,强求得不到。如果强占,必定有灾。"

梦童恍然大悟道:"以后再也不贪了。"

几人拿了宝贝回去,父母将宝贝送给以前从大麦地逃出的乡亲们,带着他们一起来到大麦地,又建好家园。不久,众乡亲又继续开展岩画比赛,在这里过着无忧无虑的日子。

有一天,天空出现金甲神将,看着梦童、佘女喊道:"金童玉女,使命已完成,还不归位?"

梦童、佘女忽觉身子一轻,脚下出现彩云,将两人托到空中。这时,梦童才知道自己是天上的金童,佘女乃是天上的玉女,她们本来就是天上的一对恋人。两人回到天庭,因为除蟒有功,都受封赏。此时众臣才知道,原来玉帝将他们打下凡尘,是为了完成除妖的使命。

千古绝恋

很久以前，中卫城西有个山清水秀、鸟语花香的国家叫桂王城。桂王叫童威，生有王子童越，童越天生神力，长得英俊潇洒。桂王南征北战，征服附近六国。六国之中有个沙陀国，国王有一位公主长得漂亮，武艺超群，邻国的王子垂涎三尺，纷纷求亲。这位公主通过比武招亲以后对童越心仪，童越也对公主倾心，两人发誓"海枯石烂、永不变心"。

一天晚上，桂王城来了一个须发皆白的道人，不仅背着宝剑和拂尘，还提着一篮子红枣和一篮子脆梨，沿着东西大街来回叫卖"枣梨"。可惜，虽有人出来问价看货，却无一人购买，更无人明白"早离"的玄机。道人明白这是业力太重所致，虽然为众生的愚痴感到痛心，但又没有办法。他仰天长叹，不由悲从中来。

桂王子与沙陀公主举行盛大婚礼时，败阵的魔碣王子气急败坏，请来魔王要催动漫漫黄沙将桂王城彻底毁灭。桂王子忽然看到西边出现龙卷风，以摧枯拉朽之势卷向桂王城方向，立刻骑马跑回国内，准备率众躲灾。恰在这时，神钟不敲自响。原来，桂王城有一口神钟，每遇灾难便不敲自鸣。

桂王子指挥百姓逃进地宫，而他却被龙卷风卷走了。龙卷风以毁灭一切的气势将地宫掩埋，一路向东南侵袭。道人用拂尘在空中挥出一个S图形，向黄河水面吹出一口仙气，黄河当下改道，变成了黄河太极图。太极图威力巨大，任沙尘暴如何肆虐，就是难以越过黄河，沙尘纷纷在北岸落下，形成一个高大沙坡，这就是现在的沙坡头。

公主骑马追到桂王城，见这里虽已风息，但美丽的桂王城已经消失，面前是一望无际的茫茫沙海，不由悲痛万分，失声大哭，想到自己所发誓言，

便要拔剑自尽，却被赶来的魔碣王子救下，并乘机抢走她。桂王子被龙卷风卷到空中，最后落在道观门前。道人救活桂王子，交给他一颗黄瓜籽，要他拿回去种出黄瓜。

种容易，关键在于看好黄瓜，以防别人摘走。等过上100天摘下，要用它救出地宫中的百姓。原来，地宫是桂王深谋远虑，专为躲避灾难所建。整个地宫有百余里，所储备的食物足够百姓生存百日。童越种下黄瓜，第99天晚上狗狂叫不止，他以为有人偷黄瓜，寻思天亮后就是100天，便摘下了黄瓜。

天亮后，那道人来了，见桂王子已经摘下黄瓜，知道欠了火候，便长叹一声道："天意难违！"遂把黄瓜变成一把金钥匙，随手扔出。说也怪，这把金钥匙就像一支离弦的神箭，直向沙漠深处射去，只见金钥匙所到之处，起伏的金沙迅速向两边闪开，很快显出一道高大庄严的宫门。更奇的是，金钥匙竟然自动插入了锁孔。

桂王子看得目瞪口呆，刚要祈祷打开铁锁，却因金钥匙欠了火候，钥匙在扭动时断裂在地。桂王子心一沉，满心的希望化为泡影，只见茫茫沙海回落到原来的状态。躲在地宫中的百姓，听到外面的响声，知道是王子来救，纷纷哭喊。他们用哭声传递信息，但遗憾的是沙层太厚，谁也没有能力救出百姓。与此同时，那神钟也惊天动地地轰鸣起来。

后来，当有人从沙坡顶上滑下，沙坡便发出雷鸣般的轰鸣，人们把此地叫沙坡鸣钟，沙坡头也就成了中国四大响沙之一。由于百姓没有救出，他们悲哭的眼泪从沙海流淌出来，这便是有名的泪泉。桂王子悲痛欲绝，只几日便头发斑白了。

当桂王子得知沙陀公主被魔碣王子抢走，这才明白灾难是魔碣王子所致，于是在沙陀国王的支持下带兵营救公主。沙陀公主被抢进魔碣王宫后，誓死不从，魔碣王子便将她打入冷宫。公主日夜思念桂王子，头发也已完全斑白。众臣劝魔碣王子放了公主，但魔碣王子说："我得不到，谁也别想得到！"

桂王子兵临城下，魔碣王子得到消息，根本没把他看在眼里。开始，他轻视桂王子，派人应战，结果被桂王子斩杀。他勃然大怒，亲自出战，但却摆出一种目空一切的架势。桂王子懂得骄兵必败的道理，于是后退20里，却于暗夜派人偷袭，自己从西门悄悄把公主救了出来。

天亮之后，桂王子不再有所顾忌，一举攻下魔碣城。魔碣王子恼羞成怒，愤愤地去杀公主，却发现公主不在，知是已被救走，明白是上了当，气得发疯起来。可发疯归发疯，毕竟大势已去，众臣及全城百姓皆已归降，于是逃到魔王处求救。魔王气势汹汹，过来威胁道："限你们三日织出王者披风，否则我会像沙压桂王城一样将你们埋葬！"

众将士与百姓惊慌失措，知道魔王法力无边，天下没有谁能与之较量，没想到公主却上前道："别得意，三天后你来取王者披风！"魔王掀起飓风走了，人们不知公主能否织出王者披风。一天过去了，但见宫门禁闭。两天过去了，还是不见公主身影。三天过去了，人们还是没见公主影子。

第四天，魔王来取王者披风，只见公主捧着精美的盒子走了出来。百姓都很紧张，担心会发生不测。魔王打开盒子取出披风，见披风甚是美丽，高兴地往身上一披，刚要飞身而起，却感到浑身紧缩，动弹不得。原来，这王者披风是用金针银线绣成的方格，完全将魔王锁定。据说，后来沙坡头的麦草方格治沙法，就是受此故事启迪。

桂王子与公主来到大沙坡下，见沙中流出的水形成一泓清泉，知这是百姓的泪，悲从中来，泪如泉涌。两人的爱情感动道人，决定再试其心，便赐给他俩一粒仙丹，说只要服下就可返老还童。桂王子与公主互相推让，却不慎将仙丹失落清泉。两人扑进泪泉打捞，不料仙丹入水即化，两人的口鼻呛进仙水，当下返老还童。

自此，两人在沙坡头开了丝路驿站，专门接待客商，客人与其后代结亲，这便成了童家园子。由于泪泉变成仙泉，饮用能美容养颜，于是千年之后，人们将它开发成沙坡头矿泉水，接待来自世界各国的客人。而沙坡头，也因独特的自然景观和丰富的旅游项目，吸引着一批批国内外游客。

双龙山石窟

中宁有座牛首山，它东瞰灵州，西枕大河，主脉南北走向，主峰文华峰和武英峰南北耸峙，中间有一狭窄的山脊，使其牵手相连。因其有双峰插云之势，望之如牛首犄角，故名牛首山。峰峦突兀，草木葱茏，上有古刹。山顶时见祥云，云海茫茫，变幻无穷。诗云：

> 理棹还登岸，攀萝入紫烟。
>
> 云霄千嶂出，色界一灯悬。
>
> 石藓碑磨灭，金光像俨然。
>
> 不须探绝胜，即此是诸天。

传说牛首山下，有个穷小孩叫尕娃，因心地善良，被人唤作慈悲。一天，他放学回家，边走边哼曲子，忽然发现路上有只蛤蟆奄奄一息，显然是被踩伤了，就把它装进书包带回了家。因怕爹妈看见，就把每天节省的食物偷偷拿出去，在隐蔽的地方喂给它吃。久而久之，他因吃得少体力不支，面黄肌瘦，走路也栽跟头。相反，蛤蟆因不缺食物，吃得又大又胖，竟有娃娃头那么大。

父母感到纳闷，虽然家里穷，但宁可大人挨饿，也不减他的分量，甚至还给他加餐。可他却越吃越瘦，是不是有病？两口子请来郎中，不料郎中说没病，就是吃得少缺营养。两口子更加纳闷，要说吃得少，两口子吃得还少，于是决定暗中观察，看看到底出了什么问题。后来发现，儿子把省下的食物喂给蛤蟆。

爹爹说："你这孩子好没正经！如今遇上旱灾，庄稼颗粒无收，饿殍遍野，人都没吃没喝，你却把食物给蛤蟆吃！瞧你都成啥样子了，赶快把它杀了！"

慈悲不忍心，哀求着说："它也是命，怎么能杀？我和它有感情了，离不开它，就让我养着。再说，我也知道家里缺吃少喝，但我不多吃家里饭，我把我省下的食物给它，总可以吧。"

"不行！你不杀他，我来杀！"

慈悲无奈，只好把蛤蟆送到一条渠里说："不是我不要你，而是怕你被杀。"

不料慈悲回到家，蛤蟆也跟着回来。他怕父母发现，就把它饲养在柴棚，每天偷偷给他食物。三年后，蛤蟆长得比牛犊还大。他有些担心，这么大的身体，迟早有一天会让父母发现。要是爹爹拿刀杀了它咋办？于是对蛤蟆说："好兄弟，你还是赶快走吧，走得越远越好。要不然，你被爹爹发现，会没命的。"

没想到，蛤蟆变成一个白胡子老人说："好孩子，多谢你救我，并且一直喂我。我接受了人间的食物，加上一直修行，可以变成人了。以后谁也无法伤害到我，我也正想走。"

"只要你不被伤害，我就放心了。你准备去哪儿？"

"我要去香山深处，找个清幽的地方修炼。听说香山有座香岩寺，出家人德行高，香火旺。如果我隐身听经闻法，多做善事，我会很快成仙。"

"太好了，祝您早日成仙！"

"临走前，我想表达我的谢意。这些年，我修炼了两件宝贝，本来要带走，但知道人心险恶，你难免会遇到各种灾难，它能帮你惩治恶人，也能助你多做功德。为报答你，我现在送给你，希望你好好保管。"

慈悲惊喜地问："什么宝贝？"

蛤蟆将一颗滚水珠递给慈悲说："这是滚水珠，专门惩治十恶不赦的人，任他多么厉害当场就死。"又递给他一颗碧水珠说，"这是碧水珠，专救死去的生灵，包括人！避水珠救命十分神奇，滚水珠要命也在瞬间。我还有两个咒语，虽然很短，但你一定要熟记于心，不可忘记。"

蛤蟆教给他使用宝贝的方法和结印咒语，慈悲知道蛤蟆已成道，便说："我不知人生路上会有多少麻烦，也不知有多少灾难。但有这两件宝贝，相信不会有大问题，虽然不能说顺风顺水，但至少可以逢凶化吉。您放心，遇到恶人，

我就用滚水珠惩治；遇到生灵丧命，我就用碧水珠搭救。"

蛤蟆说："你若真能这么做，一定功德无量。不管遇到多大困难，要坚信人行好事，天指好路。不要以为只有说话、做事才有善恶，其实微小的念头也有善恶。做好人不难，难的是一辈子做好人。一定要'存好心、说好话、行好事、做好人'，因为'人心生一念，天地悉皆知'，'人间私语，天闻若雷'。"

"您放心，我母亲早就说过，傻不是缺点，只有多吃亏的人，才是真做好事。"

"好，你闭上眼睛，我带你到水府作客。"

慈悲闭上眼睛，只听耳边呼呼风响。只片刻，蛤蟆要他睁眼。他睁眼一看，只见面前是水晶宫。宫里有各种各样的宝贝，样样都是价值连城。可以说，人间有的，这里不缺；人间没有的，这里也有。不仅如此，这里的树林中飞翔着种种珍奇之鸟。

蛤蟆说："这里的宝贝数不胜数，你随便挑选，想拿多少就拿多少。"

慈悲明白，这里的任何一件宝贝，带到人间一辈子也花不完，可想到父母曾经教诲他的话，觉得人活世上要靠勤劳立足，不能贪心，便道："有这两件宝贝我已非常满足，岂可贪心？"

"好，一个人不贪、不嗔、不痴，那就是大智慧！你能不贪，足见可以化解很多灾难，我放心了。"

在蛤蟆的护送下，慈悲回到人间。没想到，眼前的一切全变了！他向路人打听，才知道水府一日，人间百年。此时，他的父母已故，村里人也被一场血腥的战争杀光，到处是死尸和腐臭的动物尸体。

慈悲十分不忍，就用碧水珠救活上千村民和各种各样的动物。村民感激他，视他为恩人，把他当神仙一样侍奉。一天，他走进一户人家，见屋内蛛网遍布，有许多苍蝇在网上挣扎，但无论怎样挣扎就是无法脱网。这时一只蜘蛛来捕食它们。他不忍，又救下苍蝇。出门后，忽然天降大雨，只见数千只蚂蚁漂在水面。他捧起蚂蚁，将它们救回到无水的屋中。

天放晴后，慈悲四处游走，一路不知救活了多少动物多少人。总之，只要是有生命的物类，他都救。一天下午，他见一个死人漂浮在池塘，尸体已经腐烂发臭，不少青蛙在尸体周围鸣叫。他把死尸拖上岸，见死尸不但没肋骨，还没心脏肺叶。于是用狼心代替人心，用狗肺代替人肺，用柳枝代替肋骨，把那猴脸长脖的人救活了。

没想到猴脸醒来后，竟然一把揪住慈悲道："你为什么要杀我？还把我的肋骨拿去熬汤，把我的心剜去下酒，把我的肺做成杂碎！"

慈悲说："不是我杀你，我是你的救命恩人。是我见你死在池塘里，救了你，你怎么诬赖我？"

"胡说八道！既然你没杀我，我就应该是活着的，可我确实死了，我分明看见我没了肋骨，没了心脏，也没了肺叶，一直在池塘里，浑身发臭。"

"既然你都说你死了，那你肯定死了。如果不是我来救你，你还在池塘里，怎么能跟我说话？"

"你糊弄谁？既然你说我死了，还说我是你救活的。那你是怎么救的我？我都没有肋骨，没有心脏，没有肺叶，怎么能救活？"

慈悲见猴脸扭着自己不放，还说要到官府告他，心想可能是他死得太久，泡在水里糊涂了，现在还犯迷糊，并不生气，只是一个劲地解释。没想到，无论怎么解释，猴脸就是不信。没办法，慈悲说自己从高人那里得了两颗宝贝，一颗是惩治恶人的滚水珠，一颗是拯救生灵的碧水珠，刚才就是用碧水珠救活他的。

猴脸愣了一下说："世上哪有这种宝贝？你拿出来验证一下，要是真有这么神奇，我才信。"

就在这时，一条疯狗向慈悲狂吠着扑来。慈悲左躲右避躲不开，就念动咒语用滚水珠一照，疯狗便倒在地上死了。猴脸正惊奇，慈悲不忍心，觉得无端杀它还叫什么慈悲，于是又念动咒语用碧水珠一照，死狗又活了过来。说也怪，这狗活了过来后，似乎知道是被他所救，非常感激，竟在慈悲身边摇着尾巴亲热。

猴脸想得到两颗宝贝，但觉得如果强夺，最怕他拿珠子一照，自己必死

无疑，因此跟他套近乎。当掌握了宝贝的具体用法，便与他结拜为弟兄。既是结拜兄弟，生性善良的慈悲就不对他设防。在经过一座陡峭的大山时，猴脸乘慈悲不注意，将他推下山去。猴脸从另一边下山，从慈悲身上搜出滚水珠、碧水珠，立刻离开。

蛤蟆在香岩寺听经闻法，时间久了，掌握了佛法要义，加上百年修炼，他可以随意变化，预测未来。这天，他测到慈悲有难，便去救活他，并告诉猴脸的去向，要他务必夺回宝贝。不然，一旦猴脸拿滚水珠杀害生灵，罪过就大了。

慈悲在县城四处打听，终于找到猴脸，见他正拿滚水珠害人，便念动咒语，那滚水珠当下失灵。猴脸心里害怕，又兼心虚，掉头便逃，却被慈悲抓住夺回宝贝。但是，猴脸却不饶他，一口咬定宝贝是自己的。两人争持不下，周围人来看热闹。有人建议既然难以辨清，就请县老爷裁判。

猴脸将慈悲扭进公堂，来个恶人先告状，竟说自己的两颗宝贝被慈悲抢去，请县老爷明断。县老爷是一个糊涂官，百姓打官司不是挨打就是受屈，因为他只向着有钱人。正因为他从来没主持过公道，整天只想受贿，或琢磨着怎么贪污，这里的公堂就成了摆设。如今，县官觉得这事有意思，便问猴脸："你叫什么？"

猴脸道："忘恩负义。"

县官当下笑了起来，说道："我叫丧尽天良，夫人叫见钱眼开，女儿叫助纣为虐。咱们长得一样，本老爷将女儿许配给你。"又问慈悲，"你叫什么？"

慈悲道："我心地善良，都唤我慈悲。"

丧尽天良见慈悲怎么看怎么别扭，便令差役夺回宝贝，将他赶出大堂。慈悲几次进去申辩，都被差役乱棍打出。慈悲叫天天不应，叫地地不灵，便放声大哭，忽想到蛤蟆，觉得它在香岩寺修行，应该找它。不想走了不远，却昏倒在牛首山脚下，迷迷糊糊地进入梦乡。他梦见了蛤蟆。

蛤蟆说："我知道你想报仇，可要报仇就必须当官。官代表权力，有了权力你就可以惩治贪官了。依我之见，你还是上京考官吧。"

"可我只读了几年私塾，怎么能考取？"

"没关系，你做的功德很多很大，车到山前必有路，快去吧。"

慈悲醒来，认定是蛤蟆给自己托梦，既然他建议上京考取功名，那就去试试看。蛤蟆是有道行的精灵，能知过去现在未来之事，或许能考上，于是进京赶考。一路上，虽然他没了宝贝，但养成了做好事的习惯，做了不少好事。此时，没了宝贝，他才知道做好事并不是太难。他从中悟道：一个人做一件好事不难，难的是一辈子只做好事，不做坏事。

这天，他终于到了京城，因身上钱太少住不起大店，便住进一家小店。他知道自己仅读了3年私塾，要考取功名难度太大，但又坚信蛤蟆的建议不会错。在忧心中，他迷迷糊糊睡了。朦胧中，他见自己不是在田里种庄稼，而是在墙壁上种粮食。醒来后，他百思不得其解，便对店小二说了。

店小二笑道："我来给你圆梦，墙上种粮食，那不是白费心机么？还是早点回去，别丢人现眼。"

到了晚上，慈悲又做了一个奇怪的梦，梦见自己头戴斗笠、身披蓑衣，而手里却拿着一把雨伞，醒来向店小二请教，店小二笑道："快回吧。戴斗笠、披蓑衣，还打雨伞，这不是多此一举么？"

慈悲觉得有理，但想起蛤蟆的话，决定还是试试。不管怎样，既然已经来了，也不差这一试。天黑后，他早早睡了，不料又做一梦。他梦见自己娶了一位新娘，他很高兴，可拉着她进入洞房，竟背靠背睡觉。醒来后，他觉得是怪事，忍不住又对店小二说了。

小二笑道："看来，状元真的与你无缘。你想想，夫妻同房背靠背，那不是'没情况'吗？"

三晚三个梦，可三个梦都与状元无缘。慈悲有些沉不住气，思来想去要回。可当他结清店钱出了城，又觉得有必要试试，看看这梦到底准不准。晚上，他在迷糊中入梦了。梦中，他走在一条极其陌生的小路上，也不知要去何处。沿路到处是鲜花怒放，还能闻到沁人心脾的香气。

不知走了多远，他遇见蛤蟆，蛤蟆道："慈悲，你先后做了三个梦，每

个梦都是神仙在点化你。第一个梦是'高中'，第二梦是'有备无患'，第三个梦是'要翻身了'。到了考场，自会有命运之神相帮。"

慈悲醒来，对蛤蟆的话记得非常清楚，高高兴兴地进了考场。不料一看考卷完全傻眼了：这题太难了，根本无法写。正在犯难，忽见不少成群结队的蚂蚁爬上桌子，他突然灵光一闪，快速答卷，果然高中状元。谁知，皇上见他长得丑陋，只给他一个知县。他知道官小难报仇，便弃官不做。

这天晚上，他睡在一个破庙里。也是该有难，这里有人被杀，将他染了一身血迹。地方官抓到他，认定他是杀人凶手，将他判为斩刑。正要开刀问斩，忽然飞来一群苍蝇，将他的脖子护了若干圈。刽子手觉得是怪事，便报告给监斩官。官员觉得蹊跷，大凡遇到怪异事，一般都是神灵帮助，便将他收监再审。几天后，案子告破，官府将他放了。

慈悲回到中宁，被忘恩负义发现后，便派人将他抓来，先将他毒打一顿，接着关进大牢。蛤蟆多次去救，都没有救出。毒蛇知道了，将助纣为虐咬伤。丧尽天良见女儿生命垂危，便张榜悬赏——声称不论是谁，只要能治好女儿的病，就以黄金千两相谢。毒蛇给慈悲一粒药丸，让他依计行事。在忘恩负义拷问慈悲时，慈悲声称可以治助纣为虐的病。

助纣为虐大喜道："需要什么，尽管吩咐。"

慈悲道："你的名字要改，应叫痛改前非。"

慈悲又对丧尽天良和他的夫人道："你们的名字都要改一改，一个叫重新做人，一个叫脱胎换骨。另外，要治这怪病，还需要有滚水珠和碧水珠相助。"

助纣为虐道："忘恩负义，快把宝贝给他。"

忘恩负义不敢不给，将两颗宝珠给到慈悲手中。慈悲给痛改前非服下了药，果然马上好了。忘恩负义一见，立刻向慈悲夺宝。慈悲长叹一声道："动物尚且知道知恩报恩，而你披着人皮，反而不如毒蛇、蚂蚁有情。唉，还是让人们看看你的真面目吧。"

慈悲使用滚水珠念动咒语，忘恩负义倒在地上恢复了原形，大家一看是狼心狗肺、柳枝肋骨。这一刻，丧尽天良醒悟了，感叹道："看来，我还是要重新做人！"又对慈悲说，"请你留在府上，做我的女婿。"

慈悲已看透了一切，拒绝了。

从此，慈悲不见了，而人间因没有了慈悲，所以狡诈就滋生了。实际上，慈悲离开县衙后，继续行善。佛祖知道慈悲做了不少善事，该成佛了，便派观音菩萨来接引。观音菩萨见慈悲还在拯救生灵，便隐身问："石空了吗？"

慈悲向四周寻找并不见人，向前走了几步，又听到同样的声音，便道："空了。"

话音一落，他感到自己大起来，变成一座高大的金光闪闪的佛，而肚子却完全空了。他的真灵到了西方极乐世界，而肉体化作一座佛山。后来，人们在中宁发现有一尊石佛的肚子空着，很是不解。观音菩萨点化道："佛装的是智慧，肚子里的东西最污秽，装不干净的东西没用，当然是空的。"

人们恍然大悟，跪倒向高大的石佛磕头。接着，当地人捐款在双龙山南麓建寺，菩萨说："石佛是空的，这地方就叫石空，叫这寺为石空大佛寺吧。"从此，石空这个地名传下来了，石空大佛寺也越来越有名气。不过，随着朝代更迭，社会发展，后来改叫双龙山石窟。该石窟在明清时代已是卫宁一带的佛教圣地，夜里佛灯和寺僧烛炳若列星，成为中卫古八景之一。诗云：

叠嶂玲珑竦石空，谁开兰若碧云中。

僧闲夜夜燃灯坐，遥见青山一滴红。

据考证，双龙山石窟开凿于唐代。该寺有 13 个石窟，9 间无梁洞规模最为宏大，为该石窟寺的中心，洞高 25 米、深 15 米、宽 13 米，内塑 88 佛，佛龛两侧有彩色壁画，与敦煌石窟的唐代壁画相同，被誉为丝路上的小敦煌。

洞外，建有 3 层靠山楼，楼阁高耸巍峨，气势恢宏，与洞窟浑然一体，夜间置身闻名遐迩的"石空灯火"中，仿佛穿越至盛唐，令人神驰。该石窟在其顶部，有明代长城逶迤而过，烽火台星罗棋布于山头，山北是腾格里沙漠，山南不远处黄河蜿蜒东去，景观壮阔、独特。